Das Leben, das ich niemals wollte

Philippa Heyden

DAS LEBEN, DAS ICH NIEMALS WOLLTE

ROMAN

Bibliografische Information der Deutschen Nationalbibliothek

Die Deutsche Nationalbibliothek verzeichnet diese Publikation in der Deutschen Nationalbibliografie; detaillierte bibliografische Daten sind im Internet über http://dnb.d-nb.de abrufbar.

Satz, Umschlaggestaltung und Verlag: BoD · Books on Demand GmbH, Überseering 33, 22297 Hamburg, bod@bod.de
Druck: Libri Plureos GmbH, Friedensallee 273, 22763 Hamburg

ISBN: 978-3-7693-9694-2

INHALT

Für meine Tochter

Folge immer deinem Herzen

Glaubst du an die große Liebe, die magische Verbundenheit zwischen zwei Menschen, das Ultimative, an so guten Sex, dass er zur absoluten Hörigkeit führt?

Lass mich dir hierzu eine Geschichte erzählen und urteile selbst.

KAPITEL 1 – SUNRISE

Der Privatjet fühlt sich heute, wie so oft, sehr kalt an. Das frische Obst wie auch die liebevoll verzierten Canapés schmecken bitter. Auf die prunkvolle Hochzeit, die vollgepackt ist mit Menschen die Rang und Namen haben, die später stattfinden soll, hat hier gerade niemand Lust. Nicht so richtig jedenfalls.

Ich starre angestrengt aus dem Fenster, meine Augen werden rot, ich halte nur mit Mühe Tränen zurück. Als er mein unterdrücktes Schniefen bemerkt, schaut unser mitgereister Butler (um genau zu sein, der meines Mannes) verschreckt in meine Richtung. Kurz sieht er mir in die feucht werdenden Augen. Dann dreht er den Kopf wieder weg, als ob er bei etwas ertappt worden wäre. Auf dem Platz neben ihm sitzt ein junger blonder Mann, dem die Nervosität noch viel stärker ins Gesicht geschrieben steht. Er wagt es nicht einmal, uns anzuschauen. Auch die Flugbegleiterin schweigt und überlegt, ob sie mir etwas anderes zu essen anbieten soll. Die Atmosphäre hier oben nimmt einem die Luft.

Würde man nur diesen flüchtigen Moment beobachten, dann bekäme man folgendes Bild: Eine reiche, elegante und verwöhnte Frau sitzt mit ihrem älteren Ehemann, dessen Butler, einem Hair-Stylisten und einer Flugbegleiterin in einem auf Hochglanz polierten Privatjet und nur weil ihr das Essen anscheinend nicht schmeckt und es in dem Flieger eventuell dreieinhalb Grad zu kalt ist, ist sie so am Ende, dass sie weinen muss. Vor Angst traut sich keiner zu sprechen, niemand ist gut gelaunt oder freut sich auf die Party, zu der sie auf dem Weg sind. Schöne, dysfunktionale High Society … Jede Kleinigkeit ist eine Katastrophe und ich bin die Schlimmste, weil ich die undankbare Trophy Wife bin.

So wirken wir hier jedenfalls von außen, so wirke ich auf den ersten Blick. Unglücklich und nicht zufriedenzustellen, obwohl ich doch alles zu haben scheine. Aber der junge Hair-Stylist, Stephan, kennt mich nun schon länger und gut genug, um es besser zu wissen. Um wegen einer bitteren Mango zu weinen, müsste ich schon einen Burn-out haben. Stephan hat viel mitbekommen. Daher versteht er die Gefühle seiner Kundin nur zu gut. Er hat mir schon mehrmals gestanden, dass er niemand anderen kennt, der es so lange in solch einer Situation ausgehalten hätte. Dass er immer wieder geschockt sei von dem, was er mitbekommt. Noch halte ich durch.

Ich schüttle die Gedanken ab und versuche, mich zusammenzureißen. Nicht mehr lange, sage ich mir immer wieder. Du musst nicht mehr lange durchhalten. Dann darf endlich jeder alles wissen. Man wird mich endlich verstehen! Außerdem wird dann endlich das möglich, oder einfacher, was ich mir am meisten auf der Welt wünsche!

Es beruhigt meine Nerven, mir das Licht am Ende des Tunnels auszumalen. Der nächste Song auf meiner Playlist startet, ich überspringe ihn. Er ist mir gerade nicht melancholisch genug. Als ich einen Soundtrack gefunden habe, der besser passt, lasse ich mir als die reiche Noch-Ehefrau, die ich bin, einen Schluck Champagner eingießen. Ich trinke sonst kaum Champagner, mag das Image nicht. Ein Luxusgetränk für die »Schönen & Reichen«. Das ist wortwörtlich nicht nach meinem Geschmack. Es gäbe noch Wein hier im Flieger, sogar richtig guten. Aber den trinke ich seit vielen Jahren gar nicht mehr. Meine Histamin-Intoleranz lässt es nicht zu. Somit wird es nun doch der Champagner, denn ich brauche gerade echt einen Schluck Alkohol.

Das Lächeln der Flugbegleiterin beim Einschenken ist gequält. Es tut mir leid, dass sie mich für genauso unberechenbar hält wie ihn. Ich will ihr Bild von mir widerlegen und bedanke mich deswegen extrahöflich, lächle sie warmherzig an. Sie tritt schüchtern zurück, ich schaue auf das Glas in meiner Hand. Worauf warte ich? Wie gerne würde ich davon trinken, allein schon, weil ich bei der Ankunft gern entspannt wäre. Immerhin gehen wir zu einer Hochzeit. Ein freudiges Ereignis, nicht? Sobald mein Blick aber auf Etienne fällt, bekomme ich keinen Schluck von diesem Teufelsgebräu namens Alkohol mehr herunter! Die Leichtigkeit, die mit dem ersten Schluck eintreten würde, fühlt sich bereits jetzt zum Brechen an. Leise seufzend setze ich das Glas wieder ab. Ich nehme doch lieber Tee oder bleibe bei meinem Wasser.

Wieder könnte es von außen aussehen, als wären mir selbst die besten Produkte der Welt noch nicht gut genug. Jetzt ist es der Champagner, der nicht passt. Man erwartet beinahe, dass ich mich gleich über den unterirdischen Geschmack beschwere oder gar der Anzahl der Bubbles. Aber dem ist nicht so. Ich wünschte ja, ich könnte diesen Drink genießen. Aber leider geht es nicht, nicht bei alledem, was ich aufgrund von Alkohol miterleben musste ...

Da ich nicht weiß, was ich mit meinen Händen anstellen soll, nehme ich die Handcreme aus meiner Tasche. Die erste, die ich mir jemals gekauft habe, ich hab's nicht so mit Kosmetik. Eine gute Gesichts-Creme für den Morgen und Abend, ja, aber viel mehr, geschweige denn eine Handcreme, gehört schon nicht mehr zu meiner täglichen Beauty-Routine. Die Sonne der Lombardei glitzert auf der hochwertigen Tube, als ich sie etwas nervös aufschraube. Zum ersten Mal an diesem Tag beachtet mich nun Etienne und diesmal bin ich es, die fast zusammenzuckt. Aber nur fast, denn ich kann mich beherrschen, habe es schließlich jahrelang geübt. Trotzdem frage ich mich: Sieht er mir jemals meine Empfindungen an? Kann er ahnen, was ich plane? Wenn ja, wie schlimm wäre das jetzt überhaupt noch? Dann wäre der ganze Wahnsinn einfach schneller vorbei und ich eher erlöst. Komischerweise wirkt er aber nicht so, als würde er die Situation überschauen. Er hat offensichtlich keine Ängste und keine Ahnung von meinen Plänen.

Der Mann mit den müden, emotionslosen Augen und dem schmalen, nicht vorhandenen Lächeln nimmt sein Glas in die Hand. Ein verächtliches Geräusch entweicht ihm. Dabei schaut er, wie schon die ganze letzte Stunde, auf sein Handy. Da er keine Kopfhörer trägt, hört der gesamte Flieger die Song- und Sprachfetzen aus seinem chaotischen Tik-Tok-Feed. In maximaler Lautstärke. Wie immer. Mal spricht da jemand auf Französisch, dann auf Englisch, dann auf Deutsch. Manche Clips sind leiser, andere lauter. Erst geht es um Finanzkram, dann um irgendwelche Geschichtsfakten, schnelle Autos und kurz darauf erzählt jemand niveaulose Witze. Etienne sieht dabei gelangweilt und ungeduldig aus.

Noch immer hält er das Glas mit der roten, schweren Flüssigkeit in den Fingern und versucht jetzt, es auf dem Tisch vor sich abzustellen. Leider schwächelt seine Feinmotorik bereits oder immer noch, man weiß es nicht genau. Letzte Nacht wurde es nämlich wieder spät. Das Glas kippt, ich will danach greifen, einfach, um Schlimmeres zu verhindern, aber dann denke ich: Was soll's.

Keine Sekunde später fällt teures Kristallglas auf den Teppichboden des Jets. Es zerspringt leider nicht in tausend kleine Splitter, Scherben hätten immerhin Glück bringen können. Es hüpft und rollt nur ein bisschen herum. Der Boden ist zu weich. Die Bloody Mary breitet sich auf dem hellen Teppich aus. Wie rotes, dickflüssiges Blut fließt das Getränk in meine Richtung. Der Mann mir gegenüber, mein Mann, fängt an zu fluchen, weil die Flugbegleitung den Fleck nicht sofort entfernt. Er wird lauter. Meine Tränen klopfen wieder an. Nicht jetzt, Olivia, du bist stärker als das. Hör jetzt nicht auf damit, so kurz vor deinem Ziel!

Die Stewardess erklärt so nett sie kann, dass man bis zur Landung warten müsse, weil es nur dort das passende Reinigungsmittel gebe. Vielleicht müsse der Teppich auch ersetzt werden. Für Etienne scheint dieser simple Fakt keinen Sinn zu ergeben. Seiner Meinung nach sollte selbst das kleinste Flugzeug mit einem kompletten Haushalts- und Möbellager ausgestattet sein. Die Stewardess wird immer verzweifelter. Etienne hört ihr nicht mehr zu, er schreit nur weiter. Ich will seine Stimme nicht mehr ertragen müssen. Kurz werfe ich noch der Flugbegleiterin einen Blick zu, mit dem ich sagen will: »Alles ist in Ordnung. Sie haben nichts falsch gemacht.« Dann drehe ich die Musik an meinen Kopfhörern lauter. Mit einem Mal wird alles wärmer.

Musik an, Welt aus.

Das mag ein abgedroschener Spruch sein, aber er ist wahr. Er zählt vor allem dann, wenn man mit Musik die Stimme abschalten kann, die man einerseits nicht mehr hören will, von der man andererseits gerne so viel mehr gehört hätte. Jetzt ist es zu spät, jetzt brauche ich seine Zuneigung oder Aufmerksamkeit auch nicht mehr. Also kann ich die Stimme auch ausblenden. Der Song in meinen Ohren trägt den Titel »Sunrise« von der Band Simply Red. Eigentlich passt das Lied gar nicht zur Stimmung, obwohl die Sonne tatsächlich vor Kurzem aufgegangen ist und ihre frischen Strahlen über die Bergkuppen schickt. Er ist zu romantisch. Nur in meinen Gedanken, da passt der Song perfekt. Wieder habe ich ein Flugzeugfenster vor mir. Genau wie damals. Während sich die Worte des Liedes in mir ausbreiten, denke ich zurück an den Tag, als ich auf dem Rückflug von Miami im Flieger saß. Alle Passagiere wollten schlafen, nur ich war hellwach und fühlte mich so lebendig und voller Adrenalin. Damals hätte ich platzen können vor Glück.

Es begann in einem Februar vor vielen Jahren. Ich war auf einer Reise, die ich mir normalerweise nicht hätte leisten können: Transatlantikflug und dann zwei Nächte im gehypten Miami in einem Fünfsternehotel. Zusammen mit meiner besten Freundin.

Meine Freundin Aylin ist Flugbegleiterin bei einer größeren Airline und sie kann bei mehrtägigen Stopps immer jemanden mitnehmen. Das ist dann ihr Travel Buddy. Auf diese Weise war ich sogar schon in Dubai gewesen, wenn auch bloß für 72 Stunden. Übrigens eine Stadt, die mich nicht in den Bann ziehen konnte.

Dieses Mal sollte es nach Florida gehen. Ich hatte zwar nie geplant, nach Miami zu reisen, aber wenn es quasi kostenlos war, warum nicht? Für das Zimmer musste ich überhaupt nichts zahlen, für den Flug nicht mal achtzig Euro. Trotzdem hatte ich eine Zweierreihe für mich allein. Es war fast so schick wie in der Businessclass und durch Aylin bekam ich ein Schlückchen Baileys zum Anstoßen. So ließ es sich reisen.

»Ahhhh, Olivia, es ist so weit, wir fliegen nach Miamiiiii!« Aylins euphorische Stimme und ihr breites, weißes Zahnpasta-Lächeln rissen mich aus meinem schon angefangenen Tagtraum. Ich drehte meinen Kopf vom Fenster zu ihr und wir beide lachten uns an. Aylin fliegt täglich, sie war schon in Miami gewesen, aber eine Freundin mitzuhaben, war natürlich auch für sie ein besonderes Erlebnis. Dass wir beide Singles waren, machte die ganze Sache noch spannender. Wir sind beide Anfang dreißig, attraktiv und voller Entdeckungsdrang. Mit Aylin an meiner Seite konnte es also bloß ein Abenteuer werden, denn wie ich war Aylin an Neugier nie satt zu kriegen. Am liebsten ist sie überall - nur nicht in Graz oder dem öden Kärnten, aus dem sie stammte.

Generell ist Aylin so ein toller Mensch. Ihr perfektes Lächeln und ihre funkelnden Augen sind ihr Markenzeichen. Ihre warmherzige und bodenständige Art ist, was Menschen an ihr lieben. Du könntest sie zu jeder Tageszeit mit egal welchem Problem anrufen und zwei Minuten später ist sie schon an deiner Seite. Sie ist nicht zynisch, nicht vorlaut oder bitchy. Keine Lästereien anderen Leuten gegenüber. Ein ehrlicher und loyaler Mensch mit guten Werten. Ein Unikat in unserer heutigen Zeit.

Doch sie musste nach der freudigen Begrüßung wieder an die Arbeit und ich klebte wieder an meinem Fenster. Ich liebe das Fliegen so sehr. Vor allem, wenn es länger dauert. Sobald der Flieger abhebt, beginnt für mich das Gefühl, dass alles möglich ist. Man verlässt das Gewohnte und fliegt ins Ungewisse. Es hat etwas Magisches, als starte man ein neues Kapitel. Man lässt all seine Sorgen und alles Negative hinter sich und fantasiert weit über den Wolken ins Blaue hinein. Dieser Zustand ist fast schon meditativ. Ich bin noch immer überzeugt, dass man genau in diesem reinen Hier-und-jetzt-Zustand seine Wünsche am besten manifestieren kann. Man landet außerdem in einer komplett anderen Zeit, in einem anderen Klima, ist von einer anderen Sprache umgeben, anderen Menschen und von einer neuen Flora und Fauna. Manchmal ändert sich sogar die Jahreszeit oder das Datum! Warum also nicht auch das Leben? Und so kreierte ich mir meine neue Zukunft auf dieser Reise ...

Während des Landeanfluges starrte ich auf das unglaublich schöne, hell türkise Meer und den endlos langen weißen Sandstrand. Ich kam nicht drumherum, Will Smiths Hit »Welcome to Miami« in meinem Kopf abzuspielen. Ich sah mich schon auf einer Sonnenliege und mit einem Drink in der Hand. Ich grinste und wippte zur Musik in meinem Kopf. Als wir den Flughafen verließen, kamen erstmal gemischte Gefühle. Ich wusste, dass es hier nur besser werden konnte als ein Februar in Graz. Nicht umsonst hatte ich mein ganzes Leben lang immer Fernweh gehabt. Aber jetzt stand ich vor diesem kalten Hochhaus, mit der spiegelnden

Fassade, an der lauten, kahlen Straße. Meine Euphorie flachte ab. Strand-feeling war hier weit und breit keines in Sicht. Wir hatten keine Wahl, das Hotel war für uns ausgesucht worden. Die Crew befand sich schon auf dem Weg hinein. Dort der nächste Dämpfer. Aylins Kollegen bekamen der Reihe nach ihre Zimmerkarten und es wurde in der Lobby immer leerer. Nun waren wir dran. »Girls, you are getting a great room with a spectacular view on the 42nd floor. You will love it!«

Die Rezeptionistin wusste leider nicht, dass ich Höhenangst hatte und Stockwerk 42 bei mir somit kein »I am loving it« hervorrief. Schon allein die Aufzugfahrt würde der absolute Horror sein! Wer möchte überhaupt so weit oben wohnen? Vielleicht liegt es daran, dass ich ungern die Kontrolle über Situationen verlor und so hoch in einem Gebäude war man viel mehr Gefahren ausgesetzt – aus meiner Sicht. Ich biss die Zähne zusammen, denn ich wollte diesen Urlaub. Halleluja, wir hatten es geschafft.

Der Gang war hell, alles verglast und ich konnte tatsächlich einen kleinen Teil des Meeres sehen. Ich konnte wieder atmen. Mein Strahlen und die Aufregung aus dem Flieger kehrten zurück. Wir mussten raus, die Stadt erkunden, noch bevor es dunkel wurde!

»Aylin! Lass uns bitte einfach nur umziehen und raus!«

Gesagt getan, Aylin und ich hatten unsere Trolleys rasch ausgeräumt, Bikinis angezogen, ein luftiges Kleidchen drüber und keine fünfzehn Minuten später standen meine blanken Füße auf kühlem Sand. Sehr kühl sogar. Dadurch, dass die Sonne hinter den Wolkenkratzern unterging, gab es sehr viel Schatten. Hier Sonnenliegen zu finden, welche noch Sonnenstrahlen abbekommen, würde nicht ganz so einfach sein. Ich suchte den Strand ab, aktivierte meine Adleraugen, als mich Aylin erfreut informierte:

»Da ist Chrissi!«

Sie deutete auf eine Gruppe Menschen, die schon Spaß hatten und eine kleine Ansammlung von weißen, freien Plastiksonnenstühlen.

»Ist es okay für dich, dass wir uns zu meiner Crew legen? Oder möchtest du lieber allein sein?« Aylin war immer darauf bedacht, dass man sich wohl fühlte. Auch kannte sie mich, mein Leben und mein Wesen natürlich schon. Sie wusste, dass ich es gewohnt war, allein zu sein.

»Klar, kein Problem. Lass uns zu deinen Leuten gehen! Ich glaube, die haben schon einen gewaltigen Vorsprung.«

Ich musste lachen, da ich aus der Ferne schon sehen konnte, dass der Kellner bei der Truppe volle Arbeit leisten musste. Spätestens als ich Aylins schrille, künstlich vollbusige Kollegin Chrissi kennenlernte, schien unser Trio festzustehen. Ihre Optik, gepaart mit ihren direkten, derben Sprüchen, katapultierte sie definitiv zum Mittelpunkt dieser Runde. Ich musste so viel lachen, auch wenn bei mancher ihrer Aussagen viel Schock und so ein klein wenig Fremdschämen dabei waren. Ein paar Minuten mit ihr reichten aus, um festzustellen, dass sie ein Unikat ist. Frech, vulgär, aber mit ihrer piepsigen Stimme dann doch wieder liebenswert.

»Was machma heute Abend, Mädls? Vollgas, oder?«

Aylin und ich sahen uns nur kurz an und waren uns einig. »Wir sind dabei!«, kam es von uns fast synchron.

»Na, dann lasst uns lieber schon in unsere Zimmer zurück und fertig machen. Durch den Jetlag werden wir nämlich bestimmt nicht lange durchhalten, also sollten wir auch früher los. Ich komme zu euch ins Zimmer. Welche Nummer habt ihr?«

»713. Und ja, komm in einer dreiviertel Stunde zu uns. Dann sind wir bestimmt schon fertig.«

Der Rest der Crew blieb am Strand. Wir wollten sowieso nicht mit allen ausgehen, also schnappte ich Aylin und sprintete über den nun komplett schattigen Strand zurück zu unserem Hochhaus. Es wurde vorfreudig gekichert. Der Aufzug war mir jetzt egal und sogar in weniger als 45 Minuten waren wir wie versprochen fertig.

»Prooooooost Mädels, auf einen tollen Abend in Miami und viele heiße Jungs!!« Chrissi grinste verschmitzt und ich ahnte schon, welcher Typ Frau sie ist. Eine, die weiß, was sie möchte und sich das auch nimmt. Es wurde noch ein Glas geleert und schon saßen wir in einem Taxi Richtung South Beach. Kurz darauf standen wir vor einem offensichtlich trendigen Laden mit einer langen Schlange davor. Das Gebäude war ein Stockwerk hoch, direkt am Ocean Drive, welcher von Palmen umsäumt war. Gute House- und Elektro-Musik strömte aus dem Club, wie Stimmen von unzähligen Gästen. Meine Laune war gut. Ich wusste, hier sind wir richtig.

Ich initiierte Augenkontakt mit dem Türsteher, in der Hoffnung, dass wir eventuell aus dieser langen Schlange gefischt wurden.

Ein Augenzwinkern und Nicken später waren wir im Club. Funktionierte doch immer wieder.

Es war laut, heiß und voll mit Amerikanern und Latinos. Touristen sah ich keine, bis auf uns. Somit dauerte es nicht lange, bis die ersten Herren ihr Glück probierten. Grundsätzlich begrüße ich Männer, welche tatsächlich zu dir kommen und dich nicht bloß den gesamten Abend über ansehen. Doch was der Kerl dann von sich gibt, ist entscheidend. Davon hängt ab, ob ich ihn höflich abweise oder mich auf ein gutes Gespräch einlasse. Doch wie viele gute Gespräche hatte ich schon beim Ausgehen? Dass ich einem Mann begegnete, welcher mich wirklich fasziniert hatte, war schon eine Ewigkeit her. Es war zuletzt in meiner Jugend vorgekommen.

»Hey, du siehst hot aus. Lust auf einen Drink?«, kam es auf Englisch von links.

»Ähm, nein danke. Ich habe schon meinen eigenen Drink.« Er war so gar nicht mein Typ, daher brauchte ich auch kein Getränk von ihm. Auch war mir das definitiv zu plump. Ein bisschen Magie brauche ich schon.

Ich drehte mich zur Seite, um Aylin und Chrissi ein Augenrollen zuzuwerfen, da stand derselbe Typ doch jetzt tatsächlich neben Chrissi. Der Kellner brachte Drinks, also hatte sie angenommen. So erstaunt ich war, ich musste lächeln.

»Olivia, komm, lass uns tanzen.« Aylin und ich warfen uns ins Getümmel. Chrissi hatte uns gar nicht weggehen sehen. Sie schien vertieft in ihr »Gespräch«.

Der Beat war langsam, soft und die Vocals sinnlich. Ich bewegte mich im Rhythmus und fing an, die Musik zu spüren. Ich wurde eins mit ihr, mit jedem Beat, war völlig losgelöst und im Moment. Ich war zufrieden und fühlte mich gut. Schloss meine Augen, um nur noch die Emotionen zu spüren, die die Musik auslöste.

Aylin und ich tanzten, während Chrissi an der Bar knutschte. Ein gelungener Abend.

Auf einmal merkte ich, wie mich die Müdigkeit erschlug. Aylin schien es genauso zu gehen. Wir waren an unserer Jetlag-Grenze, daher schnappten wir uns Chrissi und entschlossen, zurück ins Hotel zu fahren.

»Na, der war schon ziemlich geil auf mich. Hätt' ihn ja gern ins Hotel mitgenommen und ihm einen geblasen, aber es war ihm zu weit weg. Na ja, kommt halt der Morgige zu mir«, lallte Chrissi und lachte dabei zufrieden. Was für eine Selbstsicherheit, dachte ich mir und konnte mir ein Lachen nicht verkneifen. Aylin war ein wenig irritiert, ich glaube, das war ihr etwas zu direkt. Wir drei könnten unterschiedlicher nicht sein.

Doch bevor unsere Tage mit Sonnenschein und Cocktails am Rand der Karibik endeten, habe ich wohl noch etwas in Gang gesetzt. Etwas, das mein Leben für immer verändern sollte.

Wir drei Miami-Girls saßen am zweiten Tag der Reise in einer kleinen Gasse, im Außenbereich eines billigen mexikanischen Restaurants. Soßendurchtränkte Salate, Nachos mit künstlichem Schmelzkäse und riesige Becher mit klebrigen Softdrinks standen vor uns drei unternehmungslustigen Frauen. Ich nahm gerade den letzten Schluck meiner Cola. Dann lehnte ich mich nach hinten und sah nach oben in den Himmel. Es gab keinen Grund dafür, mir war einfach danach. Der Abend brach langsam an und der Mond zeichnete sich wunderschön am Himmel ab. Mich überkam ein Gefühl von Traurigkeit. Oder besser gesagt, ich fühlte so etwas wie aufkommende Verzweiflung. Die Frage, die dieser Mond bei mir auslöste, war: Wieso hatte ich bis jetzt noch nicht den richtigen Partner gefunden? Wieso hatte ich in all meinen bisherigen Beziehungen die Mutterrolle übernommen und meine Partner mehr oder weniger durchgefüttert? Sie hatten alle zeitweise in meiner Wohnung gelebt. Oder ich hatte ihnen aus diversen Gründen Geld geborgt oder geschenkt. Ich hatte mich immer gefühlt, als wäre ich die mit mehr Lebenserfahrung, die Stärkere. Das war ich auch tatsächlich.

Ich hatte Dinge angepackt, war die Macherin. Die Männer waren im Vergleich dazu alle noch in ihrer sogenannten Findungsphase gewesen. Wo war das Gefühl, auch mal die »zerbrechliche« Frau sein zu dürfen? Sich fallen lassen und auf den Mann verlassen zu können? Versteht mich nicht falsch. Mir muss niemand die Einkaufstüten tragen oder meinen Koffer, eine Prinzessin bin ich nicht. Aber man wünscht sich doch, dass das Leben leichter wird mit einer zweiten Person an seiner Seite. Nicht schwerer. Auch als starke Frau sollte man Schwächen zeigen und sich von seiner sanfteren Seite zeigen können. Lag es etwa daran, dass ich in einer kleinen Stadt lebte und es dort einfach nicht genügend Auswahl gab? Dieser Gedanke verfolgte mich, seit ich ein Teenager war. Ich musste raus aus Graz, mein Glück woanders suchen.

Erschöpft von meiner Situation schaute ich weiter in den Himmel, während die anderen beiden über Kollegen tratschten.

»Meine Güte«, murmelte ich schließlich. »Jetzt bin ich schon zweiunddreißig. So langsam wird es mal Zeit!«

Aylin fragte sofort aufmerksam: »Zeit wofür?« Sie hielt dabei Nachos in der einen Hand und ihr Smartphone mit verspielter Hülle in der anderen.

Ein träumerisches Lächeln huschte über mein Gesicht. »Ich will endlich meinen Traummann finden!«, erklärte ich, ohne Aylin dabei direkt anzusehen. Immer noch war ich von der Schönheit des Mondes gebannt.

Chrissi, die bisher noch am Essen gewesen war, zog eine fein nachgezogene Augenbraue hoch. »Honey, den richtigen Mann gibt es gar nicht. Ich finde, du bist jetzt im besten Alter, um dich nochmal richtig auszuleben. Du brauchst Sex! Ich kann mich jedenfalls nicht beschweren, meiner ist immer der Wahnsinn!«

Das sagte sie mit einem starken steirischen Dialekt und hoher, lauter Stimme. Aylin antwortete mit Kärntner Dialekt, der in Kombination mit ihrer orientalischen Optik absolut nicht zu erwarten war und daher echt niedlich wirkte: »Na, bei der Menge muss ja auch mal was Gutes dabei sein.« Das war eindeutig neckisch gemeint, denn Aylin hält nicht viel von Chrissis Lebensstil. Die zwei sind so grundverschieden!

Ich seufzte belustigt: »Leute, ich meine das ernst. Wisst ihr, ich war noch nie so richtig verliebt. Da waren zwar immer irgendwelche Gefühle, aber es war jedes Mal wieder schnell weg. Keiner von diesen Typen hat mich so richtig umgehauen. Außerdem habe ich eigentlich immer nur gegeben und auf diese unreifen Kerle aufgepasst. Ich will das nicht mehr.«

»Also da«, warf Chrissi kauend ein, »stimme ich dir jetzt zu. Wenn du dich schon auf einen für immer einlassen willst, dann sollte der dir auch was bieten können. Finanziell meine ich«, räumte sie noch schnell ein. »Sonst lohnt sich das echt nicht, das sag ich dir.«

Aylin grinste und hauchte mir verschwörerisch zu: »Hör nicht auf sie. Sprich dich aus. Was genau wünschst du dir denn vom Mann deiner Träume?« Ihre Augen funkelten dabei so hell. Ich liebte es, meine Freundin glücklich zu sehen. Das war sie nämlich nicht immer. Aylin trug ihre eigenen Schatten mit sich herum.

»Ich weiß nicht, also, ich wünsche mir jemanden, der mir einfach ähnlich ist. Einen Mann, der modebewusst ist, den ich nicht einkleiden muss. Jemand, der sportlich ist, zielstrebig, bodenständig, reinlich, organisiert, klug, emotional, familiär, attraktiv und ... ähm ... unglaublich im Bett!« Wir amüsierten uns gemeinsam über meine Liste, während ich auf meine Finger schaute, an denen ich die Eigenschaften aufgezählt hatte. »Es hört sich nach viel an, ich weiß, aber im Grunde will ich nur jemanden, der zu mir passt. Ich will doch nur mal dieses Gefühl haben, dass es mir den Boden unter den Füßen wegreißt, wenn ich ihn treffe! Richtige, echte, intensive Liebe! Und hey - ich habe ja auch all diese Charaktereigenschaften!«

»You go girl!«, bekräftigte Chrissi diese Ansage. Sie fuhr sich mit den auffällig lackierten Nägeln durch die rotgefärbten Haare. Im nächsten Moment gähnte sie ausgiebig.

»Hey, ich dachte, wir wollten noch in die Bar? Noch nicht schlappmachen!«, flehte Aylin mit einem süßen Schmollmund und stupste Chrissi von der Seite an.

Chrissis Antwort darauf lautete: »Na, die Cola wird da auch nicht reichen, her mit dem Wodka! Wir stoßen auf Olivias Männersuche an! Wer will einen Shot?« Ein schelmisches Lächeln konnte sie sich nicht verkneifen.

»Ich!!«, rief Aylin mit überspielt kindlicher Begeisterung.

»Na dann, sehr gerne, bin auch dabei!«, meinte ich mit einem leichten Lächeln. Während wir unsere Sachen zusammenpackten und unsere Tabletts mit dem Müll zurückbrachten, schaute ich noch einmal in den Himmel. Inzwischen sah man sogar Sterne, weil es dunkler geworden war. Warmer Wind wehte jetzt vom Landesinneren durch unsere Haare, eine kühlere Brise kam vom Ozean herüber. Die beiden Gegensätze trafen sich in der Mitte und wirbelten meine Gedanken und meine Frisur kurz durcheinander. Dann war es wieder windstill und ich hörte Grillen zirpen. Vielleicht war es aber auch nur das Summen von Leuchtreklame. Man hörte in der Ferne Wellen rauschen, das Rascheln von Palmblättern, Polizeisirenen und diskutierende Paare, vereint mit Popmusik. Doch alles, woran ich dachte, war, dass ich einfach nur lieben und geliebt werden wollte. Das konnte doch nicht so schwer sein.

Am nächsten Tag wurde ich schon kurz vor dem Wecker wach. Das passiert mir meistens, wenn es wichtig ist, rechtzeitig aufzustehen. Die Morgensonne kämpfte sich durch die Glaswand in unser Hotelzimmer und schien uns ins Gesicht.

»Aufstehen, anziehen, los geht's«, rief ich zu Aylin, die noch verschlafen in ihre Decke gekuschelt war. Ich hüpfte ins Bad, machte mich frisch, zog mir eine bequeme Jeans an, ein weißes, enges Tanktop, ebenfalls weiße Sneakers und band mir die Jeansjacke um die Hüften. Die Haare knotete ich zu einem Dutt. Das ging schnell und sah trotzdem süß aus. Schon konnten wir los. Aylin war weniger lebhaft, dabei war sie es, die arbeiten musste.

Irgendwie schaffte Aylin es, fertig zu werden. Eine chaotische Stunde später standen wir abfahrbereit am Bus. Man hörte ein: »Oida! Wieso schaut's ihr denn so frisch aus?« Damit waren wir gemeint und ja, die Frage kam von Chrissi. Sie stand am Eingang des Busses. Man konnte nicht übersehen, dass sie ein leicht aufgequollenes Gesicht und dadurch fast geschlossene Augen hatte. Zielstrebig kam sie auf uns zu und machte sich neben uns Platz. Da saß zwar schon wer, aber Chrissi wäre nicht Chrissi, wenn sie ihre Kollegin nicht dominant wegbitten würde. Trotz ihrer Erscheinung hatte sie ihre Energie nicht verloren und flüsterte auf einmal energisch: »Mädls! Ihr werdet es nicht glauben!« Kurze Pause. Aylin und ich sahen uns gespannt an. Ich musste schon grinsen, weil ich ahnte, was gleich kam.

»Ich habe mir ein Club-Sandwich bestellt und dann mit dem Room-Service-Typ gevögelt.«

»Das kann doch nicht wahr sein«, rief ich. Es wurde eine Runde hysterisch gelacht, auch wenn Aylin und ich sichtlich geschockt waren. Dann fragte Aylin fast schon naiv: »Und WIE? Ich meine, was hast du zu ihm gesagt, als er ins Zimmer kam?«

Chrissi legte sich die Haare zurecht, lehnte sich im Sitz zurück und zuckte mit den Schultern. »Was heißt hier ›gesagt‹? Ich habe den Bademantel aufgemacht und ihn dann vor ihm ausgezogen. Was denn sonst?«, klärte Chrissi uns auf. Mit einer Attitüde, als sei es das Normalste der Welt. Wir lachten uns da hinten im Bus kaputt und so ging es zurück.

Nach der lustigen Busfahrt stand ich mit den restlichen Travel-Partnern der Crew am Gate. Die Durchsage ertönte quer über uns hinweg: »Letzter Aufruf für die Passagiere nach New York!« Da würde ich auch gerne mal wieder hin …

Danach wurde zum ersten Mal unser Flug aufgerufen. Ich stellte mich in die Schlange. Doch wie das bei großen Flügen so ist, bedeutete das noch lange nicht, dass ich sofort einsteigen konnte. Erst musste das Personal vorne noch irgendwas organisieren und dann mussten alle Pässe und Tickets erneut kontrolliert werden, die Priority Lane durfte zuerst und der Flug war praktisch ausgebucht.

Chrissi, Aylin und die anderen Angestellten waren längst in der Maschine. Sie trafen vermutlich letzte Vorbereitungen, ehe sie die Gäste begrüßten. Ich war allein. Für ein paar Minuten wurde ich in ein Gespräch mit den anderen wartenden Passagieren verwickelt. Es blieb aber oberflächliches Geplänkel. Der Jetlag, den ich in den drei Tagen nicht losgeworden war, zeigte sich. Meine Augenlider und Gliedmaßen fühlten sich so schwer an. Jetzt nochmal hinsetzen wäre fein, denn die Schlange schien sich einfach nicht zu bewegen. Alles war träge und ich war gedanklich nicht ganz da. Ich drehte mich, etwas orientierungslos und ungeduldig, und sah mich um, um einen freien Sitzplatz zu suchen. Irgendwo hier, in dieser völlig überfüllten, anstrengenden Halle, musste doch ...

Mein Blick traf etwas.

Aber es war keine freie Sitzbank.

Ich schaute direkt in die Augen dieses Mannes. Was für eines Mannes. Oh Gott, ich war mit einem Schlag hellwach!

Was war hier los, um Himmels Willen?! Alles außer ihm war auf einmal verschwommen, total unwichtig. Ich sah nur noch seine Augen. Die Menschen um uns herum wurden so leise. Die Luft flimmerte und ich hielt den Atem an.

Minuten vergingen, in denen ich vergaß, wo oder wer ich war. Es wurde so intensiv, dass ich mich auf einmal richtig unwohl fühlte. Mein Herz raste auf ungesunde Weise, mein Puls zeichnete sich an meinem Hals ab. Also entweder hatte ich gerade eine Panikattacke oder ... Was war los? Hilfe, das war zu viel.

Ich drehte mich ruckartig weg. Anders ging es nicht. Nur so konnte ich einen Moment durchatmen. Den Rest meiner Reisegruppe nahm ich gar nicht mehr wahr. Keine Ahnung, ob sie gerade mit mir redeten oder überhaupt noch da waren. Es war, als wäre ich komplett allein. Alles um mich herum war still, die Zeit war stehen geblieben.

Was blieb, war meine unfassbare Nervosität. Was war da eben passiert? War der Typ real? Ich versuchte verzweifelt, mich an sein Gesicht oder seine Augen zu erinnern, aber überraschenderweise gelang es mir nicht.

Wie konnte das sein?! Ich wusste nicht mal mehr, wo ich hinsehen sollte. Auf mein Handy? Aus dem Flughafenfenster? Zum hundertsten Mal auf das Ticket, um zu prüfen, ob ich auch richtig stand? Was für ein Blödsinn, natürlich befand ich mich am richtigen Gate, wir waren doch alle zusammen hierhergelaufen! Irgendwas bewegte sich. Oh, es war die Anstehschlange.

Die Reihe rückte endlich langsam nach vorne. Das heißt, ich müsste reagieren, weiterlaufen, aber was sollte ich tun? Einfach mitgehen? Niemals! Ich wusste überhaupt nicht mehr, wohin mit mir.

Okay, atmen, Olivia. So etwas Intensives wie das eben zu fühlen, musste eine Bedeutung haben. Eine gute, ich musste daraus etwas machen. Etwas wie dieser Moment eben passierte nicht einfach so.

Aber ich traute mich nicht, wieder zu diesem Mann zu schauen. Keine Ahnung, was dann passieren würde. Vermutlich Schnappatmung. Ich war auf einmal so unglaublich schüchtern. Aber gleichzeitig wollte ich nichts mehr auf dieser Welt, als nochmal in seine Augen zu sehen!

Ich konnte diese Chance doch nicht im wahrsten Sinne des Wortes verfliegen lassen! Kurz sammelte ich mich. Was die anderen taten, war egal. Dann gab ich mir einen Ruck, hob den Blick, suchte nach ihm und – er war verschwunden.

Was??? Verflucht!

Das Entsetzen war mir bestimmt ins Gesicht geschrieben und dann kam wieder die Panik.

Wo war er? Er könnte überall sein und ich konnte nicht einfach losrennen und ihn suchen! Es waren nur noch wenige Minuten, bis ich in den Flieger einsteigen musste. Was für ein furchtbares Timing! Ich bekam eine neue Art von Panik. Nämlich die Angst davor, meinen Flug zu verpassen. Die Schlange bewegte sich unbarmherzig weiter. Jeder andere freute sich, nur ich nicht. So extrem zu empfinden, ohne ein einziges Wort gewechselt zu haben, das war nicht möglich. Aber es war zu spät, er war weg und ... ach du meine Güte, da vorne, da, da war er!!

Ich konnte mein Glück kaum fassen. Die Erleichterung überschwemmte mich fast.

Der geheimnisvolle Mann stand am Gate gegenüber. Er schien sich zu freuen, dass ich ihn entdeckt hatte. Denn er stand schon ganz vorne in seiner Reihe, zum Einsteigen bereit. Er flog also Business. Gleich wäre er weg. Aber er hielt inne. Wegen mir? Jedenfalls flog er ebenfalls nach Europa, genauer gesagt Frankfurt. Das entdeckte ich auf dem Bildschirm über seinem Gate. Perfekt!

Im nächsten Moment hatte ich meine Flughafenszene wie aus einem Film. Sowohl der Unbekannte als auch ich traten aus unserer jeweiligen Anstehschlange heraus. Wir gaben unseren Platz weit vorne auf, um unser Schicksal in die Hand zu nehmen. Ich bat die anderen Travel

Buddys darum, kurz auf meine Tasche aufzupassen. Sie waren verwirrt, wussten nicht, wo ich jetzt noch hinwollte. Mir hätte es nicht egaler sein können. Das Flugzeug würde ohnehin nicht früher abheben. Eilig und beschämt lachend liefen wir aufeinander zu. Es war unfassbar. Endlich erkannte ich, wie attraktiv er wirklich war. Wie gesagt, einfach unfassbar. Aber wie verhielt man sich in so einer Situation?!

»Your number!«, formte der Mann mit seinen Lippen, während er auf mich zukam. Dabei machte er die typische Geste, die ein Telefon andeuten sollte. Natürlich sprach er auf Englisch mit mir, am Flughafen in Miami. Er wusste ja nicht, woher ich kam. Das war so lustig und süß. Als er endlich vor mir stand, reichte er mir die Hand und stellte sich sehr höflich vor: »I am Adrian.« Ich hingegen kramte wild in meinem Geldbeutel herum und suchte eine dieser alten, zerfetzten, dreckigen Visitenkarten.

»Just a second, here is my business card«, stammelte ich. Das dazugehörige Unternehmen gab es nicht einmal mehr. Egal, der Name und die Telefonnummer stimmten noch! Der Mann strich sich über die kurzen Haare. Er lächelte und ich bemerkte seine perfekt gepflegten Zähne. Außerdem duftete er herrlich. Sein Parfüm setzte sich deutlich ab. Ich starrte in seine dunklen Augen. Ich durfte ihn nicht zu lange und zu intensiv ansehen, sonst wird's noch peinlicher. Die Flüge warteten außerdem, aber ich wollte nicht weg. Also stammelte ich weiter: »Sorry, dass die Karte so dreckig ist. Ist schon alt. Aber auf die Nummer kommt es ja an.« Weiterhin auf Englisch natürlich. Ich grinste noch verlegen, als er auf einmal freudig aufrief: »Du sprichst Deutsch, richtig?«

Ich glaubte es nicht! Er also auch!

»Ja, und du anscheinend auch!«, stellte ich lächelnd fest, jetzt ebenfalls auf Deutsch.

»Wie schön, wir sprechen beide dieselbe Sprache«, stellte Adrian nun sichtlich angetan fest. Wir sahen uns noch einen Augenblick lang an, mit dieser unbeschreiblichen Energie zwischen uns.

»Ich wünsch dir einen guten Flug, Olivia. Ich muss jetzt leider los!«, verabschiedete er sich schließlich selbstsicher, während er zurück zu seiner Schlange eilte. Ich war so nervös, fast wäre mir mein Pass aus der

Hand gefallen. Eigentlich war noch ein klitzekleines bisschen Zeit, es hatte noch keinen letzten Aufruf gegeben, aber wir beide wollten unbewusst der doch etwas peinlichen Situation entfliehen. In meiner Aufregung bemerkte ich auch gar nicht die skeptischen Blicke eines anderen Mannes am Gate meiner neuen, perfekten Bekanntschaft. Mit zittrigen Händen packte ich meinen Geldbeutel weg und stellte mich wieder in meiner Schlange an. Gut, dass ich ein einigermaßen süßes Outfit trug, obwohl es bequem war. Nicht auszudenken, wie das hier gelaufen wäre, wenn ich in einem übergroßen Hoodie herumgelaufen wäre, wie Aylin es für den Flug durch die Nacht vorgeschlagen hatte.

Wir waren dann fast die Letzten, die einstiegen. Ich war so aufgeregt, dass ich meine Sitzreihe überhaupt nicht fand. Zählen oder Lesen war schwer, wenn man einen Puls hat, als würde man zehn Espressi auf ex trinken. Wobei in meinem Fall schon ein einziger Kaffee dafür reichen würde. Statt mich zu setzen, wanderte ich ziellos in der Maschine herum, bis mir Aylin über den Weg lief. Sie war beschäftigt, doch ich dachte nicht darüber nach. Ich hatte nur noch eins im Kopf.

»Aylin, es ist etwas passiert!«, wollte ich ihr voller Aufregung zuflüstern und war vermutlich etwas lauter als geplant. Ich konnte selbst kaum glauben, was ich da sagte und dachte und fühlte und entsprechend verhielt ich mich auch.

»Bitte was? Was meinst du?«

»Ich glaube, ich habe mich verliebt.« Meine Augenbrauen hoben sich und mein Gesichtsausdruck verriet mein eigenes Erstaunen über diese Worte.

Ihre Antwort kam leise und noch verwirrter: »Was? Hier am Flughafen? Wie geht das denn? Wer?«

Aylins erste Vermutung war wohl, dass es ein Mitarbeiter sein müsste. Wenn Chrissi sich den Angestellten vom Hotel geangelt hatte, warum sollte ich mich dann nicht in einen vom Flughafen verlieben? Ich brachte nur noch ein »es ist verrückt« hervor, dann musste ich mich setzen, weil der Flieger abheben wollte, und Aylin musste arbeiten.

Meine Hände zitterten immer noch, als ich endlich meinen Sitzplatz gefunden hatte. Jetzt sollte ich besser kein Getränk bestellen. Oder gerade deswegen doch? Ich war mir unsicher. Jedenfalls musste ich ausführlicher mit den Mädels reden, jetzt! Warum dauerte der Start beim Fliegen nur immer so lange? Und warum musste man seine Telefone auf Flugmodus stellen? Ich war so ungeduldig, endlich seine erste Nachricht zu erhalten. Er saß auch in einem Flugzeug, er konnte mir gar nicht schreiben, das machte mich wahnsinnig. Wir hoben ab. Ich sah auf das türkisblaue Wasser und den weißen Sand hinunter und es war einfach ein unglaubliches Gefühl, sich wieder außerhalb von Realität, Raum und Zeit zu befinden, während man diese Gefühle spürte. Außerhalb von Jobs und Zukunft befand ich mich ebenfalls, denn ich wartete sehnsüchtig auf eine Rückmeldung zu einer Bewerbung. Ich hing also in jeder Hinsicht in der Luft und gerade fühlte sich das an, als würde ich schweben. Mir war alles egal, ich genoss einfach diese Aufregung und grinste zufrieden.

Als wir wieder festen Boden unter den Füßen und Empfang hatten, piepste mein Handy mehrmals auf. Da waren Nachrichten von meiner Mutter, von ein paar Bekannten und da! Auch eine von einer unbekannten deutschen Nummer! Mein Herz pochte mir wieder bis zum Hals, während die Leute um mich herum unruhig nach ihren Koffern und Taschen fischten. Er musste kurz vor mir gelandet sein oder genau im selben Moment.

Seine erste Nachricht lautete: »Guten Morgen, Olivia. Ich bin in Frankfurt gelandet und ich muss dir gleich schreiben. Wie war dein Flug? Hast du Lust, nachher mal zu telefonieren? LG, Adrian.«

Ich drehte durch. Diese Worte würden noch Jahre später Tränen der Freude in mir auslösen. Ich antwortete ihm natürlich gleich, aber nach der Ankunft war ich erst mal zu erschöpft, um zu telefonieren. Ich hätte mich nicht von meiner besten Seite präsentieren können.

Also fuhr ich erst heim und nachdem ich kurz geschlafen hatte, rief ich ihn an. Wir telefonierten tatsächlich miteinander, und das gleich für ganze vier Stunden! Es war so aufregend. Auch unser Gespräch war wie Magie.

Wir sprachen über Gott und die Welt, unsere Interessen, wo wir arbeiteten, wie wir lebten und tickten. Es gab viele Pausen in unserem Telefonat. Aber nicht, weil uns die Themen ausgingen oder weil es peinliches Schweigen wäre. Sondern weil wir beide merkten, dass da etwas Großes auf uns zukam. Unsere Gefühle überwältigten uns, sie machten uns sprachlos.

Als wir aufgelegt hatten, war es längst späte, finstere Nacht. Der Jetlag verwirrte mein Hirn nur noch mehr. Alles fühlte sich taub und surreal an. Wieder schaute ich zum Himmel hoch, in die Stille hinein. Ich war so glücklich wie vielleicht noch nie zuvor.

Mit dem Finger fahre ich die Linien des Flugzeugfensters entlang. Heute im Privatjet ist alles so anders. Damals, als ich noch kaum Möbel in meiner winzigen Wohnung hatte, war ich glücklich. Da waren die große Aufregung und die Vorfreude. Ich versinke in den ledrigen, überteuerten Polstern, während ich die Eindrücke unserer sinnlichen Nächte in Berlin wieder durchlebe. Dort war unser erstes Date. Adrian und ich hatten die Stadt mit unserer Verliebtheit und unserer Lust aufeinander ordentlich durcheinandergebracht ...

Ich hatte ohnehin vorgehabt, bald meine Familie in Polen zu besuchen. Auf dem Weg von Graz nach Polen könnte ich easy einen Zwischenstopp in Berlin einlegen. Also war die Sache ganz logisch. Adrian und ich verabredeten uns dort. Allein dieses Treffen auszumachen, fühlte sich wie ein Wunder an. Er würde aus Frankfurt anreisen und ich flog von Graz los. Mein Date kümmerte sich um die Zimmer. Er hatte sogar zwei davon direkt nebeneinander gebucht! Das beeindruckte mich wirklich sehr. Noch nie zuvor hatte ein Mann selbst etwas in die Hand genommen und für mich organisiert. Außerdem war ich begeistert davon, dass er nicht gleich annahm, wir würden im selben Zimmer schlafen. So intensiv und magisch auch alles war, in Wahrheit kannten wir uns noch kaum. Wir sollten uns erst mal nur treffen, uns kennenlernen und für den Zweifelsfall sollte jeder seinen eigenen Rückzugsort haben. Das war sehr vernünftig.

In diesen ersten Tagen mit ihm, noch vor unserem realen Treffen, befand ich mich in einem Rausch. All meine Sinne waren auf einmal viel intensiver. Das Essen schmeckte besser, die Sonne schien heller, das Aufstehen morgens war schöner. Das Schönste daran war: Es ging ihm genauso.

Aber war das wirklich alles möglich?

»Das Schicksal weiß scheinbar schon im Voraus, wer sich gut finden wird«, schrieb ich ihm an einem perfekten Morgen, kurz vor dem Treffen. Mit Zwinkersmiley.

»Auf jeden Fall. Das mit uns sollte so sein. Ich denke viel an solche Sachen. Wie hoch ist die Wahrscheinlichkeit, dass man sich so trifft und es innerhalb eines kurzen Augenblicks schafft, sich nicht mehr gehen zu lassen? Wenn so etwas passiert, dann soll es so sein«, antwortete er und offenbarte mir danach noch mehr von seinen philosophischen Überlegungen.

Hatte mir das Universum den perfekten Mann einfach vor die Nase gesetzt? Es schien so.

Erst ein Fluchen von Etienne holt mich endgültig zurück in die Gegenwart. Wir begeben uns in den Landeanflug. Der Gardasee, der wie ein L geformt ist, erstreckt sich unter uns. Das Lied von Simply Red ist längst vorüber. Ich setze es auf Repeat, um weiter in derselben Stimmung bleiben zu können und an Adrian zu denken. Leider funktioniert es nicht mehr richtig. Immer wieder springen meine Gedanken zu dem einzigen Menschen, der mir noch wichtiger ist als die Erinnerung an Adrian, meine Tochter Leona.

Ich vermisse sie furchtbar! Dabei bin ich erst wenige Stunden von ihr getrennt. Sie und ich sind ein Dreamteam. Ich kann mir ein Leben ohne sie nicht mehr vorstellen. Meine Maus ist mein ein und alles! Für sie ist es okay, dass meine Fantasien und Erinnerungen abbrechen.

Etwas zu skeptisch wandert mein Blick zu Etienne. Fehlt sie ihm auch? Hat er jemals mit echter, tiefer, unendlicher Liebe an sie gedacht? Und macht er sich überhaupt im Laufe des Tages Sorgen darüber, wie es seiner Tochter geht? Unsere Nanny wird schon gut auf die Kleine aufpassen, das ist nicht das Thema. Es bricht mir einfach für Leona das Herz. Ich fürchte eben, dass er nie das Gleiche fühlen wird wie ich. Ohne es zu wollen, habe ich jetzt Bilder vor Augen, wie es wäre, wenn ich Kinder mit Adrian hätte. Wären wir eine Bilderbuchfamilie? Wie würde er sich als Vater verhalten? Würde er seine Frau und sein Kind auch allein in diesem großen, leeren, hallenden, dunklen Haus stehenlassen? Ich höre wieder meine einsamen Schritte und das leise Weinen von Leo. Es war eine unfassbar harte Zeit, die sich tiefer in mir verankert hat, als es mir lieb ist.

Der kleine Flieger setzt genau in dieser Sekunde zur Landung auf. Alles wackelt ein wenig, deswegen schwappt Alkohol aus Etiennes neuem Glas. Dieses Mal landet die Flüssigkeit nur auf dem abwischbaren Tisch, es passiert also eigentlich gar nichts. Trotzdem schreit Etienne von jetzt auf gleich wieder los. Seine wütenden Worte gelten diesmal dem Piloten und dem Wetter. Ich würde gerne die Augen verdrehen, doch sogar dessen bin ich müde und so langsam könnte jede abwertende Handlung gefährlich werden. Außerdem ist es die Mühe nicht wert, Etienne verbreitet so oder so überall seine blutroten, dunklen Flecken.

»Es ist doch nichts passiert«, sage ich nur abwesend, wische mit einem Taschentuch über den Tisch, werfe es in den Müll und streiche dann mein Kleid zurecht. Es hat einen zarten, hellbraunen, leicht ins Gold gehenden Ton. Etienne beobachtet mich aus blitzenden Augen. »Mach es bloß nicht dreckig«, raunzt er nur. »Und zieh dich auf jeden Fall um, bevor du dich von irgendeinem anderen Gast sehen lässt. Das Ding sieht aus wie von Zara. So kannst du dich nicht an meiner Seite blicken lassen.«

Ich atme tief ein und wieder aus. Es ist gut, dass all das passiert, denke ich. Es ist auch gut, dass ich hier mehrere Zeugen für seine Worte habe. Es wird mir noch nützlich sein.

»Proletariat«, schnaubt Etienne, kaum hörbar. Ein hämisches Lächeln zieht sich dabei über sein Gesicht. »Wischst diesen dreckigen Tisch selbst ab. Wie eine Putzfrau.« Dieser Satz ist noch leise, der nächste wird lauter: »Weißt du, dass du ohne mich niemals zu dieser Hochzeit eingeladen wärst? Mein Freund würde dich nicht mal kennen, geschweige denn beachten. Du wärst ihm nicht mal bekannt, nur ein weiteres Mädchen aus einer armen Familie. Du bist nämlich da unten, wir sind DA oben.« Mit seinen Armen zeigt er bestimmend Richtung Boden und Flugzeugdecke. Das ist sein Lieblingsspruch, den ich schon hundertmal gehört habe. Das meiste, was er sagt, ist auf Englisch. Aufgrund seines Promillewerts gerät aber der ein oder andere Begriff auf Französisch dazwischen. Deutsch spricht er ungern. Manchmal denke ich, es liegt daran, dass es meine Landessprache ist. Ein weiteres kleines Machtspiel.

Welche Ironie, lache ich als Antwort auf seine Geste in mich hinein.

Ich mag vielleicht aus einfacheren Verhältnissen stammen, aber ich finde mich in der Welt zurecht. Ich würde auch ohne dich überleben. Bei dir bin ich mir da leider nicht so sicher.

Und im selben Moment sticht es auf mich ein. Das Mitgefühl kommt wieder hoch. Er ist krank. Es ist doch primär die Sucht und die Erziehung, die aus ihm sprechen. Ein armer Mensch, das ist er. Kein Monster. Manchmal trinkt er wochenlang keinen Schluck Wasser und isst nichts. Diese furchtbaren Episoden ... Immer wieder hatte ich Angst, dass ... ich will es gar nicht denken. Wobei, doch, man muss es beim Namen nennen: Ich hatte täglich Angst, ihn tot in seinem Bett aufzufinden! Ein Gefühl, das ich nicht beschreiben kann und auch nicht mehr erleben möchte. Das hat er alles nicht verdient. Noch kann ich für ihn da sein, auch wenn ich dabei ebenfalls zugrunde gehe?

Meine Schuldgefühle vermischen sich mit der Wut, dann kommt wieder die Angst und am Ende ist mir alles egal, weil ich weiß, dass es bald nicht mehr mein Problem ist. Also bleibe ich nach außen ruhig, wie fast immer. Wozu soll ich mich aufregen? Es bringt nichts. Ich kann mich auch einfach freuen, in dieser paradiesisch schönen Gegend am Gardasee zu sein. Darauf werde ich mich fokussieren.

Wir sind selbstverständlich nicht zum ersten Mal an einem Traumurlaubsort wie diesem. Ich steige auch nicht zum ersten Mal aus einem gecharterten Privatjet und nichts könnte mir egaler sein als das extravagante Hotel, in das wir gleich fahren werden. Aber immerhin haben die überdimensionalen Zimmer den Vorteil, dass man sich aus dem Weg gehen kann. Was allerdings selten nötig ist, denn meistens schlafe ich sowieso in einem eigenen Schlafzimmer. Meistens verlasse ich die Hotelanlage außerdem allein. Er will nie mit raus, in die Sonne, ins Leben.

»Du hörst mir nicht mal mehr zu!«, schreit Etienne jetzt, während ich in der Chanel-Tasche nach meinem Handy suche. Ich will Selina schreiben. Was würde ich jetzt dafür geben, dass meine gute Jugendfreundin heute hier wäre.

»Du bist so unfassbar undankbar! Du solltest mir danken, dass ich dich einfliegen lasse!«

»Was?! Ich wollte sowieso zu Hause bei Leona bleiben! Ich musste ja nur mit, damit du nicht alleine bei einer Hochzeit aufkreuzt«, antworte ich dennoch ruhig und meine es fürsorglich, aus Liebe zu meiner Tochter. Ich wäre gerade wirklich gerne bei ihr.

Etienne kichert, ohne zu lächeln: »Ja, in einer Wohnung, die du nur dank mir hast.«

Fängt diese Leier schon wieder an?

»Ich bin deine Ehefrau, du hast mich geheiratet und ich bin nur deinetwegen aus meiner Heimat ausgewandert. Dass ich ein Dach über dem Kopf habe, vor allem mit unserer gemeinsamen Tochter, sollte das Mindeste sein! Erst recht, da ich deine persönliche Assistentin bin. Also im Alltag. Wann hast du das letzte Mal selbst irgendwas für unser gemeinsames Leben organisiert?«, schreie ich ihn in Gedanken an. In Wahrheit seufze ich mal wieder nur, atme tief ein und aus und zwinge mich zu einem netten Gesichtsausdruck. Mein nächster Gedanke ist, dass ich mir sehr gerne wieder was Eigenes mieten würde. Aber dann würde Etienne die Wohnung wieder nicht betreten, weil es unter seiner Würde wäre. So wie damals, als er sich lieber eine Suite im besten Hotel von Graz genommen hat. Es lag unter seinem Standard, in normalen Räumen von bescheidener Größe zu schlafen. Der König braucht etwas Königliches!

Dabei war es bei mir wenigstens aufgeräumt, sauber, frisch und rauchfrei. Bei mir lagen keine leeren Wodkaflaschen und Bierdosen neben dem Bett und da waren keine Flecken von Erbrochenem auf dem Teppich, die unter Schwarzlicht aussahen wie das Blutbad nach einem Mord! Ich mag von normaler Herkunft sein, aber ich besitze Anstand.

Und als ob er irgendetwas selbst erarbeitet hätte. Er verdankt alles seinem Vater, eigentlich seinem Opa und macht nur da weiter, wo sie aufgehört haben. Armer Etienne, denke ich, wenn dir das alles so wichtig ist, warum hast du nicht eine Frau aus deinem Stand geheiratet? Hättest du Angst, ihr nichts bieten zu können?

Flüchtig denke ich an seine Ex, die er immer noch zu vergöttern scheint. Nach allem, was ich weiß, eine manipulative Person, die schon mehrfach nur des Geldes wegen geheiratet und keinen Tag gearbeitet hat.

Im nächsten Augenblick stößt sich Etienne beim Torkeln den Ellbogen und ich habe wieder Mitgefühl. Sein Ausruf des Schmerzes ist so kindlich. Er ist doch nur ein verlorenes Kind. Das nie richtige Werte beigebracht bekommen hat und es gewohnt ist, mit einem Fingerschnippen alles zu bekommen – außer echter Liebe. Wie soll er es in diesem Alter noch lernen? So oft hatte ich ihn an der Hand genommen und ihm das echte Leben mit all seiner Schönheit zeigen wollen. Vergeblich.

Während wir aussteigen, schimpft Etienne weiter vor sich hin. Erst stammelt er, er müsse dringend auf Toilette, die blöden Bloody Marys seien schuld und eine Zigarette will er auch endlich rauchen. Dann geht es wieder damit los, dass seine Frau ohne ihn ja niemals über diesen geweihten Boden laufen würde. Ich frage mich so langsam, ob ich das je wieder will. Er behauptet, ich sei ungebildet und seine Ex hätte viel mehr Bildung genossen als ich … Es geht immer weiter, zu einem Ohr hinein, zum anderen hinaus. Ich habe all das zu oft gehört, um noch irgendeinem Wort Bedeutung zu schenken, so wie er den Kostbarkeiten des Lebens keine Bedeutung mehr geben kann. Erst als er dem Hairstylisten vorwirft, er sei nicht von Nutzen und solle sich verpissen, komme ich aus meiner Es-ist-bald-alles-vorbei-Haltung heraus. Das kann ich so nicht stehenlassen.

»Wir sind noch am Flughafen! Was soll er denn hier tun? Du hast darauf bestanden, ihn mitzunehmen, nicht ich. Nachher wirst du staunen, wenn er fertig ist. Stephan ist ein Naturtalent und dir ist es doch so wichtig, dass ich vorzeigbar bin.«

Etienne schweigt. In seinem Gesicht ist keine Regung, außer vielleicht ein bisschen Schmerz und Trunkenheit. Dann läuft er vorneweg, so wie immer. Sein Butler, der Friseur und ich trotten hinterher, tragen das Gepäck und wechseln vielsagende Blicke. Die Flugbegleiterin bleibt zurück. Ich erkenne ihre Erleichterung, als wir gehen.

Nachdem Etienne im Inneren des VIP-Bereichs des Privat-Flughafens kurz auf dem Klo verschwunden war, geht es direkt weiter: »Du bist doch nur auf deren Seite, weil du tief im Inneren mehr zu denen gehörst als zu mir. Eigentlich würdest du auch herumrennen und für Leute wie mich Sachen erledigen, stattdessen hast du wegen meinem Geld noch einen eigenen Friseur! Ich kann sie dir alle jederzeit wegnehmen und dann ist es aus mit eurer tollen Freundschaft. Erbärmlich, dass du mit denen auch noch befreundet bist, sie stehen so weit unter dir. Gib dich nicht mit ihnen ab! Du bist jetzt eine Ahrens.«

Seine Aussagen widersprechen sich, doch das merkt er gar nicht. Wie schon vorhin nähert sich seine Hand bei solchen Sätzen dem Boden. Damit will er den niedrigen Stand von anderen Personen anzeigen. Ich reagiere nicht. Sein Butler Ricardo, Stephan und ich gehen bereits in Richtung Taxistand. Etienne will noch etwas sagen, doch er kommt nicht mehr dazu. Stattdessen stürzt er sofort wieder in den Bereich, der exklusiv für Gentlemen vorgesehen ist, um sich zu übergeben. So viel zum Thema Stil und Klasse.

Wir steigen zu dritt in das wartende Großraumtaxi. Ich bin mir sicher, dass mein abwesender Ehemann sich den Namen unserer Unterkunft nicht gemerkt hat. Wie immer habe ich mich nämlich allein um die Reiseplanung und alle Buchungen gekümmert. Vermutlich weiß hier aber eh jeder Taxifahrer über das Großevent Bescheid, also würde Etienne schon am richtigen Ort ankommen, auch ohne mich. Doch meine Sorge ist unbegründet, da kommt er endlich!

Ich nenne dem Fahrer die Adresse und wir fahren los. Während ich aus dem getönten Fenster blicke, zieht auf der einen Seite der schmale See an uns vorbei. Dabei sehe ich in das Gesicht des jungen Friseurs in der Spiegelung. Stephan scheint sich langsam wieder zu beruhigen. Vor allem, da Etienne vorne auf dem Beifahrersitz Platz genommen hat und somit etwas weiter weg ist, während er wirr auf den Fahrer einredet. Stephan machen die Anfälle von Etienne noch nervös. Der arme Junge, ich will ihm später extra Trinkgeld geben. Auf der anderen Seite unseres Wagens folgt ein kleines italienisches Städtchen auf das nächste. Familien ziehen Eis essend an uns vorüber. Die meisten von ihnen scheinen auch aus besserem Hause zu kommen. Man erkennt es an ihrer Kleidung, ihren Handtaschen und den Autos, die hier geparkt sind. Es ist so schön friedlich im Wagen. Nur die romantische Musik aus dem Radio ertönt und der Fahrer erzählt uns etwas über die ein oder andere Sehenswürdigkeit. Ricardo sitzt in der letzten Reihe, er sieht ebenfalls aus dem Fenster. Er hat sich geistig aus der ganzen Lage herausgebeamt, was er immer in solchen Situationen macht. Schweigend fahren wir die letzten Kilometer zum Hotel. Als wir aussteigen, drücke ich auch dem Taxifahrer ein fettes Trinkgeld in die Hand. Mit einer Geste wahrer Dankbarkeit und italienischer Gastfreundschaft verabschiedet er sich von unserer gedankenversunkenen Reisegruppe. Wir gehen die Steintreppe hoch zur Rezeption des Hotels. Unser Gepäck tragen Ricardo, Stephan und ich selbst, ich habe meine eigene Tasche in der Hand. Mein Mann allerdings lässt seinen Koffer jedes Mal vor dem Taxi stehen, das Hotelpersonal soll ihn ins Zimmer bringen.

Wie würde es sich anfühlen, hier mit Adrian einzuchecken? Immer wieder taucht er vor mir auf. Vorhin, als ich aus dem Taxifenster geschaut habe, hatte ich ihn mir auf dem Sitzplatz neben mir vorgestellt. Vielleicht würden wir einfach händchenhaltend am Ufer des Sees entlangspazieren, abends in einem kleinen, urigen Restaurant essen. Eine Bootsfahrt wäre auch was Schönes. Mit ihm würde sich sowieso alles gut anfühlen und vor allem entspannt. In dieser Realität hingegen fühlt sich alles mehr nach einem Pflichttermin an.

Noch etwa eine halbe Stunde habe ich für mich auf dem Zimmer. Keine Ahnung, was Etienne in der Zeit treibt, es ist mir auch egal. Ich gehe schon einmal meine Outfits für den Abend durch, in dem Versuch, mich auf die Hochzeit zu freuen. Vielleicht lerne ich ja doch noch ein paar interessante Persönlichkeiten kennen. Man muss nur die richtigen Leute finden, dann kann man auf solchen Events durchaus Spaß haben und Neues lernen.

Drei Kleider stehen zur Auswahl. Normalerweise packe ich nur genau so viel ein wie nötig, aber Etienne hat darauf bestanden, dass seine Frau heute auf alles vorbereitet ist. Das erste Kleid ist mitternachtsblau. Es hat einen der schönsten Schnitte, die ich je gesehen habe. Ich fürchte aber, es ist zu dunkel für eine Hochzeit im Sommer. Das zweite ist heller und mädchenhafter, mit Blumenstickereien. Normalerweise wäre diese Machart nicht mein Fall, ist zu verspielt, aber es passt irgendwie zur Umgebung und zur Gastgeberin. Ich habe Fotos von ihr gesehen, sie liebt solche Muster. Zu guter Letzt wäre da noch ein Kleid aus Satin. Es ist altrosa, schimmernd und hat einen tiefen, freien Rücken. Für jedes Kleid haben wir natürlich den passenden Schmuck dabei. Hauptsächlich

Diamanten. Ich halte jedes der Teile bereits zum dritten Mal vor mich. Eigentlich bin ich sehr stilsicher und treffe schnell eine Entscheidung, doch heute fällt es mir schwer.

Plötzlich klackert und surrt es, dann geht die Tür der Suite auf. Ein von dunklen Wolken umhangener Etienne tritt ein. Bis eben gerade habe ich noch gelächelt, weil ich an lustige Shoppingerlebnisse in London mit Florence gedacht habe. Jetzt nicht mehr. Er riecht nach Alkohol und ein bisschen nach Schweiß. Es ist Etienne selbst unangenehm, weswegen er sofort unter der Dusche verschwindet, ohne ein einziges Wort zu sagen. Er macht sich allein fertig, ich gehe rüber zu Stephan für mein Styling. Nachdem ich sein Zimmer verlasse, sind meine Haare so glatt und glänzend wie aus einer Shampoo-Werbung. Ich trage dezentes Make-up und das richtige Set an Schmuck. Etienne und ich wechseln danach kein Wort mehr miteinander, bis wir vor der prachtvoll dekorierten Location stehen.

Äußerlich ist alles perfekt. Wir sind perfekt, glänzen wie Diamanten. Jede Stofffalte sitzt. Gemeinsam mit Stephan habe ich mich für das schlichte Satin-Kleid entschieden. Ich wollte einen strahlenden Gegensatz zur düsteren Wirklichkeit darstellen. Wir stehen vor der Location und zeigen unsere Einladungen vor. Die Security lässt uns höflich herein. Ich kann die Pracht dieser gemieteten Räumlichkeiten schon erahnen. Etienne achtet nicht darauf, er beginnt ohne Umschweife ein Gespräch über Politik mit einem anderen, mir unbekannten Gast. Währenddessen sehe ich mich nach Gesichtern um, die mir wenigstens vage bekannt vorkommen. Noch finde ich niemanden. Also schnappe ich mir den ersten Champagner für heute und gehe mit geradem Rücken auf eine Gruppe zu, die mir vergleichsweise sympathisch erscheint. In diesem Fall bedeutet das: Sie sind jung und scheinen eine gute Zeit zu haben. Schon auf dem Weg zu der Gruppe höre ich zwei oder drei Komplimente über meinen auffälligen Schmuck und mein Kleid. Also haben wir die richtige Wahl getroffen, immerhin. So oberflächlich diese Worte auch sind, wenigstens sind sie nett. Hinter uns erheben sich schon die Türme des Schlosses und alles ist bereits hier vorne mit Blumen und opulenter Dekoration versehen.

KAPITEL 2 – MIDNIGHT

Mmmhh, sieht der Schokobrunnen fantastisch aus! Ich stehe nun schon eine Weile davor und beobachte die fließenden Bewegungen der flüssigen Schokolade. Sie tropft über die goldenen Etagen hinweg. Die erste Frau, die darüber spricht, sagt, dass sie seit Monaten auf Diät sei. Also darf sie natürlich nichts davon anrühren! Die zweite fürchtet, dass es nur gewöhnliche Schoko aus dem Supermarkt ist und da wüsste man doch, dass die furchtbar wäre. Der Mann neben ihr ist der Ansicht, Schokolade sei nur was für Frauen, daher würde er dieses Zeug ohnehin nicht anrühren. Wow, was für ein hinreißendes Beispiel dafür, wie manche Menschen in diesem Umfeld ticken. Natürlich sind nicht alle so bedacht auf das, was sie zu sich nehmen. Manche verschwinden lieber mit bedenklichen Drogen auf der Toilette. Hier und heute hält es sich jedoch in Grenzen. Immerhin ist die Presse noch da und macht Fotos für die Klatschblätter. Über einige Gäste der Party weiß ich aber, zu welchen Eskapaden sie fähig sind. Mein Körper ist ein Tempel und ich gebe ihm nur das Beste? Von wegen! Erst viel Yoga und nur Bio-Essen, aber dann schön eine Koks-Line durch die Nase ziehen.

Eine Gruppe neureicher Influencer rennt an mir vorbei. Sie schießen ein Foto nach dem anderen für ihre Social-Media-Kanäle. Ich habe nun wirklich nichts gegen das ein oder andere Bild, mit meinen Mädels mache ich das natürlich auch. Vor allem im Urlaub, wenn man so viel Schönes vor seinen Augen hat. Aber diese Clique hört gar nicht mehr auf. Und noch eins und noch eins, aus einem anderen Winkel und dann noch ein Boomerang. Ihr Lächeln ist dabei wie in Stein gemeißelt. Jetzt müssen sie eine Steckdose suchen, um ihre iPhones zu laden. Furchtbar. Sie sind so gar nicht im Hier und Jetzt. In einer anderen Ecke stehen diejenigen, die eher im Hintergrund agieren. Sie sind das Gegenteil von Influencern, ihre Namen und Gesichter sind der Öffentlichkeit kaum bekannt. Doch sie haben die wirkliche Macht. Vielleicht sogar mehr als der Adel und die Politiker zusammen. Mein Blick auf sie wird jetzt verdeckt von einer eher trashigeren Gang. An ihnen ist ALLES bunt. Mir kommt sofort Harald Glööckler in den Sinn. Sie erinnern an ihn oder einen Schwarm Papageien. Manche von ihnen kenne ich von den Partys in London oder Megève. Sie sagen Hallo, man tauscht ein paar Worte aus, aber in die Tiefe geht es natürlich nicht. Eine zeigt mir das Foto ihrer neuen Birma-Katze – sehr schön, nur mag ich Katzen nicht. Natürlich, höflich wie ich bin, sage ich ihr, dass ich mich für sie freue. Dass ich die Katze hübsch finde, bringe ich nicht über die Lippen. Dann zieht auch diese Gruppe weiter. Wieder stehe ich allein da. Diesmal ist es meine Schuld, ich hätte mit ihnen gehen können, doch ich ertrage sie nicht länger.

Die Sonne geht langsam unter, also ziehe ich mir etwas über. Warum beobachte und analysiere ich die ganze Zeit nur andere Menschen? Warum kann ich heute nirgendwo ankommen und dazugehören?

So schlimm ist es nicht immer. Ich war in den letzten Jahren bei vielen schönen Events, auf denen ich enge und interessante Freundschaften geschlossen habe. Falls sich mal nichts Freundschaftliches ergeben hat, konnte ich wenigstens Businesskontakte knüpfen. Wenn selbst daraus nichts wurde, habe ich mir Gesprächsrunden gesucht, in denen ich mich kulturell oder politisch weiterbilden konnte. Irgendetwas Gutes hat sich fast immer ergeben. Nur heute sieht es nicht so rosig aus. Zum Teil liegt dies aber an mir selbst. Ich bin zu angespannt und zu erschöpft, um mich zu öffnen. Ein bisschen fühlt es sich an wie bei den »Partys«, die Etienne manchmal in seinem Elternhaus gibt. Ich fürchte, das Problem ist Folgendes: Je verbitterter ich werde und je weiter ich mich innerlich von meinem Mann und seiner Lebenswelt entfernt habe, desto negativer schaue ich auf die Persönlichkeiten um mich herum. Wenn ich meinen Plan durchgezogen habe und das Treffen endlich stattgefunden hat, will ich gar nicht mehr in diese Kreise. Obere Mittelschicht, das klingt viel besser. Da hat man keine Geldsorgen und eine gute Lebensqualität. Das ist mir wichtig, aber ich will endlich wieder ein bodenständiges, normales Leben!

Wobei normal ... bin ich das überhaupt noch? Ich hoffe es zumindest.

Hier ist jedenfalls nichts normal. Allein der Schmuck an meinem Körper kostet so viel wie ein kleines Haus. Ich funkele in alle Richtungen. Mit weniger würde mich Etienne nicht auf die Veranstaltung lassen. Einerseits habe ich mich daran gewöhnt, andererseits ist es immer noch unangenehm. Mit dem Geld könnte man so viel wichtigere Dinge tun.

Während ich das denke, betrachte ich mich in einer spiegelnden Oberfläche. Es ist eine glatt polierte Steinsäule. Sie ist dunkel, mit hellen Streifen durchzogen. Hinter mir läuft jemand vorbei. Durch die Steinfläche ist das Gesicht verzerrt. Ich sehe kaum menschlich aus in dieser Spiegelung. Ich fühle aber, dass mir neidische Blicke zugeworfen werden. Menschen, die auf mich neidisch sind? Ich lache ironisch in meinen Gedanken. Nichts an meinem Leben ist beneidenswert, glaubt mir.

Zarte Schritte nähern sich. Vorsichtig drehe ich mich um. Wer ist diese junge Dame? Sie wirkt unsicher und ich kenne sie nicht.

»Miss, Sie haben eine wunderschöne Tasche. Woher haben Sie die?«, fragt das Mädchen mit einem zaghaften Lächeln. Sie kann höchstens achtzehn Jahre alt sein, eher jünger. Ich beantworte ihre Frage, dann erwidere ich das Kompliment, indem ich ihr sage, wie wunderschön ihre Frisur ist. Das Mädchen lächelt weiterhin. Langsam erkenne ich eine Ähnlichkeit in ihren Zügen. Sie müsste die Tochter eines bestimmten Politikers sein. »Haben Sie noch einen schönen Tag«, sagt das Mädchen nun höflich. Dann huscht sie davon. Ein paar Meter weiter erinnert sie sich daran, langsamer zu gehen. So wie eine feine Dame das zu machen hat. Sie tut mir leid, sie sollte mit Gleichaltrigen durch die Bars ziehen oder am Lagerfeuer sitzen … irgendwo, wo man locker sein kann. Wenn sie bloß bei dieser Hochzeit auf ihre Etikette achten müsste, wäre das ja nicht schlimm. Im Gegenteil, als Jugendlicher sollte man schon wissen, wie man sich an gewissen Orten zu benehmen hat. Nur leider kann ich mir ihr Leben außerhalb dieser Feierlichkeit nur zu gut vorstellen. Viel Platz für Kindsein ist da selten.

Ich gehe weiter, immer noch auf der Suche nach Gesellschaft und gleichzeitig auf der Flucht vor allem und jedem. Ich gehe zum Ladies Room, um mich an einem richtigen Spiegel frisch zu machen. Am Waschbecken trifft mein Blick den einer Adligen. Etwas an ihr wirkt verbittert. Liegt es daran, dass man bei ihr bereits Fältchen sieht, die sie mühsam zu überdecken versucht? Ich nehme mir ein Herz und schenke ihr ein Lächeln. Für einen Augenblick flackert Wärme in ihren Augen auf. Es ist nur ein kurzer Moment von gegenseitigem Verständnis. Schon ist die Magie wieder verschwunden. Als ich kurz nach ihr nach draußen gehe, weiß ich nicht, wohin mit mir. Meine Optik ist auf jeden Fall wieder perfekt zurechtgemacht, nur fühle ich mich nicht so. Auf zum Buffet! Da gibt es immer etwas Interessantes zu finden. Gutes Essen ist bestimmt meine größte Leidenschaft. Ich kann mich nie entscheiden, ob ich Essen oder Sex bevorzuge. Ich muss grinsen. Mit Adrian würde sich diese Frage gar nicht erst stellen. Mit meinem Ehemann, und unseren zweimal Sex pro halbes Jahr, allerdings schon. So langsam bekomme ich wirklich Hunger. Auf dem Flug habe ich ja keinen Bissen herunterbekommen.

Am Buffet angekommen wage ich es tatsächlich als Erste, Obst in den Schokobrunnen zu tunken. Oh la la, was für eine Rebellin ich doch bin. Während ich die Melone esse, denke ich an die Zeremonie von vorhin. Es hat einen Schwarm weißer Tauben gegeben. Für meinen Geschmack ein No-Go. Tiere in Käfigen über Stunden zu halten, zu transportieren, nur um sie dann für mich fliegen zu lassen. Was soll denn das? Es überrascht mich aber nicht, denn diese gesamte Hochzeit ist schließlich over the top. Die Braut trägt ein Kleid mit einer Schleppe so lang wie ein Kleinbus. In diesem Kunstwerk – es ist wirklich ein schönes Kleid, aber einfach zu viel von allem – hat sie ihren Prinzen aus dem Finanzadel geheiratet. Er ist einer von diesen Männern, die alles bekommen, wenn sie nur mit dem Finger schnippen, obwohl sie von den meisten Leuten nicht erkannt werden. Man muss schon wissen, von welchem Imperium dieser Sohn der Erbe ist. Aber wenn man es weiß, macht man für ihn alles möglich.

Meine Menschenkenntnis sagt mir, dass die Braut keine schlechte Person ist. Sie wirkt engagiert, freundlich und klug, vor ein paar Jahren hätte ich versucht, mich näher mit ihr anzufreunden. Aber das Geld steht für sie doch an einer sehr hohen Stelle, das sieht man der Hochzeit und deren Gästen an. Die Braut hat die Anlage in ein Märchenschloss verwandeln lassen. Jeder Zentimeter ist überladen mit Blumen und

Statuen, barocken Kerzenständern und Lichtern, Federn, Gold, Glas und Rüschen. Jedes Teil glänzt und funkelt. Die Gäste tragen ausladende Kleider und Schmuck aus Smaragden, Diamanten und Rubinen. Und die Deko allein auf den Tischen müsste dreißig Stunden Handarbeit und fünftausend Euro gekostet haben, pro Tisch! Trotzdem sind die Decken mit Wein bekleckert und die Gestecke mit Soße verschmiert. Neben mir befindet sich eine Eisskulptur, die fast zwei Meter hoch ist. Ich muss sofort an Dubai denken - ist mir zu kitschig. Wenn man genau hinschaut, sieht man, dass das Pferd aus Eis eine Träne vergießt. Ich runzle die Stirn und frage mich, wieso man ein weinendes Pferd aus Eis auf seiner Hochzeit möchte?! Ich muss mir echt ein Lachen verkneifen und halte mir eine Hand vor den Mund. Auch die Mähne fängt an dahinzuschmelzen. Panisch rennt jemand herbei und dreht die Kühlung höher. Okay, mein Lachen ist raus! Ist doch zu verrückt dieses Bild. Zwanzig weitere Butler im altmodischen, weiß-goldenen Frack eilen mit ernster, bestürzter Miene um mich herum. Sie sehen alle gleich aus und sind sogar fast alle gleich groß. Es ist grotesk. Die jungen Männer mit den lockigen braunen Haaren verteilen schon den gesamten Tag Champagner, Bellinis und Mocktails. Andere räumen ständig auf oder machen so unauffällig wie möglich alles sauber. Einer von ihnen wird zurechtgewiesen, weil er keinen alkoholfreien Piña colada mehr auf dem Tablett hat.

Wobei, es ist gar nicht so extrem anders, als es ursprünglich auf unserer Hochzeit aussehen sollte – wenn nicht plötzlich dieses Virus, Covid, dazwischengekommen wäre. Die Krankheit hat unsere Hochzeit auf das absolute Minimum schrumpfen lassen. Im Nachhinein denke ich, es war besser so. Im Vergleich zu vielen anderen Momenten unserer Ehe war dieser Tag nämlich voller Liebe. Er war intim in einer kleinen Runde, mit nur sechs Menschen inklusive mir. Mein Mann war damals tatsächlich glücklich und sogar meine Eltern hatten sich vertragen. Ich weiß gar nicht, wann sie das letzte Mal zuvor zusammen an einem Ort gewesen waren. Ich seufze, erst wegen der schönen Erinnerungen, dann weil ich seine Stimme höre. Wenn man vom Teufel spricht. Etienne schnauzt einen der Kellner an. Direkt lösen sich die wunderschönen Erinnerungen an unser anfängliches Glück auf. Worum es geht, bekomme ich nicht mit. Ich will es auch nicht wissen und vermutlich geht es um gar nichts. Die Männer neben Etienne lachen nur, oder sie geben ihm recht. Einem von ihnen ist sichtlich langweilig, er spielt an seinem klischeehaften Siegelring herum und äfft den Kellner nach.

Ich kann das nicht mehr. Meine Beine geben nach und lassen mich auf einen goldenen Stuhl sinken, der natürlich mit Blüten drapiert ist. In meinen Gedanken vermischt sich Etiennes Geschrei mit dem Kreischen von Papageien. Ich habe jetzt eine unserer zahllosen Reisen vor Augen. Keine Ahnung, wo wir gewesen sind, aber dort war es warm. Vielleicht mal wieder Marrakesch? In meinem Kopf betrete ich eine Suite.

Darin war es sehr dunkel, Etienne schloss schon immer gerne die Sonne aus. Ich wollte mit ihm einen Spaziergang unternehmen, wusste aber, dass daraus vermutlich nichts werden würde. Er lag mit geschlossenen Augen auf dem Bett und stammelte unklare Worte vor sich her. Der Name seiner Ex-Freundin fiel. Irina. Wie ein Geist lauerten ihr Name und ihre Existenz über unserer Beziehung und sorgten immer wieder für Streit. Ich wollte schreien, tat es aber nicht. Das war nicht meine Art. Im Hintergrund, oder eher sehr präsent, lief laute, dramatische klassische Musik. Sie hörte sich an, als wolle Vivaldi mit diesen Tönen seinen eigenen Tod heraufbeschwören. Das Orchester und der Dirigent waren die Sensenmänner, von ihrer Kunst wurde alles niedergemäht.

Neue Erinnerungen kommen hoch, sie verschwimmen mit den vorherigen. Plötzlich stehe ich in London. In unserer alten Londoner Wohnung. Seiner Wohnung, in der wir nur wenige Monate gemeinsam gelebt hatten. Die melancholische Musik ist noch immer da. Ich wollte mir nur noch die Ohren zuhalten. Diesen Lärm konnte ich nicht mehr aushalten!

Ich schüttle meinen Kopf, um diese unschönen Erinnerungen ebenfalls wegzuschütteln.

Okay, ich bin wieder da. Auf der Hochzeit. Ich habe gar nicht mitbekommen, dass ein Mann neben mir Platz genommen hat und eine Zigarette raucht. Ich atme ein paar Züge seines Qualms ein - und die Flashbacks kommen wieder hoch.

»Hör auf, hör bitte einfach auf, ich kann nicht mehr, ich kann nicht atmen, ich kann nicht schlafen, ich habe Angst um dich! Bitte, dreh die

Musik leiser«, wimmerte ich damals. Es grenzte an ein Wunder, dass die Nachbarn noch nicht die Polizei gerufen hatten. Die Wände zitterten mit mir um die Wette. Ich ging zu meinem Mann, auf dem Weg musste ich über drei leere Flaschen steigen und über einen Fleck, von dem ich nicht wissen wollte, was es war. Ich würde es später sauber machen. Ohne mich zu beklagen. Mein Blick fiel als Nächstes auf acht leere Zigarettenpackungen, die samt Asche auf dem Bett lagen. Auf dem brandneuen Laptop lief ein tiefgründiger, chaotischer, düsterer Film. Es war mitten in der Nacht, bestimmt schon zwei oder drei Uhr, genau wusste ich das nicht, denn in diesem Zimmer waren die Vorhänge immer verschlossen. Es war immer Nacht. »Bitte, rauch weniger und trink etwas Wasser. Du musst auf die Beine kommen. Wir wollen doch bald deinen Geburtstag feiern.« Ich flehte, weil ich Angst um sein Leben bekam und um meinen Verstand. Wie sehr wünschte ich mir einen schönen, feierlichen Tag mit ihm.

»Du sagst mir nicht, was ich zu tun habe!«

Seine Wut, dann drei Paukenschläge und aggressive Violinen. In dem Film schreit eine Frau, die in einer Gasse attackiert wird.

»Du wärst nichts, hörst du, gar nichts ohne mich!« Er kam auf mich zu, wild gestikulierend. Sein Gesicht war dabei so verquollen, dass es schon gruselig war. Dieser arme, arme Mann. »Du hältst mich wohl für blöd? Ich habe gemerkt, dass du mir Wasser in die Vodka-Flasche gemischt hast! Für wie dumm hältst du mich?« Dann lachte er kurz verächtlich und laut. »Denkst du, du kannst mich austricksen? Ich bitte dich. Ich bin der, der dich aus dem Drecksloch gezogen hat, durch mich hast du dieses Leben! Vergiss das mal bloß nicht. Was denkst du also, wer du bist, dass du mir die Drinks austauschst. Du bist so weit unter mir, also sei gefälligst ruhig und halt dich aus meinen Angelegenheiten raus!« Den Lappen, den ich zum Putzen rausgelegt hatte, pfefferte er auf den Boden. Das Lied wechselte seine Stimmung, es wurde noch schneller. Etienne schreit und schreit und schreit, tat es damals, tut es heute. Es roch so ekelhaft nach Nikotin in dieser Wohnung und nach Erbrochenem. Seit Tagen hatte sein Magen nur Alkohol zu sehen bekommen. Doch der Geruch war nicht mal das Schlimmste in London. Ich sehe wieder das blitzende Schwert vor mir, das mit einem Klirren nur Zentimeter von meinen Füßen entfernt aufkam. Die Klinge war frisch geschärft, er hatte es gerade erst gekauft. Er wollte mir nichts tun, wollte mir scheinbar nur stolz zeigen, wie gut und zielsicher er dieses Schwert werfen kann. Ich weiß, dass das nie seine Absicht war, mir fast die große Zehe abzutrennen und dennoch bleibt das Gefühl.

Fröhliche Musik holt mich zurück auf die Hochzeit. Die ersten Gäste tänzeln inzwischen ausgelassen zwischen den Tischreihen hindurch und stürmen auf die Tanzfläche. Eine Gruppe älterer Herren hält sich noch zurück. Sie öffnen eine Flasche Whiskey, die für die meisten Menschen ein Monatsgehalt darstellt. Ich bin noch so in Gedanken, dass ich kaum realisiere, wie ich aufstehe und mich zu einer Gruppe rund um eine bekannte Sängerin stelle. Sie unterhalten sich über Kindererziehung, dazu kann ich etwas beitragen und darüber würde ich gerne mal mit jemandem reden. Doch lange geht es leider nicht um Pädagogik, das Thema wandelt sich, jetzt geht es um Ringe. Ich schaue auf meine Hände, halte die eine mit der anderen fest und knete leicht. Etienne hält nicht gern meine Hand. Adrian hatte in Berlin hingegen einfach so meine Hand genommen. Mitten in der Öffentlichkeit, das war so schön. Er lief sogar direkt neben mir, nicht zehn Meter weiter vorne. Schon bei diesem ersten Treffen wollte er der ganzen Welt zeigen: Diese Frau und ich, wir gehören zusammen. Tun wir das immer noch? Wird er je wieder …

»Olivia, wo ist eigentlich dein Mann?«, fragt mich die Sängerin plötzlich. Ich schrecke beinahe auf, kontrolliere meine Reaktion mit Mühe. Ich weiß nicht mal, woher sie weiß, mit wem ich verheiratet bin. Wir kannten uns offiziell bisher nicht. Wortlos zeige ich mit dem Kopf in die Richtung, in der Etienne steht. Sie sieht zu ihm herüber. Man kann ihm die Trunkenheit ansehen. Sie schaut wieder zu mir. Ihr Blick ist mitleidig. Ich hasse solche Momente. »Männer«, meint sie dann zu meiner Überraschung. Sie schüttelt nicht über Etienne im Besonderen den Kopf, sondern über alle seine Artgenossen. Ich zwinge mir ein Grinsen ins Gesicht. »So sind sie nun mal«, sage ich betont beiläufig.

Den echten Schmerz zeige ich ihr nicht. Und ich will nicht weiter traurig sein, ich möchte nicht anfangen zu weinen, wenn alle am Tanzen sind. Will nicht wieder die Beherrschung verlieren und alle schockieren. Denn auch ich kann ausflippen, wenn mir alles zu viel wird und ich diesen Wahnsinn nicht mehr ertrage Wie damals. Er wäre beinahe ... auf diesem Bootsurlaub ...

Ich hatte an diesem Abend selbst ein paar Drinks intus und hielt nichts zurück. »Was fällt dir ein, meine Freundin am Hals zu küssen! Ihr nach-zulaufen wie ein Hündchen, mich KOMPLETT zu ignorieren??«, schrie ich ihn an. Das Dinghy schwankte. Mir war egal, dass all seine Freunde dabei waren und es mitbekamen. Mit dieser Freundin meinte ich Chrissi, sie hatte es mir selbst gesagt! Er schrie zurück. Ich ließ die angestaute Wut des ganzen Abends heraus. Auf einmal holte ich mit meinem Bein aus und trat zu. Es war nicht stark, um Himmels willen. Ich wollte ihm doch nichts tun. Er war mal wieder komplett betrunken gewesen, saß am Rand des Boots, bei völliger Dunkelheit. Hätte ein Freund ihn nicht sowieso gestützt und wäre nicht ein zweiter zu seiner Linken gewesen, der sofort reagiert hatte ... Etienne wäre im Meer gelandet.

Ich bekam sofort solche Panik und Angst um ihn. Doch wo sollte ich hin mit meinen Gefühlen? Er hatte keinen einzigen Tag der Reise mit mir verbracht. Wir haben nicht eine Nacht im selben Bett geschlafen, und das war am Anfang unserer Beziehung! Während ich mit seinen Freunden frische Früchte zum Frühstück genoss und Orangensaft trank, saß er mit dem ersten Gin Tonic in seiner Ecke. Es war nicht mal zwölf Uhr mittags. Ich habe mich für das, was wir darstellten, geschämt. Dann hatte er noch die Frechheit besessen, einen ganzen Tag lang nur Augen für Chrissi zu haben. Dabei war sie nicht mal sein Typ! Manchmal fühlte es sich an, als wäre ich –.

»Hey, Olivia, meine Schöne, dein Mann hetzt wieder Leute gegen-einander auf. Das macht dem Spaß, oder?« Ein Kerl um die dreißig mit langem, schön gelocktem Haar stößt mich von der Seite an. Seine Uhr von Patek reflektiert das Licht. Es blendet mich. Ich glaube, er ist ein Ge-schäftspartner von Etienne. Ich habe nicht mehr als ein müdes Lächeln für ihn übrig. Ob ich doch mal zu ihm gehen sollte? Um das Schlimmste zu verhindern? Ich will aber nicht. Also entschuldige ich mich und eile davon. Keine Ahnung, wohin, einfach nur weg. Zum hundertsten Mal sehe ich mich auf der Hochzeit um, auf der Suche nach einer Flucht aus der Einsamkeit. Warum verflucht nochmal kenne ich heute niemanden näher?

Während ich mich immer einsamer fühle, wird es um mich herum ausgelassener. Die härteren Mittel werden jetzt ausgepackt. Die Presse ist weg, auch Kinder sind längst keine mehr anwesend. Die ersten Gäste landen knutschend in den Hecken, die ersten Gläser sind zerbrochen. Spitz und gefährlich ragen ihre Scherben vom spiegelnden Boden auf, doch immer nur für wenige Sekunden, bevor ein Mitarbeiter sie für Mindestlohn auffegt. Auch die Braut ist angetrunken. Sie lässt sich gerade das Strumpfband von keine Ahnung wem ausziehen und lacht dabei laut und schrill aus vollem Herzen. Zwei Meter weiter werden Geschäfte abgeschlossen. Herzlichen Glückwunsch. Ich glaube, gerade hat eine Yacht den Besitzer gewechselt.

Inmitten alldem steht Etienne und grinst über eine Frau, die mit ihrer Begleitung streitet. Was hat er diesmal getan? Wieder kommt jemand zu mir und wieder wechseln wir nur ein paar Sätze. Ich werde noch wahnsinnig. Vielleicht ist mein Mann deshalb so besessen von anspruchsvollen, abgehobenen Themen. Weil er seit seiner Kindheit nur nichtssagendes Geplänkel und Höflichkeiten über sich ergehen lassen musste. Es wäre bestimmt um einiges leichter, wenn er mich der ein oder anderen Person vorstellen und ein Gespräch über gemeinsame Interessen einleiten würde. Denn auch wenn nun alle ausgelassen scheinen, habe ich das Gefühl, niemand hier ist er selbst. Als würden sie alle ihre Freude oder gute Laune nur spielen. Ich kann diese Leute hier nicht greifen.

Diamanten, Rubine, Armbänder aus Gold und Platin glitzern unter der Diskokugel. Ich trinke noch einen Schluck von meiner Moscow Mule, dann wandert mein Blick über die Feinheiten des Hotels. Mit Adrian könnte ich über seine Architektur sprechen, ohne dass daraus ein Geschichtsvortrag mit mathematischen Formeln wird. Adrian würde vielleicht mit mir tanzen. Nein, ich bin mir sogar sicher! Er wäre locker drauf, hätte Spaß. Wir würden lachen. Ich atme ein und spüre den Rhythmus der Musik. Nun bin ich auf der Tanzfläche. Endlich fühle ich mich ein wenig wohler, nehme die Stimmung an. Ein sympathischer, attraktiver Mann möchte mit mir tanzen. Ich genieße seine Aufmerksamkeit, halte aber Distanz. Zum Teil aus Vernunft, zum Teil aus Angst. Er hat noch nie etwas Gewalttätiges getan und würde auch nie, doch Etienne ist trotzdem unberechenbar, wenn er getrunken hat.

Da ist zwar niemals Gewalt, da sind aber auch keine Zärtlichkeiten mehr zwischen uns, fällt mir gerade auf. Sehnsucht macht sich in mir breit. Die Erinnerung an den letzten Sex ist längst verblasst. Echten Austausch gibt es auch keinen mehr. Entweder rede ich auf ihn ein und könnte genauso gut mit einer Wand sprechen (keine Reaktion, höchstens drei Wochen später, wenn ihn plötzlich etwas stört) oder sein monotoner Wortschwall bricht über mich hinweg, bis ich keine Luft mehr bekomme.

Die Braut springt ihrem Bräutigam jubelnd in die Arme. Immerhin ist sie glücklich. Ich war es bei meiner Hochzeit auch, obwohl ich schon damals wusste, dass es sich mit Adrian anders anfühlen würde. Das Brautpaar steht jetzt mitten auf der Fläche, die Arme eng umeinandergeschlungen. Sie schauen sich tief in die Augen. Existiert zwischen ihnen diese wahre, intensive Liebe? Sind sie so verrückt nacheinander wie Adrian und ich … es waren? Im Hintergrund höre ich Etienne brüllen. Soll er doch, ich blende ihn aus. Das Lied mit den schnellen, elektronischen Beats endet. Das nächste ist langsamer und romantisch. Das Licht wird gedämpft, erst ist alles in Rot getaucht, dann in warmes Gold. Ich fühle zum ersten Mal den Alkohol, ziehe mich langsam zurück an den Rand der Tanzfläche und träume wieder von meinen besten Momenten.

Diese Hotellobby in Berlin, ich habe sie noch genau vor Augen. Obwohl ich damals etwas zu betrunken war. Aber das auch nur, weil ich so furchtbar nervös war. Gott im Himmel, es war so verrückt! Ich hatte mich ja kaum getraut, die Zimmertür aufzumachen, weil ich nicht wusste, was mich erwartet und weil ich so Angst hatte, enttäuscht zu sein. Wie bereits gesagt, ich konnte mich gar nicht mehr an sein Gesicht erinnern. Wir hatten uns ja nur dieses eine Mal am Flughafen gesehen, nur wenige Minuten. Es ist irre, diese Begegnung war so aufregend gewesen, dass ich tatsächlich nur noch seine Augen in Erinnerung hatte. Aber dann stand er da und alles war perfekt. Er war perfekt. Groß, gut

gebaut, cool gekleidet und mit einem Gesicht, das mich in den Bann zog.
Wir verstanden uns so gut. Wäre ich nicht ich, hätte ich mich schon auf
dem Hinweg zur Hotelbar vergessen. Wir waren wie zwei Magneten. Ich
sehe Adrian neben mir, wie er später in meinem Hotelbett eingeschlafen
war. So friedlich und vertraut. Ganz ruhig und verletzlich lag er da. Dabei
hatte er vorher gesagt, er könne nicht gut neben Fremden schlafen. Er
hat es nie nach drüben in sein eigenes Zimmer geschafft. Bei mir fühlte
er sich offenbar sicher. Dieses Wissen tat so gut. Vor dem Hotelfenster
sah ich die Stadt, die einerseits dreckig und voller Graffiti war, andererseits viele wunderschöne Ecken hatte. Zumindest für mich war sie seit
diesem Wochenende ein ganz besonderer Fleck Erde. Für uns hat die
Hauptstadt Deutschlands am nächsten Morgen gestrahlt. Jeder Passant
war fast genervt von der Euphorie, die dieses frisch verliebte Pärchen –
wir – ausgestrahlt hat. Alles war so schön schlicht im Vergleich zu heute.
Dort hatten wir uns in einem Restaurant Pizza bestellt und dann nur
noch gekichert. Jedes Wort war Balsam für die Seele und wir wie zwei
Teenager. Dabei sind wir in den Augen des anderen versunken, konnten
weder unsere Blicke noch unsere Hände voneinander lassen. Ich merkte,
wie er sich selbst während des Essens die ganze Zeit zu mir beugte. Er
wollte mich küssen, aber mehr als einen sanften Kuss auf die Wange gab
es nicht. Kaum waren wir raus aus diesem verflixten Lokal, haben wir
uns richtig geküsst. Lange und leidenschaftlich, mitten auf dem Gehweg. Menschen mussten uns ausweichen. Unsere Hände waren überall.
Der Frühling blühte um uns herum und in uns war er noch stärker. Der
laute Verkehr rauschte hinter mir und ich bekam nichts davon mit. Alles
war Musik. Nach dem Kuss flüsterte mir dieser Traummann liebevolle
und aufregende Dinge ins Ohr. Ich konnte nicht mehr abwarten, bis wir
zurück in einem unserer Zimmer waren.

Die Lichtatmosphäre auf der Tanzfläche wird noch tiefer rot und so
tun es auch meine Gedanken. Was sehne ich mich wieder nach unserer
Zärtlichkeit und Leidenschaft. Dem Ganzen, was heute verboten ist.
Einer der Kellner bringt mir einen neuen Moscow Mule. Ich nehme
einen Schluck. Wie schade, dass ich gerade nicht allein auf meinem

Zimmer bin. Ich habe gerade so Lust auf ihn, Adrian, und würde mich zu gerne völlig in meinen Gedanken verlieren.

Ich falle gedanklich in eine der besten Nächte meines Lebens. Dieses Mal sind wir in Frankfurt, bei ihm. Das Wetter war nicht gut, der Regen strömte in Vorhängen vom Himmel herab. Aber es war so ruhig. Man hörte nur das Prasseln. Ich und Adrian spiegelten uns im Fenster wider, welches vom Boden bis zur Decke ging und die gesamte Wand ausfüllte. Dahinter lag die dunkle, verregnete Stadt. Lachend zog er den Rest der Vorhänge auf. Der Gedanke, Leute könnten uns beim Sex zusehen, turnte ihn an. Mich ebenfalls. Ich spürte seine Arme um meine Taille und alles, was ich dabei empfand, war Geborgenheit. Dass meine Mundwinkel permanent nach oben gebeugt waren, realisierte ich überhaupt nicht. Schon wieder verspürte ich das Verlangen, eins mit ihm zu werden. Egal welchen Teil meines Körpers er anfasste, selbst wenn es nur meine Hand war: Ich wollte sofort mehr. Es war nun Punkt Mitternacht und Adrian presste mich gegen das kalte Fenster. Wir redeten nicht. Er sah mich voller Respekt und Liebe an, gleichzeitig lag etwas Gefährliches in seinen Augen. Er küsste meinen Hals, leckte ihn langsam von unten nach oben ab, um am Ende mit seiner Zunge an meinem Mundwinkel zu landen. Dabei hob er mein Kleid hoch und schob meinen Slip selbstsicher herunter. Ich kickte den Slip mit meinem Bein ins Eck. Dabei atmete ich schneller und lauter. Mein nackter Hintern war nun gegen das Fensterglas gepresst. Es war so kalt. Aber nicht lange, denn auf einmal packte mich Adrian mit seinen großen Händen an der Hüfte und drehte mich um. Ich konnte nun nach draußen schauen. Meine Arme streckte er nach oben. Ich hörte, wie er seine Hose öffnete. »Steck ihn endlich rein«, stöhnte ich.

»Du hast mir nichts zu sagen, Hase!«, konterte er bestimmend und sichtlich erfreut über mein hilfloses Verlangen. Um mir zu zeigen, wer hier der Boss ist, kniete er sich nieder, packte meinen Hintern und hielt meine Pobacken auseinander. Ich schloss die Augen. Er leckte meine Muschi und dann weiter bis an mein Arschloch. »Fuck«, kam es aus mir heraus. Wie ich das liebte. Ich war so erregt, dass ich nur noch hart gefickt werden wollte. Adrian tat mir diesen Gefallen, er quälte mich nur kurz mit dem Vorspiel, schon steckte sein stahlharter Schwanz in mir. Mhh, von hinten tat es fast schon weh, so groß war er. Er machte es hart und schnell. Unter meinen Handflächen und meinem Gesicht zeichnete sich ein angelaufenes Fenster ab. Es wurde wortwörtlich steamy. Während Adrian mich von hinten nahm, sah ich, dass im Haus gegenüber jemand am Fenster stand und uns scheinbar zusah. Er sah uns, ich sah ihn. In diesem Moment kam ich – und das stark. Mein Gesichtsausdruck hielt nichts zurück. Adrian holte seinen Schwanz raus. Er kam gleich nach mir auf meinem Arsch. Was für ein wunderbarer Quickie. Ich war etwas atemlos. Der Regen fiel weiter. Gegenüber ging das Licht aus. Ich musste lächeln.

»Du bist so scharf, Olivia, du machst mich fertig.«

Wir beide grinsten zufrieden. Das war unser viertes Mal heute. Nach einem gemeinsamen Glas Wasser hob er mich sanft zurück aufs Bett. Wir küssten uns, langsam und intensiv. Voller Zuneigung und Respekt. Ich schloss meine Augen und genoss die Zeit mit diesem Mann. Inzwischen war es dunkel geworden und ich fühlte die Gänsehaut an meinem ganzen Körper. Es war wie ein Märchen. Nicht von der Umgebung her, sondern vom Gefühl.

Denn trotz aller Romantik und Erotik fiel es mir auf: Die Wohnung war halb leer. Es hallte sogar ein wenig, während wir unseren Spaß hatten. Adrian war erst kürzlich eingezogen, doch es gab noch nicht mal einen Tisch zum Essen. Geschweige denn Sessel zum Sitzen. Wenn es diese Basics schon nicht gab, muss ich nicht erwähnen, dass auch die Wände kahl waren. Ebenso wenig sah ich Bücher oder Accessoires.

Trotzdem hatte ich rein gar nichts zu bemängeln. Es war perfekt, so wie es war. Weil ich ihn hatte. Mit ihm wäre jede Baracke zu einem Fünf-Sterne-Suite-Erlebnis geworden. Uns würde man in diesem Moment die Rolle der Suite-Bewohner sowieso nicht abkaufen. Wir waren vor unserer Exhibitionismus-Nummer am Fenster nämlich ausgegangen und mitten in den Regen geraten. Dementsprechend sahen wir aus. Mir hing das Haar in nassen Fetzen über die Schultern. Der Regenfall draußen wurde noch stärker. Er prasselte auf die Straße, während wir uns ins Bett fallen ließen. Mit diesen nassen Haaren und intensiven Blicken.

Heute sehe ich zwar aus wie eine Prinzessin und lebe im Schloss, während die Sonne uns wohlgesinnt ist. Weit und breit ist keine Regenwolke am Himmel. Aber heute würde ich um Mitternacht am liebsten vorgeben, dass ich ganz schnell nach Hause muss. Ich sehe auf die Uhr auf meinem Handy. Tatsächlich dauert es nicht mehr lange bis Mitternacht. Vielleicht noch vier oder fünf Songs. Mittlerweile tanzt die Hälfte der Partygäste.

Würde es meinem Mann auffallen, wenn ich einfach verschwinden würde? Wie wichtig bin ich am Ende wirklich? Nicht mal in unseren ersten Wochen fühlte ich dieselbe Verbundenheit wie mit Adrian. Mir war jedoch bewusst, dass diese Magie nicht oft vorkommt, also dachte ich mir nicht viel dabei. Ab einem gewissen Alter geht man Beziehungen eben eher aus Vernunft ein, nicht wegen dieser absolut verrückten Liebe. Ich meine, komm schon, wer hat wirklich eine jahrzehntelange Beziehung, die so intensiv ist wie das, was in Miami begann? Werden alle Partnerschaften nicht früher oder später mehr eine Entscheidung als ein Gefühl? Ist man nicht irgendwann eher ein Team und die Sexualität verliert an Bedeutung?

Wir schienen uns gut zu ergänzen. Etienne war großzügig und faszinierend, wusste und kannte Sachen, von denen ich nie gehört hatte; und ich wollte ihm helfen, das Leben zu genießen. Wollte seiner melancholischen Art etwas Melodie einhauchen. Er bot mir im Gegenzug eine sichere Zukunft. Ich würde ihn lieben und mich um ihn kümmern. In seinen Augen war es bestimmt ebenfalls wichtig, dass ich gut aussah und ihm eventuell eine Familie schenken könnte. Wir beide liebten die schönen Dinge des Lebens und an seiner Seite konnte ich viel erreichen. Ich war aufgeregt darüber, ihn kennenlernen zu dürfen und auf eine Beziehung zuzusteuern. Zum ersten Mal in meinem Leben schwebte ich nicht mehr in der Luft, es zeichnete sich ein stabiles Fundament ab. Ich musste bei ihm auch nicht die Starke sein. Das war doch immer mein Traum gewesen. Vor Adrian hatte ich jeden meiner Partner durchgefüttert. Ich war es gewesen, die Vollzeit gearbeitet und die Miete der Wohnung allein bezahlt hatte, obwohl meine Partner bei mir wohnten. Ich hatte einem meiner Exfreunde sogar einen Großteil meines hart ersparten Geldes geborgt. Bis heute habe ich nur ein Drittel retourniert bekommen, den Rest werde ich wohl nie wiedersehen. Etienne war im Vergleich dazu einfach ein Mann. Eigenständig und erfahren. Zwölf Jahre älter als ich, stilvoll und unfassbar belesen. Ich hatte das Gefühl, endlich ich selbst sein zu können, mich fallen lassen zu können. Die klischeehafte Frauenrolle leben.

Und er hatte sich in mich verliebt! In das Mädchen aus schlichten Verhältnissen. Obwohl er echte Prinzessinnen kannte, Frauen mit Titel, mit blauem Blut. War das zu fassen? Also war doch alles perfekt. So dachte ich einmal …

Doch was ist denn nun das Rezept für eine funktionierende Beziehung? Denn anscheinend bringt zu viel echte Liebe auch kein Glück. Es war ausgerechnet die Leidenschaft füreinander, die Adrian und mich zerstört hat. Es fehlte nichts, sondern es war zu viel von allem da …

»Ich bin so in dich verliebt, ich bin verrückt nach dir, ich kann nicht mehr schlafen, ich will dich die ganze Zeit bei mir haben«, schrieb mir Adrian in unserer heißesten Phase. Ich schluckte. Das war viel. Aber ich war nicht besser. Ich fühlte ganz genauso.

War das Abhängigkeit?

Er hatte Recht, jeder Moment ohne ihn fühlte sich wertlos an. Erst gestern war ich mit Aylin in diesem süßen Café gewesen. Sie hatte mir so lustige Anekdoten erzählt, wir haben über unsere Familien gesprochen und später wollte sie meinen Rat als ihre beste Freundin. Aber ich war gedanklich nur bei Adrian gewesen. Warum konnte er nicht neben mir sitzen? Nur mit Aylin hier zu sein, war auf einmal zu wenig. Noch während ich das dachte, tat es mir leid. Und letzte Woche, da hatte mich eine andere Bekannte nach langer Zeit wieder zu sich eingeladen. Es hätte ein großes Wiedersehen werden sollen, aber auch das hatte mir nichts bedeutet, denn die ganze Zeit wollte ich nur bei ihm sein. Diese Menschen wurden mir so egal, dass es erschreckend war. Überhaupt konnte ich es nicht mehr ertragen, in Graz zu sein. Ich hatte noch nie gerne in dieser Stadt gelebt, also warum sollte ich ausgerechnet jetzt damit anfangen, wo ich die wahre Liebe an einem anderen Ort gefunden hatte? Ich wollte nur noch nach »Mainhattan«. Aber ich hatte doch gerade erst diesen neuen Job in der Medienbranche angefangen. Deswegen konnte ich nicht sofort wieder weg. So ein Mist! Und was, wenn es zwischen uns doch nichts wird? Dann wären meine Wohnung und mein Job verloren! So schnell der Gedanke aufkam, so schnell war er auch wieder fort.

Andererseits: Mein Glück steht über allem und mein Glück war er! Warum machte ich mir Sorgen? Mir standen so viele Türen offen. Er würde sowieso bald mein Ehemann sein, das wusste ich einfach.

Ich musste wieder einmal grinsen. Das geschah häufig im Zusammenhang mit ihm. Somit überlegte ich keine Sekunde: Ich riskiere alles! Im schlimmsten Fall komme ich zurück nach Graz und suche mir eine neue Wohnung plus Job. Ist ja nicht so, als gäbe es keine Möglichkeiten. Nachdem ich Psychologie studiert hatte, dadurch für einen Therapeuten gearbeitet habe und außerdem schon als zertifizierte Immobilienmaklerin, im Verlag und sogar für eine Airline, würde ich garantiert wieder eine neue Anstellung finden. Meinen neuen Job als Redakteurin hatte ich auch erhalten, obwohl es erst mal nur ein »Experiment« war, um meine kreativen Leidenschaften endlich zum Beruf zu machen. Das alles war nie ein Problem gewesen.

Für die große Liebe allerdings gibt es eventuell nur diese eine Chance. Also: Let's do it!

»Lass mich nur erst ein paar Monate arbeiten, bis ich mit meiner Erfahrung was Ähnliches in Frankfurt finden kann, dann klappt das bestimmt. Ich will nur erst mal diese Erfahrung in der Medienwelt sammeln können«, antwortete und erklärte ich ihm, als ich mich selbst von meinem Plan überzeugt hatte. Interessanterweise war er es, der weiterhin skeptisch wirkte. Adrian sah unsere Zukunft in einer Fernbeziehung nicht ganz so optimistisch.

»Diese Beziehungen auf Distanz enden nie gut«, verteidigte er seine Ansicht. »Ich weiß nicht, ob ich das schaffe. Ich kenne mich. Wenn ich etwas jetzt will, aber nicht bekomme, dann … Es geht nicht, ich müsste ständig warten, dich zu sehen.«

Er kämpfte hart mit sich. Da ich ihm aber so wichtig war, »wir« ihm so wichtig waren, wolle er es versuchen. Er sagte zu. Versprach mir, dass wir es genau so umsetzen würden und ich nahm ihn beim Wort.

Auch Adrian hatte einen festen Job, den er liebte und in dem er vor allem erfolgreich war. Er war erst kürzlich zum CEO eines Fintech-Unternehmens aufgestiegen. Außerdem hatte er gute Freunde, Hobbys, ein eigenes Leben. Aber egal wo er war, er hatte bloß noch mich im Kopf. So oft sagte er Dinge wie: »Jeder Tag ohne dich fühlt sich sinnlos an und die Zeit, bis wir uns wiedersehen, ist endlos. Ich lebe nur noch für unsere Wochenenden!«

Wir hielten beide am Telefon den Atem an. Das fühlte sich nicht gut an. »Komm zu mir!«, schrien unsere Seelen sich gegenseitig an. Dieses überstarke Gefühl, das wir füreinander hatten, tauchte alles andere in Dunkelheit. Es war eine Sucht, eine Droge, alles für die nächste Dosis.

Dann kam die Eifersucht dazu.

Er sah das Schlimmste, wo gar nichts war. Jedes Mal, wenn ich ohne ihn unterwegs gewesen war, litt er unter Paranoia. Am liebsten sollte ich nirgendwo mehr ohne ihn hingehen! Natürlich sagte er das nicht, er würde mir nie meine Freiheiten nehmen. Aber selbst bei meiner harmlosen Arbeit als Redakteurin drehte seine Fantasie mit ihm durch. Ich begegnete täglich vielen interessanten Männern, interviewte sie. Mein Vorgesetzter war ein Mann und der Kollege am Schreibtisch neben mir ebenfalls. Wir gingen außerdem zu einigen Events. Die Szenarien, die Adrian davon im Kopf haben musste, waren ein Horror- und Erotikfilm in einem. Warme, große Männerhände lagen auf meinem Körper, den er so sehr wollte. Auf meinem Oberschenkel, meinem Hals … gehauchte Komplimente in einem Raum voller Menschen in Feierlaune. Eine dunkle, gemütliche Atmosphäre, Sofas zum Darauf-Räkeln … Sogar das stellte er sich vor, obwohl es in meinem Alltag nicht vorkam. Oder was, wenn ich wieder zu VIP-Events eingeladen würde und die größten

Stars und heißesten Schauspieler mich umgaben? Ja, was dann? Immerhin hatte es ähnliche Szenen in meiner Vergangenheit bereits gegeben.

Als wäre das nicht genug, fühlte er sich durch die extreme Eifersucht auch noch schwach. Adrian liebte die Kontrolle. In all seinen Beziehungen zuvor hatte er diese auch besessen. Die Frau liebte ihn immer etwas mehr als er sein Gegenüber. Das bringt natürlich eine gewisse Macht mit sich. Man hat dann immer die Oberhand, keine Eifersucht, kein Kopfkino. Diese Art von Beziehungen, wenn dir dein Partner »unterlegen« ist, ist easy. Sie gibt geistige Ruhe. Der tricky Part ist: Genau das ist es, was auf Dauer langweilt. Man fühlt sich nicht mehr lebendig. Wir brauchen alle unsere Dosis Adrenalin, und welches Adrenalin ist besser als das eines Gefühlsrausches? Genau das konnte ich Adrian geben, das hat er mit und durch mich erlebt.

Nur hat jede Droge ihre Schattenseite. Die Kehrseite unserer unglaublich starken Anziehung waren Selbstzweifel. Man fühlt sich nicht mehr gut genug. Hat man sich zuvor als stark und gutaussehend gesehen, denkt man jetzt: »Warum hat sie sich für mich entschieden, sie kann doch jeden haben!« Das zumindest dachte Adrian. Seine eigenen Gedanken raubten ihm das Bild seiner Männlichkeit. Er glaubte, nicht gut genug zu sein.

Alle Leichtigkeit zwischen uns verschwand.

Er wollte mich bei sich haben, jetzt, immer, jeden Tag. Mir ging es nicht anders, mein Verlangen nach ihm war noch stärker, nur habe ich vieles mit mir selbst ausgemacht. Ich war genauso eifersüchtig! Ich war mir sogar sicher, dass die Empfangsdamen in seinem Office alle hinter ihm her sind. Die alle unfassbar sexy und attraktiv sein mussten und sicher jede Gelegenheit nutzten, um ihm nahe zu sein. Klar, welche Frau würde ihn nicht wollen? Er sieht nicht nur unfassbar gut aus, er ist auch selbstbewusst, charmant und gleichzeitig bodenständig. Er bringt einen mit seiner frechen Art zum Lachen und weiß genau, wie er bei Frauen ankommt. Was also, wenn er sich so sehr nach mir sehnte, dass seine sexuelle Energie am falschen Ort landete? Würde er dann irgendwann bei diesen Mädels schwach werden und sie im Büro vögeln? Schamlos ziehen sie ihn in die Besenkammern und schicken, glänzenden Toiletten. Bestimmt bleibt der Besprechungsraum auch nicht unversehrt. Verführen ihn vielleicht sogar zwei der Empfangsdamen gleichzeitig, haben die einen Dreier? Das waren noch meine harmloseren Szenarien. Angespannte Telefonate folgten, Missverständnisse und kein schnelles Klären unter vier Augen, da wir in zwei unterschiedlichen Ländern festsaßen.

Damit begann unser Fall aus dem Paradies. Und ich? Im Gegensatz zu ihm fraß ich meine Ängste in mich hinein. Weil ich wusste, dass sie irrational waren. Nur eine Fabrikation meiner Fantasie. Die Panik, ihn zu verlieren, weil ich so viel für ihn empfand. Ich wollte ihn auch nicht noch mehr belasten. Somit rutschte ich in die Rolle der Reiferen in der Beziehung und biss mir lieber auf die Lippen, bis es schmerzte, als etwas zu sagen.

Als wir uns das nächste Mal zu Ostern sahen, war nichts mehr so, wie es gewesen war. Die Besuche bei meinen Eltern waren schön, trotzdem wurden seine Worte und Taten distanzierter. Kurz später, als er zurück in Deutschland angekommen war, wollte er mit mir über Skype sprechen. Das Gespräch dauerte nur wenige Minuten. Als ich den Bildschirm energisch heruntergeklappt hatte, war meine Welt bereits zusammengebrochen.

»Olivia, ich kann das so nicht mehr. Es ist aus.«

Der Brautvater tanzt jetzt mit seiner Tochter. Er ist ein älterer Mann, der eine überraschende Freundlichkeit ausstrahlt. Er scheint sich ein wenig fehl am Platz zu fühlen (vermutlich kommt er wie ich aus einfachen Verhältnissen), gibt sich aber Mühe, dazuzugehören und freut sich für seine Tochter. Er scheint nichts Böses zu ahnen. Nach dem Tanz geht er zu seiner Frau, der Brautmutter, der er einen liebevollen Kuss gibt. Die Blicke, die sie wechseln, kommen mir bekannt vor. Echte Liebe, wie bei uns.

Nach dem Gespräch über Skype erlebte ich meine erste Panikattacke. Ich bekam keine Luft, rief aufgelöst Aylin an, die innerhalb von dreißig Minuten bei mir war. Ich weiß nicht, was ohne sie passiert wäre. Auch in den folgenden Tagen ... und Wochen ... Ich war das ganze Jahr lang nicht zu gebrauchen. Fühlte nichts, weinte immer und überall. Alles wegen diesem einen Satz.

Er war weg.

Mein Mann, meine Zukunft, meine größte Liebe.

Aus dem Nichts, einfach weg. Das kann so nicht sein. Wir sind doch verrückt nacheinander! Hatten den besten Sex, den man sich vorstellen kann. Wir sind wie eine Kopie des anderen, hatten nicht mal einen Streit! WAS IST PASSIERT?!

»Ich liebe dich so sehr«, sagte ich ihm täglich in meinen Gedanken, während mir die Tränen über die Wangen liefen und mein Kinn zitterte.

Bis heute habe ich darauf keine Antwort bekommen. Ich warte immer noch darauf und will sie mir holen. Irgendwann müssen wir uns wiedersehen.

Irgendwann danach tauchte Etienne in meinem Leben auf und ich konnte gar nicht anders, als eine Beziehung mit ihm einzugehen. Ich glaube, mein Unterbewusstsein wollte mich aus meiner Qual herausholen und mich gleichzeitig davor schützen, je wieder so intensive Gefühle zu entwickeln. Es suchte die Ruhe, Planbarkeit und die Distanz und alles das fand ich bei Etienne.

Wir, Etienne und ich, hatten aber nie Momente wie diese …

Kurze Zeit nach meinem ersten Besuch bei Adrian war ich wieder bei ihm zu Hause in der funkelnden Stadt am Main. Bevor wir etwas überstürzten, wollten wir uns besser aneinander gewöhnen. Eben mal schauen, wie es so im Alltag funktioniert.

Darüber hätten wir uns allerdings null Sorgen machen müssen, alles passte perfekt! Sogar unser Tagesablauf und unsere Angewohnheiten waren ähnlich, ohne dass wir je vorher darüber hätten sprechen müssen. Konnte so etwas wirklich passieren?

Ich weiß noch genau, wie sich das Sofa angefühlt hat, auf dem ich abends in seinem Wohnzimmer saß. Ein typischer Netflix-und-Chill Abend, wobei wir damals noch kein Netflix hatten. Eng umschlungen kuschelten wir miteinander, auf unseren Gesichtern ein seliges Strahlen. Es war so bequem. Vorhin waren wir bei seinem besten Freund zu Besuch gewesen. Als wir uns von ihm verabschiedet hatten und im Auto saßen, bekam Adrian schon eine SMS von ihm, Tore. Ich war etwas nervös geworden, weil Adrian die Nachricht las, aber nichts sagte. Was konnte da stehen? Fand Tore mich unerträglich? Dann hatte Adrian Tränen in den Augen. War das ein gutes Zeichen? Habe ich die Prüfung bestanden, mag er mich? So viele Möglichkeiten, was das hier bedeuten konnte.

»Tore meint, ich müsse dich heiraten«, erklärte Adrian sichtlich berührt und mit leisem Ton. »Er habe mich noch nie so glücklich gesehen.«

Nun grinste er mich voller Stolz an. »Und das habe ich dir zu verdanken, Olivia, meine wunderschöne Frau.«

Wir beide strahlten um die Wette und küssten uns sanft. »Ich liebe dich«, denke ich. Ich würde es so gerne aussprechen, aber habe Angst davor. Vor allem: Sollte das nicht zuerst der Mann sagen?

Ich denke wieder über diese wirklich schönen Worte von Tore nach. Was für ein netter Kerl er ist! So einfach gestrickt und gleichzeitig so wunderbar. Ich hatte mich ihm sofort verbunden gefühlt. Was würde ich nun dafür geben, meine Zeit mit den beiden zu verbringen. Diese Tage in der Finanzstadt waren der Start in ein neues Leben, das zu schöne Versprechungen bereithielt, um wahr werden zu können.

Eine Nachricht blinkt auf meinem Handy auf. Mit einem Schlag bin ich zurück in der Gegenwart und gleichzeitig auch nicht. War das von Adrian? Es wäre möglich. Immerhin haben wir nie aufgehört, voneinander zu hören. Nicht so richtig. Leider folgen darauf immer lange Zeiten der Funkstille und genau jetzt ist so eine. Das macht mich kaputt. Ich wage es, auf mein Display zu schauen.

Schade, die Nachricht stammt nicht von Adrian.

Sie ist von meiner Mutter. Sie lässt mir mal wieder irgendwelche kleinen Ideen zukommen, die sie im Laufe des Tages hatte. Ich höre ihre Nachricht ab. Wie erwartet geht es um nichts allzu Dringendes.

Dennoch tippe ich eine Antwort ein, als eine andere Hand meine greift. Beinahe fällt mir das Smartphone aus den Fingern.

»Wem schreibst du da?«, höre ich es nur, kalt und hart, nah hinter mir.

»Meiner Mutter«, zische ich als Antwort. Die Frau, die deiner Meinung nach wie ein Schwein schnarcht, denke ich dazu. Dabei sehe ich Etienne nicht an. Was fällt ihm ein?

»Nächstes Mal gibt es keinen Friseur mehr und sag auch Tschüss zu der Nanny.«

Was ist denn jetzt schon wieder das Problem?

»Kein Friseur mehr ist in Ordnung«, meine ich entgegenkommend, »ich kann mir die Haare selbst frisieren, wie du weißt. Das hatte ich dir schon gesagt.« Wenn er glaubt, das wäre auch nur ein geringes Problem für mich, ist das lächerlich. »Aber zu der Nanny werde ich ganz bestimmt nicht Tschüss sagen. Was ist denn bitte passiert?«

Meine Stimme bleibt ruhig. Ich will nicht streiten, will einfach nur wissen, was los ist. Wenn etwas mit unserer Tochter ist, sollte er es mir sofort sagen.

»Beide«, fing Etienne an, »haben mir jetzt schon mehrfach heute Abend geschrieben! Dieser Stephan hat gefragt, ob wir ihn auch nächste Woche brauchen, und die Nanny wollte irgendwas darüber wissen, wann wir morgen zurückkommen. Sie wollte mich sogar anrufen! Warum schreiben die mir? Warum nicht dir? Sag ihnen gefälligst, sie sollen mich nicht mehr stören, wenn wir bei einem wichtigen Event sind! Das ist wieder deine schlechte Organisation!«

»Keine Ahnung, warum sie dich gefragt haben«, sage ich ruhig und meine es so. Eigentlich wissen die beiden, dass ich diejenige bin, die alles organisiert. Vielleicht gehen sie davon aus, dass ich mich mehr ins Getümmel stürzen würde und Etienne eher schweigend am Handy hängt. Das ist nur heute nicht der Fall. Andererseits: Er hat sie angeheuert. Er bezahlt sie. Also ist er für sie ein Ansprechpartner, und Leona ist immer noch genauso seine Tochter wie meine. Ob ihre Nanny Amelie nun mir oder ihm schreibt, sollte gleichwertig sein.

»Gibt es denn noch was zu regeln? Ist alles in Ordnung mit Leona? Soll ich ihnen schreiben?« Meine Geduld ist längst keine echte Geduld mehr, sondern eher Pragmatismus. Ich will die Dinge nur geklärt haben, ohne viel Aufsehen zu erregen. Außerdem ist gerade das Wichtigste, dass es der Kleinen gut geht. Die Sorgen einer Mutter kommen in mir auf.

»Was soll die dumme Frage, denkst du, ich hätte denen geantwortet? Leona geht es gut, also warum sollte ich zurückrufen? Ich war in einer wichtigen Unterhaltung und sehe, wie du hier allein sitzt. Du hast viel mehr Zeit, das zu regeln. Es scheint, als passe es dir nicht, hier zu sein? Kein Problem, flieg zurück nach Hause! Aber den Jet bekommst du nicht und beklage dich zukünftig nicht, dass ich der Stubenhocker wäre und du unterwegs bist. Ich bin ja ganz klar mehr im Geschehen drin als du. Und warum redest du den ganzen Abend nicht mit mir? Ich bin dein Mann, ich sollte Priorität haben, nicht dein Cocktail oder dein Handy!«

Ich kann nicht anders, mir entweicht ein kleines Lachen wegen der Ironie. Stand ich in seiner Prioritätenliste je an oberster Stelle?

»Du kommst morgen zu Leona nach Hause, also musst du der Nanny sagen, wann du da bist. Das ergibt nicht mal Sinn, dass die mich fragt. Alle so unfähig … Aber wehe, ihr macht einen zu frühen Zeitpunkt aus. Ich werde morgen definitiv ausschlafen und du wirst mir das sicher nicht kaputtmachen. Wenn doch, dann kannst du allein zusehen, wie du heimkommst. Diese Dienstleute gehen einem nur noch auf die Nerven und du bist so furchtbar undankbar dafür, dass du sie überhaupt hast. Kümmerst dich nicht mal richtig.«

Auch wenn die Musik weiterläuft, können uns einige Gäste hören. Die Reaktionen sind unterschiedlich. Je neuer jemand in der Gesellschaft zu sein scheint, desto schockierter die Blicke. So wie bei mir damals, als ich Florence kennengelernt habe. Wir kamen ins Gespräch, weil ihr betrunkener Ex-Freund sich so sehr danebenbenommen hat, dass sie sich dafür bei mir entschuldigt hat. Je länger die Leute dabei sind, desto mehr lässt es sie kalt. Eine steinreiche Dame im besten Alter neben mir leert nur kommentarlos ihr Glas. Sie verzieht keine Miene. Etienne sieht mittlerweile auf den Boden. Dabei entdeckt er, dass ich meine Schuhe ausgezogen und neben mich gestellt habe. Und los geht es. Wie damals, als ich vor all seinen Freunden den französischen Käse mit dem falschen von insgesamt fünf Messern geschnitten hatte, erhalte ich eine Schimpftirade darüber, wie man sich zu benehmen habe und was mir einfallen würde, meine Schuhe auszuziehen. In meinem Kopf springe ich barfuß über eine Wiese mit weichem, grünem Gras und lache der Sonne entgegen. Es herrscht Frieden. Ich darf ein Mensch sein. Ich blende meinen Mann und die feine Gesellschaft aus.

Ich achte nicht auf die drei Frauen, die auf die Stühle steigen, halb herunterfallen, laut schreien, Flecken auf den Kleidern haben und lachend Glitzer und sprudelnden Champagner in die Menge schießen. Ich sitze nur am Tisch, mit elegant übereinandergeschlagenen Beinen, auch ohne Schuhe, fast nüchtern, leise und ohne etwas kaputtzumachen. An meinen Füßen brennen Blasen. Deswegen habe ich die Schuhe ausgezogen. Etienne folgt meinem Blick, versteht und wird endlich leiser. Er scheint tatsächlich zu verstehen. Als Nächstes schaut er auf eine der drei tanzenden Damen. Dann gibt er sein Wissen über eine von ihnen preis: »Julie da vorne ist so betrunken, weil sie sich gerade von ihrem Mann getrennt hat. Kein Gentleman. Er hat ihr nichts gelassen! Keinen einzigen Cent. Kein Haus und kein Auto, sie hat gar nichts bekommen. Ihr bleiben nur noch der Schmuck und die Taschen, die er ihr geschenkt hat. Die Arme. Wenn du nicht bald verstehst, was deine Rolle ist, dann bleibt dir vielleicht nicht mal das. Im Gegensatz zu meiner Ex Irina wirst du keinen neuen Millionär finden. Vergiss nicht: Alles, was du hast, hast du nur durch mich. Ich bin der, der das Sagen hat, weil ich das Geld habe!«

Ich greife mir unbewusst an die Halskette. Den Wert davon kann er gerne haben. Ich bin es gewohnt, selbst zu arbeiten, ich kann das wieder tun. Aber dass er mir nehmen will, was er mir eigentlich geschenkt hat, spricht Bände darüber, wie er mich sieht. Von seinen letzten Worten ganz abgesehen. Wobei, hier spricht nur der Alkohol aus ihm. Denn wenn Etienne eines ist, dann großzügig. Sehr großzügig. Er würde mir meine Geschenke nicht wegnehmen, das traue ich ihm nicht zu. Oder bin ich hier einfach nur zu gutgläubig?

KAPITEL 3 – ALIGNMENTS

Die Party ist jetzt seit einem Tag vorbei und die Ehe ist noch nicht annulliert. Nicht dass ich das angenommen hätte. Doch in der Welt der »Reichen & Schönen« habe ich schon die unglaublichsten Sachen mitbekommen. Es ist alles möglich. Ich freue mich für das Paar, doch ich bin fertig mit der Welt. Dieses Wochenende mit Etienne hat mich wieder nur Kraft gekostet.

Vor zehn Minuten sind wir in Luxemburg gelandet. Jetzt zählt nur noch, so schnell wie möglich zu Leona, meiner Maus, zu kommen. Etienne und ich verabschieden uns kühl vor dem Ausgang des Flughafens. Es fühlt sich merkwürdig an, jedes Mal in getrennte Autos zu steigen und in unsere jeweils eigenen Wohnungen zu fahren. Ich schließe sanft die Tür des Taxis, nenne meine Adresse und sehe, wie Etienne im Rückspiegel immer kleiner wird. Bevor auch er losfährt, muss er natürlich erst mal eine rauchen.

Zu Hause fällt mir fast der Schlüssel aus der Hand, so schnell versuche ich, die Haustür aufzuschließen. Dahinter höre ich schon ein Lachen. Leona, bist du das? Viel zu lange braucht die Tür, um aufzugehen. Meine zweijährige Tochter kommt mir strahlend entgegengelaufen. Sie stolpert beinahe über ihre eigenen Socken, die von ihren Füßen rutschen. Etwas abgehetzt, aber auch glücklich kommt ihre Nanny hinter Leona her.

»Hallo Amelie, so schön, euch zu sehen. Wie geht es euch beiden?«, begrüße ich sie. »Habt ihr euch ein schönes Wochenende gemacht?«

Amelie nimmt mir meine Tasche aus der Hand, denn Leona zieht bereits so wild an mir, dass ich mich festhalten muss. Sofort schnappe ich mir mein Kind und zerdrücke sie fast in meinen Armen, inklusive Bussi-Shower. Amelie stellt die Handtasche weg, dann kommt sie zu uns zurück und zeigt mir Fotos von Leona auf dem Spielplatz. »Wir haben uns ein sehr schönes Wochenende gemacht«, erzählt sie mir stolz und Leona stimmt ihr noch stolzer zu. Sie nickt mit dem breitesten Grinsen.

Auf dem Foto scheint es, als habe sie sich zum ersten Mal auf die große Rutsche getraut. Davon erzählt meine Tochter mir aber nichts, sondern davon, dass sie eine Katze gesehen hat. Die Katze sei ins Gebüsch gesprungen und habe Blätter rausgezogen. Leonas Beschreibung ihrer Umwelt und Erlebnisse ist noch chaotisch, aber für mich ist sie faszinierend. Ich liebe es, ihr zuzuhören. Als sie fertig über die streunende »Kahse« erzählt hat, will sie wissen, was es heute zum Abendessen gibt. Ich muss grinsen, denn Essen ist definitiv ihre Lieblingsbeschäftigung. Ist ja auch mein Kind. Noch bin ich mir nicht sicher, was ich mache, also flüstere ich ihr ins Ohr: »Das wird eine Überraschung.« Leona zieht gespannt die Luft ein und hält sich eine Hand vor den Mund.

Amelie verabschiedet sich daraufhin, sie muss jetzt endlich zu ihrer eigenen Familie und kleinen Tochter. Nun bin ich mit Leona allein und stehe in der Küche. Die Oberflächen sind sauber, aufgeräumt und gut sortiert. Ich öffne den Kühlschrank und sofort kommt mir eine Idee, was ich uns Schönes kochen könnte. Vorher gibt es noch einen frischen Orangensaft für die Kleine und mich. Die Sonne lacht uns durch die Fenster an, Staub tanzt kaum welcher durch den Raum. Ich höre eine Mischung aus Kinderlachen und Gequengel, weil Leona sich einerseits so freut, dass ich wieder da bin, andererseits ungeduldig auf das Essen wartet. Sie springt durch die Gegend, singt süße Lieder (die ein Mix aus Französisch und Deutsch sind) und lässt sich auf den weichen, hellen Teppich fallen. Ich mache uns derweil ein einfaches Kartoffelgericht mit Tomaten-Gurken-Salat und selbstverständlich auch einen wohlverdienten Nachtisch. Einen gesunden, denn es ist noch etwas von dem Bananenbrot da, das ich vor dem Wochenende gebacken hatte. Im Moment ist wirklich alles fast perfekt. Nur hängt über dieser Idylle das ewige Damoklesschwert, dass Leonas Vater uns im Handumdrehen alles wegnehmen könnte und ich meiner Tochter von heute auf morgen nicht mehr das Leben bieten könnte, das ich mir für sie erhofft hatte. Ich möchte ihr den Weg ebnen und sehen, wie sie zu einer starken Frau heranreift. Sie soll sich ausprobieren dürfen und selbst entfalten. Soll ihre Interessen ausleben. Ob es Klavierstunden sind, Tennis, Ballett oder Fußball ... all das, was mir früher nicht möglich war. Obwohl ich doch so viele Interessen hatte. Kann ich das für Leona genauso gut ohne Etiennes finanzielle Unterstützung ermöglichen? Oder ohne Amelie? Ich brauche die Hilfe, schließlich lebe ich mit Leona allein und bin wie eine Alleinerzieherin. Da ich für Etienne in dieses »Elite-Dorf« gezogen bin, habe ich hier niemanden aus meiner Familie, auch keine Freunde. Daher bin ich so dankbar für Amelie. Könnte ich sie mir überhaupt leisten? Bei Mindest-Gehalt für eine qualifizierte Nanny?!

In derselben Minute, in der ich in mein mit frischen Blumen bestücktes Reihenhaus trete und einem lachenden Kind entgegenkomme, öffnet Etienne die Tür zu seiner eigenen Wohnung. Sie ist einerseits prunkvoll, von einem der bekanntesten New Yorker Innenarchitekten seiner Zeit eingerichtet, im Art-déco-Stil. Seine Eltern haben zuvor hier gewohnt und sie so gestalten lassen. Andererseits ist Etiennes Wohnung total trist und altbacken. Nur er schafft es, diese Kombination in einem Raum zu vereinen. Alles ist dunkel, man fühlt diese erdrückende Energie. Die Möbel sind alt, sie sehen hochwertig aus, doch nicht er hat sie ausgewählt. Diese Wohnung hat nichts von Etienne. Die Vorhänge und Teppiche wurden nie gereinigt. Auf ihnen sammelt sich der jahrelange Staub. Der Geruch von kaltem Rauch dominiert den Raum. Etienne zieht wie immer die Jalousien runter und verdeckt somit die strahlende Sommersonne mitten am Tag, wie bei seiner eigenen kleinen Sonnenfinsternis. In seiner Küche gibt es kaum Kochzutaten, aber alles ist sauber, weil sein Butler kurz vor dem Abflug noch geputzt hat. Der Raum wirkt unbenützt. Es riecht auch hier nach abgestandener Luft und kaltem Zigarettenqualm. Für ihn macht sich dadurch ein Gefühl von Sicherheit breit. In seiner eigenen Welt will und verlangt niemand etwas von ihm. Jedenfalls normalerweise nicht. Nur ich bin hin und wieder dieses Übel. Er öffnet seine Küchenschränke und den Kühlschrank, wohl wissend, dass er darin nicht viel finden wird. Doch wer weiß, was er übersehen haben könnte. Leider sieht er nicht mal Käse oder geräucherten Schinken. Aber das macht nichts, es gibt nämlich reichlich Wodka und der hat schließlich auch Kalorien. Wenn man genug davon trinkt, wird man entweder satt oder man vergisst den Hunger. Essen wird ohnehin überbewertet, denkt Etienne. Niemand ist hier, um ihn eines Besseren zu belehren. Wie erholsam. Das Einzige, was ein wenig stört, ist der blinkende Hinweis auf die vielen ungelesenen Mails am Computer.

Während ich Leona beim Spielen zuschaue und die Kartoffeln im Ofen knusprig werden, telefoniere ich mit meiner Mutter, um ein Treffen auszumachen. Wir legen einen Tag und eine Zeit fest. Sie will uns hier in Luxemburg besuchen. Trotz der Schwierigkeiten, die wir haben, freue ich mich auf ihre Gesellschaft und Hilfe. Vor allem freue ich mich für Leona, sie liebt ihre »Baba« abgöttisch. Noch zehn Minuten, dann müsste das Essen fertig sein. Schon verbreitet sich der leckere Duft im Haus. Leona rennt quiekend auf mich zu. Ihre gute Laune lässt mich all meine Sorgen für einen kurzen Moment vergessen.

Etienne schreibt währenddessen in unvollständigen Sätzen an seine Mitarbeiter und Geschäftspartner, dass er bald wieder im Büro sei, aber er kann noch nicht genau sagen, wann. Die Nachricht seines Bruders aus New York ignoriert er. Heute kann er sich nicht auch noch mit dessen Weltschmerz auseinandersetzen. Dann schaltet er den Bildschirm aus.

Jetzt bin ich kurz gestresst. Die Kartoffeln waren doch ein bisschen zu lang drin. Sie sind an manchen Stellen etwas dunkel. Ich hatte mich zu sehr in Gedanken verloren. Außerdem weint Leona plötzlich, weil sie sich am Tischbein gestoßen hat. Ich tröste sie mit einem Bussi, während ich vom Essen rette, was zu retten ist. Danach möchte ich meine Koffer auspacken und die Wäsche waschen. Das wird immer sofort erledigt. Kurz danach klingelt erneut das Telefon und natürlich gehe ich ran.

In der Zeit lässt sich Etienne mit einem tiefen Seufzer auf sein Bett sinken. Es begrüßt ihn mit seiner weichen Umarmung. Er schaltet die Musik ein. Endlich Ruhe und Zeit für das erste Bier. Er ist in seinem Element und wird es für einige Zeit bleiben.

Ich bekomme es dieses Mal nicht mit, aber ich weiß genau, wie solche »Episoden« aussehen. Für circa drei Wochen wird Etienne sich nicht duschen, rasieren oder gar die Zähne putzen. Wie er es geschafft hat, dass ihm noch nicht alle ausgefallen sind, ist ein Rätsel. Gegessen und getrunken wird auch kaum etwas, jedenfalls nichts ohne Alkohol. Wasser?

Absolute Fehlanzeige. Nur die Bierflaschen werden sich ansammeln, Wodka, Wein und manchmal Säfte zum Mischen. Nicht mal das gute Zeug, sondern der günstige Fusel aus dem Supermarkt. Früher kam ich immer zu ihm rüber, habe die Flaschen in eine Tüte gepackt und weggebracht. In so einem Umfeld konnte man sich ja nicht wohlfühlen, da musste man doch weiter abfallen. Dass die Fläche neben seinem Bett wieder frei war, hat jedoch rein gar nichts verändert. Sie wurde einfach erneut zugemüllt.

Neben Alkohol hält Etienne sich mit Zigaretten am Leben. Bestimmt zwei Päckchen pro Tag raucht er in seinen Episoden. Auch in diesem Moment steckt er sich die nächste an, nachdem die vorherige gerade aufgebraucht ist. Seine Bettdecke ist schon voller Asche und der Aschenbecher samt Laptop liegen ebenfalls auf dem Bett. Ein Fenster öffnet er nicht, damit der Rauch entkommen könnte. Alles staut sich und legt sich als undurchdringbarer Schleier über sein ganzes Dasein. Die nächsten Tage vegetiert er mehr vor sich hin, als dass er lebt, bis der Notarzt gerufen wird. Auch das haben wir schon des Öfteren durchgestanden. Einmal wurden bei diesen Eskapaden seine Augen gelblich, weil seine Leber es einfach nicht mehr mitgemacht hat. Ich hatte so unfassbare Angst um ihn, es war ein Albtraum. Ein anderes Mal hatte er auf einmal während einer entspannten Bootsfahrt auf Capri, bei der nur er und ich waren, angefangen Blut zu spucken. Viel Blut, frisches Blut, und er war grau wie die Felsen hinter ihm. Wir mussten ans Ufer und landeten in der Notaufnahme. Meine Sorgen in diesen Momenten kann man schwer in Worte fassen. Aber was tat er? Nachdem ich im Spital stundenlang auf seine Entlassung wartete, war das Erste, was er tat: sich eine Zigarette anzünden und beim Abendessen im Hotel mehrere Cocktails trinken. Ich konnte ihn nur fassungslos ansehen.

Als wir zum ersten Mal zusammengewohnt hatten, in London, und kurz darauf, als ich in der Wohnung nebenan einzog, haben mich diese Phasen ironischerweise sogar an ihn gebunden. Das wirkt absurd, ich weiß. Doch ich habe definitiv das Helfersyndrom meiner Mutter geerbt, denn immer, wenn ich für Leute da bin, fühle ich mich ihnen nahe. Meine

Mutter war Altenpflegerin, bevor sie in Rente ging. Sie hat immer nur funktioniert. Egal, wie schlimm es um sie herum zuging, sie hat die Dinge angepackt und erledigt.

Ich dachte sehr lange, ich könnte auch Etienne durch solche Liebe und Fleiß helfen. Wollte für ihn da sein und ihm dadurch aus seiner Sucht heraushelfen. Er sollte von mir zum ersten Mal wahre Liebe und Fürsorge erfahren. Immer wieder stellte ich mir vor, wie er aus sich herauskommen würde. Eines Tages würde er sich doch sicher für meine Hartnäckigkeit bedanken. Für all das, was ich für ihn ertragen und getan habe. Bis heute ist dieser Tag nicht gekommen. Wenn er sich aus dem Schlimmsten wieder rausgezogen hat, wird er stattdessen aggressiv. Als würde er sich für seine Schwäche genieren und allen durch seine toughe Art danach beweisen wollen, dass er sehr wohl ein starker Mann ist. Jemand, den man respektieren sollte.

So oft saß ich in diesen Phasen an seinem Bett, hatte ihm zugehört, wenn er wieder seine melancholischen Geschichten von früher erzählte. Ich spielte seine Therapeutin, unterbrach ihn nicht, hatte nur offene Ohren. Endlich hatte mein Psychologie-Studium einen praktischen Nutzen. Ich wusste, wie man zuhört und wie ich ihm antworten konnte. Oder was einige der Ursachen für sein Verhalten waren. Verstand die Dynamiken in seiner Familie und seinem sonstigen Umfeld. Deswegen hatte ich für eine Weile auch so viel Verständnis und Mitgefühl. Manchmal musste ich jedoch heftig schlucken. Nämlich dann, wenn er voller Sehnsucht von seiner wundervollen Ex redete. Wenn er komplett neben sich stand und in der Finsternis versunken war, rief er sie immer an. Aber nicht nur sie, sondern alle seine Expartnerinnen. Der heruntergeschluckte Schmerz in meinem Gesicht amüsierte ihn sogar. Wollte er mich brechen sehen? Etienne nahm noch einen Schluck Bier, kotzte fast, dann vergaß er seinen vorherigen Gedankengang über Irina und erzählte wieder aus der Kindheit. Seine Worte wurden wirrer, die Geschichten widersprachen sich. Mal passierte etwas, als er zwölf war, dann geschah es erst nach der Schulzeit. Ganz egal, die Message war die gleiche, nämlich dass er nie echte elterliche Fürsorge erfahren hatte. Obwohl er es genau anders darstellen wollte.

Er scheint in einer Art Fantasiewelt zu leben, wenn es um seine Kindheit geht. Er vergöttert seinen Vater schon fast, obwohl der erst mit seinem Sohn gesprochen hat, als er vierzehn Jahre alt war. Seinem jüngeren Bruder erging es genauso. In ihm meinte Etienne zwar, einen Verbündeten gefunden zu haben. Doch der Bruder wanderte in die Staaten aus, sobald er konnte, und so musste Etienne doch ganz allein erwachsen werden. Er konnte nicht gehen, denn er sollte das Imperium weiterführen, aus Europa. Nur ein paar von vielen Beispielen, dass Etiennes Eltern nicht für ihn da gewesen sind und viel von ihm erwarteten. Da verzieh ich ihm bereits wieder die Nummer mit seiner Ex. Wollte er nur so viel Liebe wie möglich einsammeln und war deswegen mit uns beiden gleichzeitig in Kontakt? Also hockte ich weiter neben ihm, schnitt ihm Obst und fütterte ihn regelrecht. Die Vitamine sollten seine Lebensgeister wachhalten. Wenn man ihn ansah oder ansprach, war da nämlich nicht viel. Sein Tunnelblick war geradeaus gerichtet, die Haare zerzaust. Wenn ich ihn auf seinen Zustand ansprach, reagierte er nicht. Griff ich ihm ins Haar, um es selbst zu richten, schlug er meine Hand weg und sah mich böse an. Also ließ ich es bleiben. Ich suchte mir etwas anderes Sinnvolles im Haus zu tun. Erwischte er mich jedoch dabei, wie ich sein Leben richtete, ließ er seinen Frust an mir aus. Wahrscheinlich ärgerte es ihn zu sehr, dass in diesen Phasen ich die »Oberhand« hatte.

Waren die drei Wochen vorbei, hatte ich immer wieder mit ihm in der Badewanne gesessen und ihm geholfen, sich zu waschen. Er war zu schwach, um es allein zu tun, sah mich nur im Delirium an. Ich goss das lauwarme Wasser über ihn und wusch ihm sanft die Haare. Er hielt den Kopf unter den Strahl. War da ein Ausdruck von Dankbarkeit und Erleichterung auf seinem Gesicht? Er genoss meine Fürsorge. Ich lächelte. »Als Nächstes sind deine Nägel dran«, sagte ich mit freundlicher Stimme. Ich wollte ihn motivieren. Es funktionierte so halbwegs. Als auch das erledigt war und er sich allein anzog, ging ich ins Wohnzimmer, in die Küche und zuletzt zurück ins Bad und wischte alle Spuren der letzten Wochen weg. Das meiste davon war Erbrochenes. Fenster auf, Jalousien ebenfalls aufziehen, Duftspray versprühen. Luft strömte mir entgegen und in mir keimte wieder einmal Hoffnung auf. Morgen wollte er wieder zur Arbeit gehen, hatte er versprochen. Er hatte überlebt, dachte ich. Er lebte noch und ich hatte aufgepasst, dass nichts passierte. Die Erleichterung wärmte mich von innen, während die Badezimmertür aufging und mit Etienne wieder ein Stück Kälte in den Raum wehte. Noch war er nicht ganz über den Berg. Ich schaute demonstrativ nach draußen: »Ist heute nicht ein wundervoller Tag? Wollen wir spazieren gehen?« Ich dachte an all die schönen Parks hier in London. Wir wohnten gleich neben dem Holland Park, er musste also nicht mal weit gehen. Doch Etienne schüttelte den Kopf. Er wollte nicht. Sein Ausdruck war immerhin menschlich und freundlich und wacher als in den letzten drei Wochen. Er gab sogar ein »Du bist immer so voller Energie, ich bewundere dich dafür« von sich. Das war es für heute allerdings an Nettigkeiten. Mir genügte es, um bereit zu sein, all dies wieder für ihn zu tun.

So war das etwa alle drei Monate, immer für circa drei Wochen am Stück, seit er zwanzig Jahre alt war. Die Regelmäßigkeit hat etwas Faszinierendes. Manche Episoden verliefen berechenbar und ereignislos. Bei anderen sah ich nicht nur sein, sondern auch mein Leben an mir vorbeiziehen.

Da war zum Beispiel dieser Vorfall mit dem Schwert. Ein neues für seine imposante Sammlung. Ich wollte nur noch ins Bett, doch Etienne entdeckte sein Paket und fühlte sich wie ein Kind an Weihnachten. Sofort packte er das wertvolle Relikt aus. Fast ehrfürchtig präsentierte er es mir und fing sofort an, alle möglichen Fakten über das Schwert aufzuzählen. Schön für dich, dachte ich, noch so ein gefährlicher Gegenstand in unserer Wohnung. Die ganzen Sensen und Dolche reichten ja noch nicht. Ich war außerdem extrem übermüdet, wir kamen gerade von einem Flug aus Marrakesch zurück. Es war wieder mal ein Flug, auf dem er durchgehend betrunken gewesen war und mich auf der gesamten Reise öffentlich fertiggemacht hat. Mit einem zur Grimasse verzogenen Gesicht und lauter Stimme. Ich war froh, dass dieser Tag bald vorbei sein würde, sagte ihm noch gute Nacht und dass er bitte, bitte das neue Sammlerstück gut einpacken solle. Ich wollte nur noch in mein Zimmer gehen und die Tür abschließen. Einfach Ruhe und Sicherheit. Wer konnte schon vorhersehen, was er im Suff mit so einem echten Schwert tun würde? Doch der Schlüssel zu meinem Zimmer – er war weg. Die Tür war zwar offen, doch ich konnte sie nicht abschließen, sobald ich im Zimmer war. »Suchst du was?«, kam es hämisch von hinten. Natürlich, er hatte meinen Schlüssel aus dem Schloss genommen und versteckt. Dachte wohl, das sei witzig.

»Bitte, Etienne. Gib ihn mir wieder, sofort! Ich habe ein Recht auf Privatsphäre.« Meine Stimme bebte, in meinen Worten steckte echte Wut.

»Na na, reg dich nicht so auf. Du bist doch meine Ehefrau, was willst du dich einsperren? Wir sollten eigentlich in einem Bett schlafen, gemeinsam.«

»Komm schon, das willst du doch selbst meistens nicht. Du willst doch lange aufbleiben und hast keine Lust auf …« Sein Sprung auf mich zu unterbrach meinen Satz. »Harrr! Schau mal, was ich kann!«, schrie er dabei. Das Schwert flog aus seiner Hand, ob absichtlich oder versehentlich konnte ich nicht sagen. Schreiend sprang ich zurück, stieß mir den Fuß an einem Schrank. Aber immer noch besser als stehen zu bleiben. Die Klinge fiel nur Zentimeter von mir entfernt auf den Holzboden und hinterließ eine Macke darin. Für eine kurze Zeit steckte es sogar im Boden fest – viel zu nah an meinem Fuß. Ich sah schockiert auf das glänzende, scharfe Ding. Sofort hatte ich mein Handy in der Hand und rief seinen besten Freund in London an. Zum Glück nahm er das Gespräch entgegen. »Bitte«, flehte ich ihn weinend und in stotterndem Englisch an, »bitte sag ihm, er soll das Schwert einpacken und mir verflucht nochmal den Schlafzimmerschlüssel geben! Hilf mir.« Ich hatte Angst.

Sein Freund sprach tatsächlich beruhigende Worte. Ich schaltete das Telefon auf Laut. Keine Chance, Etienne reagierte kaum darauf. Den Schlüssel bekam ich selbst durch die Worte seines Freundes nicht zurück. Etienne spielte nur weiter Ritter mit seinem Schwert. Immerhin war er abgelenkt von mir. Ich ergriff die Chance und rannte ins Zimmer. Da ich keine Alternativen hatte, habe ich zwei Stühle vor meine Tür gestellt und die gesamte Nacht kein Auge zubekommen.

Ein anderes Mal hatte ich es erfolgreich geschafft, mich einzusperren, als er wieder mit gefährlichen Dingen hantierte. Eigentlich. Nachts um vier wurde ich dann davon wach, dass sich der Schlüssel drehte. Beim ersten Geräusch sprang ich auf. Man könnte meinen, es spukte. Wie von Geisterhand wackelte der Schlüssel. Ich wollte schreien, konnte aber nicht. Irgendwie schaffte er es, die Tür von außen aufzumachen. Etienne stand im Rahmen der Tür. Dann trat er ins Licht des Mondes, das durch das Fenster schien. Worte der Verachtung stachen auf mich ein. Ungebildet sei ich, dann holte er wieder den Vergleich mit seiner angeblich perfekten Ex hervor. Ich hätte viel kürzere Beine als sie, ich sei sooo weit unter seinem Level, das Übliche. Der Grund für seine Emotionen? Die Tatsache, dass ich mich eingesperrt hatte. Wer war ich nur, den erhabenen Prinzen so aus meinem Leben auszusperren! Er ging, nachdem er sich ausgebrüllt hatte, konnte sich allerdings kaum auf den Beinen halten und fluchte über die Dunkelheit im Raum. Für den Rest der Nacht konnte ich erneut nicht mehr schlafen. Ich lag wach, inhalierte den Zigarettenqualm und quälte mich selbst mit den Fragen, warum ich mir das hier antat.

Inzwischen ist mir klar, dass ich noch immer in der Beziehung bin, weil mir diese Dynamik so vertraut ist. Meine Mutter war zwar keine Alkoholikerin und ist es bis heute nicht. Im Gegenteil, sie trinkt gar keinen Alkohol. Doch auch sie hat oft geschrien. Meinem Unterbewusstsein waren Teile dieser „Behandlung" also vertraut.

Bei mir waren so viele Wunden und doch sah ich immer nur seine. Er ist krank, es ist die Krankheit, die Sucht, nicht er, schoss es mir immer wieder ins Gewissen. Du kannst ihn jetzt nicht auch noch verlassen und ihm die einzig wahre Liebe entziehen, die er je bekommen hat! Ich meine, er ist nur mit Nannies groß geworden. Sein Vater war nie da gewesen und seine Mutter war mit dem Kopf in den Wolken und später fast so tief im Glas versunken wie er. Ein bekanntes Model, das sich zu früh auf den falschen Mann eingelassen und selbst nie Liebe erfahren hatte. Was sollte also anderes aus ihm werden? Bis heute war Etienne fast nur von Menschen umgeben, die nie das normale Leben kennengelernt hatten. Oder von Ex-Freundinnen, die nichts außer sein Geld wollten. Ich glaube, ich war sein erster normaler Umgang. Erst durch mich hat er das gewöhnliche Leben kennengelernt, im guten Sinne. Echter Zusammenhalt, jemand, der ihm zuhört, ihn als gut genug empfindet, ihm Komplimente macht, ihm zeigt, dass auch kleine Dinge wie ein Sonnenstrahl glücklich machen können.

»Du schaffst das!«, redete ich mir gut zu. »Er ist deine Challenge. Du kannst ihm helfen.« Diese elende Floskel.

Vier Tage sind nun vergangen, seit wir von der Hochzeit am See zurück sind, und ich sitze wieder häufiger an Plänen für meine Selbstständigkeit als Redakteurin. Manchmal spiele ich auch mit dem Gedanken, es doch als selbstständige Therapeutin zu versuchen. Dafür bräuchte ich aber erst noch ein wenig Praxiserfahrung im Beruf und die habe ich in den letzten Jahren vor allem im Medienbereich gesammelt. Ich recherchiere also Themen, halte mich up to date, verschicke Bewerbungen als freie Mitarbeiterin. Wenn auch nur zum Üben. Konkrete Pläne mischen sich mit bunten Ideen. Alle setze ich in meiner Vorstellung nach der Scheidung um. Untätig herumsitzen werde ich jedenfalls nicht und es ist mir wichtig, wieder eigenes Geld zu verdienen, sobald Leona nicht mehr ständig umsorgt werden muss.

Die Uhr an der Wand tickt, es ist still in der Wohnung, Amelie ist mit Leona in der Stadt unterwegs. Ich zupfe mir nervös Haut von den Fingern. Ob Etienne noch lebt? Vorgestern habe ich ihm eine Nachricht geschrieben und bis jetzt ist noch keine Antwort angekommen. Normalerweise antwortet er wenigstens irgendwas, wenn auch nur kurz angebunden und ohne Emotionen. Absolut gar nichts kommt nur in einer der Episoden. Noch ist er mein Ehemann, noch kann ich ihn nicht komplett ignorieren, also packe ich genervt eine Tasche. Schnell gebe ich Amelie Bescheid, dann fahre ich los. Es ist nicht weit zu ihm, nur ein paar Minuten mit dem Auto. Ich kenne jede Abbiegung blind. Auf dem Weg dorthin kreuzen immer unheimlichere Vorstellungen meine Fantasie. Was, wenn Etienne wieder gelbe Augen hat und wenn es diesmal bleibt? Ich hatte so etwas nie zuvor bei einem Menschen gesehen … Es kribbelt etwas tief in mir, aber nicht auf die gute Weise.

Zum Glück habe ich noch einen Schlüssel zu seiner Wohnung.

Langsam öffne ich die Tür, voller Angst, was mich dahinter erwartet. Es hat Ähnlichkeiten mit dem ersten Treffen in Berlin, als ich mich nicht getraut hatte, Adrian die Tür zu öffnen. Nur ist es das genaue Gegenteil.

Etienne liegt mal nicht nackt in dem alten, dreckigen, zerwühlten Bett, sondern im Unterhemd auf seinem Sofa. Die Musik ist vergleichsweise ruhig und auf der Kommode steht ein Pizzakarton. Immerhin, er hat etwas gegessen! Es könnte viel schlimmer sein. Er schaut auf, sieht mich, grinst bitterböse und sagt nur: »Entschuldige, ich habe gerade Irina geschrieben. Deiner Erzfeindin.«

Meine Finger verkrampfen sich, mein Mundwinkel zuckt. Ruhig bleiben, er macht das bloß, um zu provozieren. Das nächste Lied setzt ein, dieses ist wieder lauter und düsterer. Etienne schaut mich weiterhin gehässig von seinem Sofa aus an, bis er an mir vorbeischaut ins Nichts und zu vergessen scheint, wer er ist, wer ich bin und warum wir überhaupt beide hier sind …

Aylins weise Worte hallen in mir nach: »Was du da mitmachst, würde ich keinen Monat aushalten. Warum tust du das?« Ihre Worte werden von Etiennes Flüchen übertönt.

Ganz leise antworte ich der Aylin aus meiner Erinnerung: »Ich will hier Sicherheit. Eine eigene Familie. Eine Beziehung, nicht immer alles allein schaffen müssen.« Meine Freundin nickt in meiner Vorstellung. »Ich will eine Form von Stabilität und Bestand, egal wie kaputt.« Etienne schaut mich fragend an. Zum Glück hat er meine Worte nicht verstanden. Er hält mich eh schon für verrückt und redet genauso mit sich selbst wie ich. Also egal.

»Ich schwebe wenigstens nicht komplett in der Luft. Da sind feste Bestandteile meines Lebens, und ich konnte in die Zukunft planen. Mehr als je zuvor.«

Die Worte sage ich, als ob ich zu einem Schutzengel beten würde. Gibt es einen? Könnte mich etwas oder jemand hier herausholen? Nein, so wie Etienne sich selbst aus seiner Sucht ziehen muss, muss ich auch meiner Situation aktiv entkommen. Ich erwarte keine Hilfe, auch kein Mitleid. Das ist mein Leben, meine Wahl und nur ich kann etwas daran ändern!

Eine laute Stimme unterbricht meine Gedanken: »Olivia, verdammt nochmal, was willst du hier!? Ich möchte allein sein - verschwinde!«

Das lasse ich mir nicht zweimal sagen und ich bin es leid, zu diskutieren. Mit einem deutlichen Knall lasse ich die Tür ins Schloss fallen. Dann versink doch wieder allein in deinem Elend.

Es sind ein paar Tage vergangen. Jetzt sind es noch zwei Stunden, dann kommt meine Mutter. Seit meinem Besuch bei Etienne hatte ich mit keinem Menschen mehr gesprochen außer Leona, Amelie und der Verkäuferin im Supermarkt. Einsamkeit kann erschlagend sein, das sage ich euch. Bis Mama kommt, versuche ich, das Haus so gut es geht in Schuss zu bringen. Vorgestern war die Putzfrau da, seitdem ist es dank der kleinen Zweijährigen aber schon wieder an der ein oder anderen Stelle klebrig. Mit den Putzhandschuhen an den Fingern eile ich durch alle Zimmer. Die Wäsche muss auch noch zusammengelegt und wieder in den Schrank gehängt werden. Dabei hängt mir Leona permanent am Bein, selbst auf die Toilette darf ich nicht allein gehen. Aber ich genieße es. Sie stellt mir Fragen über verschiedene Dinge im Haus. Vor allem wiederholt sie wirklich jedes Wort von dem, was ich erzähle oder erkläre. Mein kleiner Papagei. Dann will sie, dass ich ihr eine Geschichte vorlese. »Das macht nachher die Oma, meine Maus«, sage ich und meine Tochter gibt sich damit zufrieden. Die Zeit vergeht wie im Flug, schon steht meine Mutter vor der Tür. Sie hinkt leicht über die Schwelle, längst nicht mehr so leichtfüßig wie zu der Zeit, als ich in Leos Alter war. Ihre Begrüßung lautet: »Sind Leonas Haare etwa noch nass vom Waschen? Es ist zwar Sommer, aber hier drin ist es echt kühl. Du willst doch nicht, dass sie sich erkältet. Außerdem sehe ich da hinten eine Schere, an die sie rankommen könnte, wenn sie auf den Stuhl da klettert.«

»Hallo Mama, komm bitte erst mal rein. Schön, dass du da bist«, sage ich, auch um nicht auf ihre kleinen Anmerkungen eingehen zu müssen. Den Mutter-des-Jahres-Award habe ich schon jetzt bei ihr verloren. Doch wo Schatten ist, muss auch eine Lichtquelle sein. Nachdem sie mich »begrüßt« hat, dreht sich meine Mutter zu Leona und nimmt die Kleine so fest sie kann in den Arm. Schon bricht es aus Leona heraus:

»Mama gesagt, Baba liest mir heute Schichte vor.« Überschwänglich vor Freude reagiert Oma mit einer Knuddelattacke und nickt mit einem Lächeln. Als Nächstes zaubert sie neue Bilderbücher aus ihrer Tasche hervor. Mein kleiner Engel kann sein Glück kaum fassen und ich spüre so viel Wärme bei der netten Geste. Meine Mutter liebt Leo abgöttisch und könnte keine bessere Oma sein.

Zur Welt gekommen ist Leona in London und meine Mutter war extra angereist, um dabei zu sein. Doch überhaupt schwanger zu werden, war nicht leicht gewesen. Oder sagen wir, auf natürliche Weise ging es nicht. Dank Florence hatte ich aber die IVF Klinik in London empfohlen bekommen. Ich bin ihr auf ewig dafür dankbar. Ansonsten war ich in der Schwangerschaft viel allein. Etienne war da bereits sehr abwesend in meinem Leben. Er war noch nicht mal im selben Land, als ich meine Hormonspritzen-Reise zur Schwangerschaft angetreten habe. Szenarien, welche man aus Filmen kennt, wie dass der Mann nachts zur Tankstelle fährt, um Eis für die schwangere Partnerin zu holen, oder es werden einem die Füße massiert, der Bauch liebevoll gestreichelt ... Ich hatte nichts davon. Meinen Bauch habe ich mir selbst gestreichelt und das Eis habe ich mir selbst im Supermarkt gekauft. Mein Baby und ich - wir zwei. Das Dreamteam von Anfang an. Ab und zu war Etienne bei mir, aber es war selten.

Als Leona zwei Monate alt war, bereit für ihren ersten Flug, ohne dass es hier medizinische Einwände gegeben hätte, ging es für uns in unsere neue Heimat, nach Luxemburg. Der Umzug stand fest, Alternativen bekamen wir keine. Etiennes Familie lebt nämlich nicht weit von hier und dann war da noch der Brexit. Wir konnten nicht schnell genug aus dem Vereinigten Königreich ausziehen. Etienne war es, der sich im Vorfeld ein paar Wohnungen und Häuser angesehen hatte. Es sollte etwas Großes sein, für uns drei. Jetzt mit Kind würden wir ja nicht mehr getrennt leben. Das dachte ich zumindest ... Da war er nun, der Tag des neuen Lebensabschnittes, des neuen, gemeinsamen »Zuhauses« in Luxemburg mit Kind. Aylin war mein Engel in der Not, denn sie ist kurzfristig mit mir und dem Baby mitgeflogen, um mir mit dem Gepäck zu helfen. Jeder, der je mit Kind im Maxi Cosy und riesiger Babytasche um den Hals geflogen ist, weiß, dass man nicht wirklich noch einen Arm für etwas anderes freihat. Für meine zwei großen Koffer brauchte ich also definitiv Hilfe. In Genf gelandet, erwartete ich meinen glücklichen Mann, der seine Girls abholt. Doch wer stand steif und etwas angespannt am Flughafen vor mir? Ricardo, Etiennes Butler!

Ich schüttelte den Kopf und fragte: »Ist Etienne im Auto geblieben?«

Ich konnte die Antwort schon an Ricardos Gesicht ablesen: »Nein Madam, er ist nicht hier.« Sein Blick senkte sich zu Boden. Aylin und ich sahen uns an. Ich hatte keine Nerven und Kraft, mich aufzuregen. Auch war ich diese ständigen Enttäuschungen schließlich schon gewohnt. Daher wurde nicht mehr viel darüber geredet, sondern losgefahren. Wir fuhren durch diese mir fremde, neue Stadt, bis wir an einem riesigen Metall-Tor ankamen. Ein Portier öffnete und es ging etwas bergauf zu einem zweistöckigen Haus mit vier Parteien. Ricardo öffnete uns die Haustür und zeigte mir mein neues Zuhause.

Die Wohnung des Hauses war leer, dunkel, kalt und riesig. Ein leichtes Echo hallte von den Wänden. Der Butler führte uns durch gefühlt dreißig Türen und Räume. Es gab sogar einen Aufzug, der in die untere Etage führte und eine riesige Terrasse, die wiederum über eine opulente Treppe in den noch größeren Garten führte.

Mein Blick war nun auf den kleinen, künstlich angelegten See gerichtet, der sich vor meinem Garten erstreckte. Man würde meinen, es sei ein traumhaft schönes Haus in malerischer Lage.

Ja, mit einem Mann an deiner Seite und Möbeln. Aber Aylin, mein Baby und ich standen allein in diesen riesigen Hallen und wussten nicht einmal, wo wir das Licht anmachen konnten. Das hatte Ricardo uns nicht gezeigt. Der Schalter funktionierte nicht. Es war schon 22:00 Uhr. Wir waren so müde. Ich fand eine Stehlampe, sie erleuchtete gerade genug. Im schwachen Lichtschein packten wir bloß das Notwendigste fürs Baby aus. Nur das Bett und fünfzig XXL-Kartons standen in dieser Nacht in meinem Schlafzimmer. Alles andere war leer. Kein Teppich auf dem Boden, kein Bild an der Wand, keine Vorhänge, die uns vor Blicken schützen könnten. Die Nacht kam ungehindert herein. Es war gruselig. Ich saß in diesem fremden Haus, das ich nur auf Fotos gesehen hatte. Mit einem zwei Monate alten Baby. In einer mir fremden Stadt. Mit fremder Sprache. Ohne meinen Mann.

Es war kalt. Wir drei hatten in dieser ersten Nacht nicht wirklich ein Auge zugemacht. Wo war Etienne? Er hatte es sich in seiner eigenen Wohnung, in seinem Bett mit Laptop, Zigaretten und Alkohol gemütlich gemacht. Keine zehn Fahrminuten von uns entfernt. »Willkommen zu Hause«, dachte ich leise.

Zurück zur heutigen, fröhlichen Stimmung im selben Haus. Es sieht inzwischen so anders aus. Für die nächsten Tage gebe ich Amelie frei. Meine Mutter und ich kümmern uns gemeinsam um Leona. Wir unternehmen viel, gehen essen, ins Schwimmbad, und der Perfektionismus meiner Mutter führt dazu, dass sie einiges in meinem Haus umstellt. Sie hilft mir aber auch, täglich alles, was durch Leona verwüstet wurde, wieder zu ordnen. Während Oma in der Küche nun etwas Leckeres zubereitet, habe ich eine ruhige Minute, um mit dem Handy auf dem Sofa zu sitzen. Ich sitze von ihr abgewandt, das heißt, sie sieht mein grinsendes Gesicht nicht. Daran sind nicht die ganzen Herzchen und Komplimente schuld, die ich auf Instagram bekomme. Dort beneiden mich die Leute wieder mal um ein Leben, das sie ganz bestimmt so nicht haben wollen. Woher sollen sie auch wissen, wie die Realität aussieht? Wer postet schon seine schlimmsten Erlebnisse?! Oh nein, mich lässt eher die Tatsache grinsen, dass ich gerade Adrian eine Nachricht schreibe. Schon seinen Namen auf dem Display zu sehen und etwas in das Feld seines Chats einzutippen, ist aufregend. Meine Hand fährt über den Stoff des Sofas. Unwillkürlich stelle ich mir vor, er läge neben mir. Freude und Geborgenheit breiten sich in mir aus. Ich bin sicher, er würde Leona in sein Herz schließen. Vielleicht wären wir sogar eine richtige kleine Familie. Wir würden alle zusammen einen Waldspaziergang machen und am Abend hätten Adrian und ich Zeit für uns, während Oma sich um den Nachwuchs kümmert. Das Szenario ist kaum vorzustellen, so anders ist es als meine Realität.

Meine erste Nachricht an Adrian ist oberflächlich. Erst mal vorsichtig anfangen. Es ist irgendwas darüber, dass ich zurück bin von der Hochzeit am See. Wir tauschen eben manchmal Floskeln über Geschehnisse aus.

Ich erwähne auch, dass meine Mutter zu Besuch ist. Alles in schlichten Worten, als einfache Fakten formuliert. Bloß nichts zu Emotionales. Nicht dass ich ihn verschrecke und wieder ewig nichts von ihm höre.

Absenden. Kurz auf den Bildschirm schauen.

Dann bricht es aus mir heraus, ich muss es einfach schreiben: »Hatte vor Kurzem ein Erlebnis mit einer Tür, das hat mich wieder an unsere ersten Abende in Berlin erinnert. Das war eine besonders schöne Zeit.«

Ob er Berlin in seinem Kopf genauso abgespeichert hat wie ich? Oh, und wie! Ich weiß es ganz genau.

In der Küche brutzelt es immer lauter. Ich gehe ins Schlafzimmer, sage, ich würde mich umziehen. Meiner Mutter gefällt es eh nicht, dass ich in so hellen Sachen die Spaghetti mit Tomatensoße essen will, das würde doch nur dreckig werden. Ich nutze die Chance, schließe ab und versinke in Erinnerungen, die nur mir und Adrian gehören.

Es war in einem Februar, einem eigentlich so trostlosen Monat. Ich packte die letzten Kleinigkeiten in meinen Koffer, überlegte, was ich für den Flug anziehen soll und merkte, wie meine Nervosität stieg. In der Nacht zuvor hatte ich schon schlecht geschlafen. Hatte mir alle möglichen Szenarien vorgestellt und sogar etwas Angst, dass das Wiedersehen doch nicht so perfekt ablaufen würde. Immerhin konnte ich mich gar nicht mehr an seine Optik erinnern und jedes Foto, das er mir schickte, war komplett anders als das zuvor.

Wie war das möglich? Ich hatte keine Ahnung mehr, wie meine Liebe auf den ersten Blick aussah! Es sollte eigentlich keinen Unterschied mehr machen, weil ich schon so viel für ihn empfand. Trotzdem war mir das Aussehen bei Männern immer schon wichtig. Die Spannung war nicht auszuhalten, die Ungewissheit noch weniger!

Ich musste da durch. Also gut, ich stellte mich vor den Spiegel und checkte mein gewähltes Outfit. Jeans, Sneakers, ein T-Shirt und ein grauer Mantel. Haare offen. Leger. Ich hatte nämlich das Gefühl, dass Adrian genau darauf steht, auf Natürlichkeit.

Er machte sich bald auf den Weg mit seinem Auto, erfuhr ich aus einer seiner Sprachnachrichten. »Du weißt schon, dass wir uns heute sehen?«, wiederholte er darin immer wieder.

Ja! Natürlich! Und es war so surreal. Es fühlte sich nicht echt an. Aber wenn ich im Flieger sitze, käme bestimmt der Flash. Ich sauste in meiner kleinen Wohnung herum, konnte vor Nervosität nichts frühstücken und tanzte vorm Spiegel zur Musik aus dem Radio. Ich hätte nicht glücklicher sein können. Jetzt musste ich aber los. Auf zur U-Bahn und dann umsteigen in die Schnellbahn zum Flughafen.

Ich war tatsächlich auf dem Weg zum Flughafen! Ich schien es endlich zu realisieren. Komisch, denn mein rechter Arm tat mir auf einmal weh und in meinem Herzen war so ein Stechen. Ich fühlte mich plötzlich sehr komisch. Die Angst schoss mir in den Kopf. Ich würde doch nicht hier und jetzt einen Herzinfarkt bekommen?! Sofort rief ich meine Mutter an. Man konnte nie wissen, und sie kannte sich als ehemalige Altenpflegerin mit so was aus. Gleichzeitig googelte ich nach Ärzten am Flughafen. Oh Gott, was, wenn ich wirklich einen Infarkt habe und nicht fliegen kann? Oder sterbe, bevor ich die Liebe meines Lebens überhaupt erst richtig kennenlerne!? Ist das etwa auch ein Zeichen des Schicksals? Kurz überlegte ich, Adrian zu schreiben, tat es aber nicht. Er könnte glauben, es wäre eine blöde Ausrede, weil ich doch nicht nach Berlin kommen will.

Um Himmels willen, das gibt's doch nicht.

Ich atmete tief ein und aus und versuchte, mich mit Musik abzulenken. Dachte an Adrian. Es wurde etwas besser. Das Stechen verschwand. Da waren nur der Schwindel und der schnelle Puls. Mit jedem Atemzug und jedem Gedanken an ihn fühlte mein Körper sich wieder normaler an. Irgendwann glaubte ich, auch ohne Arzt überleben zu können.

War ich etwa so nervös, dass mein Körper so reagierte? Es war keine Zeit mehr, darüber nachzudenken, ich stand bereits am Flughafen. Und Adrian war schon unterwegs und schickte süße Sprachnachrichten.

Im Flugzeug angekommen schrieb ich ihm: »Starte jetzt ... 3 Stunden« und dann habe ich ein Date, welches ein ganz Besonderes für mich ist!«

»Du bist süß! Freu mich ganz doll auf dich! Guten Flug.«

In Berlin im Taxi, kurz vor Ankunft am Hotel, bekam ich wieder eine Sprachnachricht von Adrian. Er war schon da. Ich konnte es kaum glauben, dadurch wurde alles noch realer. Er sagte, er hatte uns neu renovierte Zimmer gebucht, sogar direkt nebeneinander. Aber er verriet mir nicht, auf welcher Seite er mein Nachbar sein würde. Meine Zimmerkarte sollte ich an der Rezeption unter seinem Namen bekommen, Zimmer 945.

Wenn mir heute früh übel gewesen war, dann konnte ich nicht beschreiben, was in diesem Moment in mir passierte. Würde ich dieses Treffen überhaupt überleben? So viel konnte schiefgehen! Was, wenn ich ihm nicht gefalle? Um ehrlich zu sein, gefiel ich mir gerade selbst nicht. Ich sah furchtbar müde aus, mein Outfit war ein Witz, ich redete wie eine Österreicherin. Bei ihm nahm ich aber interessanterweise einen komischen deutschen Akzent an ... ich werde ihm nicht gefallen! AHHHH. Hoffentlich kommt er jetzt nicht zur Rezeption oder beobachtet mich aus irgendeiner Ecke. Ich war noch nicht bereit.

Irgendwie schaffte ich es, an der Rezeption nicht zu kollabieren. Mit meiner Zimmerkarte huschte ich schnell in mein Zimmer. Kurz blieb ich vor der Tür stehen. Ich sah nach rechts und nach links. Hinter einer dieser Türen war Adrian. Der Mann, den ich am Flughafen in Miami kennengelernt oder besser gesagt den ich nur kurz gesehen hatte. Der Mann, mit welchem ich seit einer Woche täglich vier Stunden lange Gespräche führte, pausenlos Messages schickte. Der Mann, der mein Herz erwärmte und mich dauerhaft zum Lachen brachte. Und das in einem Februar! Vielleicht »mein Mann«?

Mein Herz raste und mein Magen war flau - rein ins Zimmer mit mir. Ich schloss die Tür und sah mich um. Ein helles, neues Zimmer, in Weiß gehalten. Sehr minimalistisch, ohne Schnickschnack. Fast schon etwas kühl die Atmosphäre. Sein Geschmack, wie es scheint. So hatte ich ihn auch eingeschätzt.

Die Sonne schien ins Zimmer. Ich setzte mich aufs Bett und schrieb ihm: »Ich nehme an, du hast meine Tür gehört? Bin also jetzt neben dir.«

»Ich weiß« - und schon klingelte es. Es war das Telefon in meinem Zimmer. Mit einem großen Lächeln hob ich ab.

»Hi Adrian.«

»Hallo Olivia« ... Ich hielt meine Hand intuitiv an die Wand. Er musste dahinter sein. Wie verrückt das doch war. Über eine Woche hatte ich mich nur in eine Stimme verliebt, in das Wesen, das Gesagte. Ohne sonstige sensorische Einflüsse wie die Optik oder intim zu werden. Ich glaube nicht, dass ich zuvor jemals mit jemandem so viel über alles geredet hatte, ohne dass man sich zumindest geküsst hätte. Das mit Adrian war die reinste Form, einen Menschen wirklich für sein »Sein« kennenzulernen - und da war er jetzt. Lediglich durch eine dünne Wand getrennt. Mein Atem ging so unfassbar schnell.

»Ich hol dich jetzt ab«, erklärte er und legte auf.

Was?! Jetzt sofort!? Schon klopfte es an meiner Tür. Schnell ging ich hin, nahm die Türklinke in die Hand ... aber ich machte nicht auf. Ich konnte nicht. Warum nicht? Ich freute mich so sehr, dass es sich nicht in Worte fassen lässt. Trotzdem zögerte ich. Was, wenn ich ihm nicht gefalle oder er mir nicht?

»Komm schon, Olivia, mach doch auf!«, hörte ich ihn ungeduldig durch die Tür. Ich atmete durch. Ich öffnete die Tür einen winzigen Spalt weit, stellte mich aber davor. Sodass er sie nicht aufbekam, obwohl er es versuchte.

»Olivia, was machst du denn, komm schon, mach die Tür auf. Ich will dich sehen«, drängelte Adrian amüsiert. Nach gefühlten fünf Minuten presste er schließlich die Tür auf. Mein Widerstand gab nach.

Stille. Da standen wir. Er auf dem Gang, ich im Zimmer. Kein Meter, der uns trennte. Wir sahen uns tief in die Augen, keiner sprach. Dann lächelten unsere Augen und wir umarmten uns fest. Wie gut er roch! Sein Körper war warm und seine Umarmung ging wie ein Stromschlag durch meinen kompletten Körper. Mein Herz pumpte, seines fühlte ich auch. Dieser Moment ... Es fühlte sich so richtig an. Gleichzeitig wurde ich so horny ... In meinen Gedanken waren seine Hände nicht nur um meine Schultern gelegt, es kribbelte überall. Wir ließen los und grinsten beide über beide Ohren.

Gott, sah er gut aus! Er war bestimmt einen Kopf größer als ich, was nicht so einfach ist, da ich 1,76 Meter groß bin. Mit High Heels war ich eigentlich immer auf Augenhöhe mit allen Männern. Auf Augenhöhe sein, was den Intellekt betrifft, ist ja gut, aber ein großer Mann ist schon was anderes. Und da stand er, direkt vor mir. Dunkle kurze Haare, dunkelbraune Augen, volle Lippen und diese perfekten Zähne! Die hatte ich nicht vergessen. Ob das Veneers sind? Ich musste über mich selbst schmunzeln. Was er trug, war noch ein zusätzlicher Pluspunkt. Sneakers, graue Stoffhose, ein weißes Hemd in der Hose, mit schönem braunem Ledergürtel. Unter seinem Hemd zeichnete sich sein durchtrainierter Körper ab. Nicht zu viel oder aufdringlich, keine Masse oder Volumen, er war schlank, aber eben sportlich. Ahhhh ...

Wir machten uns wie geplant auf den Weg zur Hotelbar. Es ging runter mit dem Lift, in dem wir allein waren. Das Licht war gedämpft und wir starrten uns an. Unser Lächeln war jetzt verschwunden und ich war mir ziemlich sicher, aus seinen Augen lesen zu können, was er gerade dachte. Und ich kann garantieren, wir dachten das Gleiche. Sex. Ich wollte, dass er mich hier, sofort nimmt. Endlich seine weichen, vollen Lippen spüren, seine Zunge. Unser Blick wurde immer tiefer und fixierender. Ich biss mir auf die Unterlippe und wünschte mir nichts mehr, als dass er auf mich zukommt. Die Aufzugtür öffnete sich und wir waren da. Tagtraum zu Ende.

Da saßen wir nun in dieser Bar. Ich bestellte mir einen Gin Tonic und saß zunächst neben ihm. Ich konnte es noch immer nicht fassen und irgendwie war es komisch, zu der vertrauten Stimme nun auch ein Gesicht zu haben. Ihm ging es wie mir, nur war er offensichtlich relaxter als ich. Unser Kennenlernen hatte was von »Love is Blind«, lange bevor es diese Sendung überhaupt gab. Ich trank meinen Cocktail wie einen Saft und war schon beim zweiten. Es wurden insgesamt vier daraus. Ich bekam meine Nervosität einfach nicht weg. Das hatte ich so noch nie erlebt! Ich war bei Dates sonst immer tiefenentspannt und genoss den Moment, ohne groß etwas zu erwarten. Hier war es anders. Alles war mit Adrian so anders. Ich hatte mich längst in ihn verliebt. Das war das einzige richtige Wort für mein Empfinden: verliebt. Ich war verrückt nach ihm. Jetzt, wo ich ihn sah, umso mehr. Wir quatschten, lachten viel, er war locker und cheeky, sehr selbstbewusst. Wir hatten nur Augen für uns und strahlten um die Wette.

Hin und wieder gab es Momente, in denen er mich sehr bestimmend ansah, ohne zu reden. Momente, in denen wir beide wussten, was der andere denkt ... Sex. Unsere Anziehung war elektrisch und fast schon sichtbar. Wir saßen so nahe nebeneinander, dass ich bald auf seinem Schoß landete. Wir fassten uns beim Reden an und mit jeder seiner Berührungen wollte ich ihn mehr.

Er hatte uns einen Tisch in einem Restaurant gebucht, wir mussten also bald wieder rauf in unsere Zimmer, um uns umzuziehen. Scheinbar hatten wir wieder zwei Stunden mit Reden verbracht, ohne es zu merken. Hatte ich noch genug Zeit, mich umzuziehen? Für den Abend hatte ich mir ein sexy Outfit zusammengestellt. Alles musste perfekt sein. Kurzes, dunkelblaues Kleid, dafür aber mit langen Ärmeln und kein Dekolleté zeigend. Ich stehe nicht darauf, meinen Vorbau zur Schau zu stellen. Bin lieber für diskrete Eleganz. Was ich allerdings unter dem Kleid verstecken wollte, ist eine andere Geschichte. Halterlose Strümpfe (dieser Abend sollte besonders sein, nicht nur für mich), schwarze hohe Lack-Pumps, Haare glatt und offen und meine geliebten Perlen-Ohrstecker.

Wir waren wieder im Aufzug, wieder allein. Ich stand in einer Ecke, er in der anderen. Ich lehnte mich an das Gerüst hinter mir und sah ihn an. Sein Blick war wieder fokussierend und so tief. Mein Puls stieg, meine Atmung war wieder stärker, mein Mund öffnete sich und ich wollte nichts mehr, als mit ihm zu schlafen.

»Komm und küss mich endlich«, waren meine Gedanken. Er hatte sie gehört, denn auf einmal kam er zielstrebig zu mir, packte mein Gesicht in seine zwei großen, starken Hände und küsste mich. Mein Herz raste und meine Vagina pulsierte. Seine Lippen waren weicher, als ich erwartet hatte, sein Parfum aus dieser Nähe noch unwiderstehlicher und sein Geschmack, seine Zunge ... Ich will mehr! Jetzt sofort!

Wir küssten uns so heftig und leidenschaftlich, dass wir nicht mitbekamen, schon in unserer Etage angekommen zu sein. Die Türe ging auf, schloss wieder, wir befanden uns weiterhin in unserer eigenen Welt. Die ganze Woche hatte ich beim Schreiben so viel Lust empfunden. Endlich brach sie raus. Er löste etwas in mir aus, das zu stark und unkontrollierbar war. Aufgrund dessen, was er mir schrieb, wusste ich, dass er genauso fühlte. Wir beide waren so scharf aufeinander. Plötzlich wurde es wieder heller, da die Aufzugstüre erneut aufging und Gäste kamen hinein. Ein Mann räusperte sich und eine Dame kicherte verlegen. Jetzt hatten wir begriffen, dass wir noch im Aufzug waren. Wir lachten wie erwischte Teenager. Adrian packte meine Hand und zog mich aus dem Aufzug. Ich flog ihm regelrecht hinterher. Keinen Meter draußen presste er mich gegen die Wand im Flur. Wir machten uns küssend und stöhnend auf den Weg in mein Zimmer. Seine Hände waren mittlerweile überall. Zwischen meinen Beinen, wenn auch über der Hose, an meinem Hintern, meinen Brüsten. Ich krallte mich in seine harte Schulter und packte ihn, so fest ich konnte. Mein Speichel sammelte sich wegen der Erregung. Im Zimmer gab es kein Halten mehr. Es wurde kein Licht angemacht, es ging direkt zum Bett. Ich machte ihm deutlich, dass er sich aufs Bett legen sollte. Nun stand ich vor ihm, fixierte ihn mit meinen Augen ... und zog mich für ihn aus. So langsam es meine Geilheit zuließ. Ich trug »noch« keine heiße Unterwäsche, denn dieser Part war nicht geplant gewesen. Ich hatte nur einen weißen, hautengen Body an, der meinen schlanken Körper perfekt umschmeichelte. Meine steifen Brustwarzen zeichneten sich ab und Adrian konnte zum ersten Mal meinen Körper sehen. Still stand ich vor ihm. Er beugte sich vor zu mir. »Fuck bist du perfekt ...«, hauchte er. Mehr nicht, er war sprachlos.

Das turnte mich nur noch mehr an.

Er fand mich also gut genug. Sogar mehr noch.

Er packte mich fest am Unterarm und zog mich zu sich. Es wurde nicht mehr gelächelt, wir waren nun beide todernst. Mit seiner zweiten Hand öffnete er die Knöpfe meines Bodys, die sich zwischen meinen Beinen befanden. Seine Hand berührte dadurch erstmals meine Pussy. Ohhh verdammt. Ich stöhnte nicht, riss mich zusammen ... hielt es aber kaum noch aus ... Jede noch so kleine Berührung brachte mich um den Verstand.

»Zeig mir deine Pussy!«, forderte Adrian streng. Er ließ mich auf einmal los, berührte mich nicht mehr. Sofort tat ich, was er wollte. Gegen seine Forderungen war ich machtlos. Ich hob den aufgeknöpften Body hoch, langsam. So, dass er sie sehen konnte. Meine frisch rasierte Pussy. Ich berührte sie und sah dabei in seine Augen. Langsam. Er leckte sich über seine Unterlippe und sein Blick wurde immer gefährlicher. Ich hatte gewonnen. Er hielt es nicht mehr aus, packte mich, drehte mich um und warf mich aufs Bett. Da lag ich jetzt und hatte ihn vor mir. So nah, so echt, so geil wegen mir. Er zog sich komplett aus, auch die Unterhose. »Fuck«, rutschte es nun mir über die Lippen. Sein Schwanz war so steif und groß. Gott, Gott, was für ein Glück hatte ich? Was war hier los? Seine Haut war noch immer gebräunt, sie glänzte schön, und verdammt nochmal, hatte er einen trainierten Körper und starke Oberarme. Seine Hände waren gepflegt, mit Adern durchzogen. Er hatte lange Finger und perfekt manikürte Nägel. Ich sah diesen Adonis in der Nachtdämmerung vor mir und sagte: »Fick mich!«

Ich war so unfassbar nass, dass wir gar kein Vorspiel mehr benötigt hätten. Dennoch erkundete Adrian jeden Zentimeter meines Körpers. Er leckte meine Zehen, meine Haut, meine Pussy, meinen Bauch, meine Brüste, meinen Hals, mein Gesicht. Alles wurde nass geleckt, seine Zunge war überall. Ich bebte, mein Körper zitterte, ich hatte ihn nicht mehr unter Kontrolle. Ich wölbte mich, kreiste mit meinem Becken, stöhnte, und endlich: Er lehnte sich wieder zurück, ging auf die Knie, hielt meine angewinkelten, gespreizten Beine, sah mich an und führte seinen stahlharten Schwanz langsam in mich hinein. Seinen Blick wandte er nicht von mir ab.

Ahhhhh!!! Mein Kopf ging zurück, meine Finger krallten sich in das weiße Bettlaken – er war in mir. Er lehnte sich wieder auf meinen Oberkörper und wir fickten. Schnell, hart und sanft zugleich. Wir stöhnten beide und man hörte nur »Fuck«, »Oh, Gott« oder »Das ist perfekt« von beiden. Wir verschmolzen zu einem und es fühlte sich an, als hätte man das fehlende Puzzlestück gefunden. Der beste Sex meines gesamten, verfluchten Lebens ... Wir kamen beide, gleichzeitig und so hart.

Komplett nass geschwitzt und außer Atem sahen wir uns an und mussten loslachen. »Was war das Olivia? Was bist du?!« Adrian war komplett sprachlos. Wie schön, dass es ihm genau wie mir ging. »Das war irre, Adrian. Irre!«

»Du, ich glaub, die Reservierung im Restaurant haben wir um ein paar Minuten verpasst«, meinte er daraufhin sichtlich amüsiert. Wir lachten weiter, konnten nicht mehr aufhören. Jetzt könnten wir eigentlich auch im Hotelzimmer bleiben, einfach zusammen den Abend genießen. Aber da wir beide Perfektionisten sind und Kopfmenschen, hielten wir unseren Plan natürlich ein. Ich verabschiedete ihn an meiner Tür mit einem langen Kuss und sprang blitzschnell unter die Dusche. Davor blieb ich vor dem Badezimmerspiegel stehen und sah mich an. Ich hatte überall rote Flecken. Die Durchblutung und sein festes Anpacken zeichneten sich ab. Mein Gesicht war schön rosig, ich hatte diesen »After Sex Glow«. Meine Haare hingegen waren weit von einem solchen Glow entfernt, die konnte ich gleich mitwaschen. Nur Föhnen konnte ich vergessen.

Ich schüttelte meinen Kopf und sah, wie glücklich ich war. War ich jemals zuvor so glücklich gewesen?

Nun hatte ich mein dezentes, aber doch sexy Outfit an und wurde von Adrian an meiner Türe abgeholt. Keine dreißig Minuten waren vergangen, seit wir miteinander geschlafen hatten, aber ich könnte sofort wieder loslegen, wenn ich ihn so sehe. Er trug jetzt einen dunkelblauen Anzug, mit schönen braunen Lederschuhen. So seriös, so elegant, so fucking sexy! Kichernd und die körperliche Nähe des anderen suchend machten wir uns auf den Weg vors Hotel und zum Taxi, welches schon auf uns wartete. Im Taxi spielten wir mit unseren Händen, wir hielten sie. Ein schönes Gefühl. Als wir ankamen, war ich überrascht: Adrian hatte scheinbar ein Restaurant ausgewählt, das ich bereits kannte. Und ich kannte in ganz Berlin nur drei Stück! Genau hier war ich vor einem Jahr beruflich gewesen.

»Ich glaub's nicht!«, rief ich laut aus. »Ich kenne dieses Restaurant.«

»Ach wirklich, schade. Dachte, ich führ dich an einen neuen Ort aus. Woher kennst du es denn? Bist du öfter in Berlin gewesen?«

»Ja, ab und zu, ich habe hier Freunde und liebe diese Stadt,

Deutschland ja generell, wie du schon weißt. Und hier gab es mal ein Event, bei dem ich dabei war. Das ist ja witzig, dass du genau diesen Platz ausgesucht hast!«

Ich war tatsächlich überrascht. War das etwa ein Zeichen?

Wir wurden an unseren Tisch geführt und bekamen die Speisekarten. Aber das Essen interessierte uns gar nicht, wir quatschten wieder drauflos, lachten wie zwei kleine Kinder und hatten nur Augen füreinander. Gott, dieser Typ! Wie konnte man so unfassbar attraktiv sein und gleichzeitig so natürlich und bodenständig? Witzig ist er auch noch!

Wir bestellten die Burger des Hauses. Gourmet Burger mit Trüffeln. Mal sehen, was uns da erwartete. Serviert bekamen wir zwei schwarze Burger-Buns mit was auch immer da drin war. Um ehrlich zu sein, konnten wir nur auf diese schwarzen Kreise starren. Die Dinger, die vor uns lagen, sahen so unappetitlich aus, dass wir uns einmal ansahen und wieder laut losbrüllten. Ich weinte vor Lachen. Bekam mich gar nicht mehr ein.

Ja, die Burger waren zwar witzig, aber ich glaube, ich lachte bloß so sehr, weil es mir so unfassbar gut ging. »Was ist denn das? Hätte dich doch zu L'Osteria bringen sollen!«, scherzte Adrian.

Nach ein paar Minuten hatten wir uns wieder beruhigt und verbrachten einen wundervollen Abend, wenn auch ohne kulinarische Höhepunkte. Umso besser, dass ich meinen Höhepunkt schon zuvor hatte. Meine halterlosen Strümpfe hatte er übrigens inzwischen erspäht. Womöglich der Grund, wieso er irgendwann aufhörte zu lachen …

Zurück zum Hotel und an meiner Tür war Adrian erst nicht sicher, ob wir uns nun verabschieden oder den Abend noch gemeinsam verbringen sollten. Er war nie aufdringlich, hat Manieren und das mag ich. Aber jetzt? Nach allem, was wir heute getan, erlebt, gefühlt hatten?

Ich musste nicht viel sagen, es verstand sich von selbst, dass wir jetzt auf keinen Fall einfach getrennt schlafen gehen würden.

»Ich wollte im Restaurant schon über dich herfallen. Du kannst dich nicht so anziehen, wenn ich dich nicht sofort ficken kann«, beschwerte er sich schon fast, als wir nach der zweiten, noch besseren Runde zufrieden nebeneinander im Bett lagen.

»Ich wollte dich etwas quälen«, schmunzelte ich frech.

Wir streichelten uns, mein Kopf lag auf seiner Brust und ich hörte seinen sanften Herzschlag. Ein beruhigendes Geräusch. Alles in mir war entspannt und gelöst. Adrian drehte sich zu mir. »Olivia, ich werde heute in meinem Zimmer schlafen. Du weißt ja, ich kann das nicht«, informierte er mich behutsam. Ich war überrascht, aber nicht geschockt. Um ehrlich zu sein, konnte ich selbst nicht gut neben »Fremden« schlafen. Kuscheln, Händchen halten - all das kann ich nicht, wenn ich die Person nicht wirklich gut kenne. Dafür brauche ich länger. Ich hatte zu diesem Zeitpunkt auch noch zu niemandem »Ich liebe dich« gesagt. Also auf Deutsch. Auf Englisch mit meinem Ex-Partner ja, aber das war nicht meine Muttersprache. »I love you« ist nicht das Gleiche wert, es wird für alles und jeden verwendet.

Aus all diesen Gründen hatte ich volles Verständnis für Adrians Wunsch. Dafür, dass er die wahre, emotionale Intimität langsam angehen wollte. Auch wenn es trotzdem etwas enttäuschend war. Dieser Moment sollte noch nicht aufhören. Wir küssten uns wieder, redeten noch über die verschiedensten Themen, streichelten uns dabei und statt zu gehen, schlief Adrian doch irgendwann ein. Mein Kopf noch immer auf seiner warmen Brust. Ich schaute zu ihm auf, er sah so entspannt und friedlich aus. Sein Atem war ganz leise. Ach, jetzt gerade war alles perfekt. Ich musste etwas schmunzeln. Hatte er nicht noch eben gemeint, er könne nicht neben einer Frau schlafen, wenn er sie noch nicht gut kennt? Da war ich wohl eine Ausnahme.

Am nächsten Morgen wachte ich neben einem Mann auf, der mich liebevoll ansah. Er war schon eher wach geworden und wollte mich nicht wecken. Ich war noch etwas verlegen, denn ich musste wild aussehen nach all dem Sex. Trotzdem schaute er mich an, als wäre ich das Schönste, das er je gesehen hatte. Ich lächelte ihn an und bekam einen sanften Guten-Morgen-Kuss. Die Sonne schien und ich fühlte, dass das wieder ein wundervoller Tag werden würde.

Wir frühstückten schnell im Hotel, dann gingen wir raus auf den Ku'-damm. Wir hatten keine zwei Schritte aus dem Hotel gemacht, da griff

Adrian nach meiner Hand. Er hielt sie, während wir liefen. Also richtiges Händchenhalten, was Pärchen sonst machen. Damit hätte ich nun gar nicht gerechnet. Tag zwei und wir waren quasi offiziell ein Paar? Genau das war alles, was ich wollte! Dass er öffentlich zu mir steht. Zeigt, dass ich zu ihm gehöre - das hatte mein Herz gleich schneller schlagen lassen. Aber da gab es noch meine »komische« Seite, die sich dabei unwohl fühlt. Weil es eben so schnell ging ... Mir wurde heiß und etwas mulmig zumute. Hand wegziehen oder nicht?

Zum Teil lag es daran, dass ich meine Eltern nie in einem liebevollen Umgang miteinander gesehen habe. Kein Händchenhalten. Kein Kuscheln. Keine Küsse. Wie sollte ich das also alles leben, wenn man es mir doch nicht vorgelebt hatte?

Dabei sehnte ich mich so sehr nach Anerkennung und Liebe. Wahrscheinlich viel mehr als alle anderen ...

Selbst damals, als ich noch ein Teenager war, bereitete mir dieser Körperkontakt Probleme. Sogar bloß befreundete Mädchen liefen in der Schule händchenhaltend herum. Man hatte sich umarmt, um sich zu trösten, wenn es schlechte Noten gab. Man hatte sich einfach berührt. Ich tat das nicht. Ich wollte nicht, dass mich jemand tröstet oder umarmt. Das hätte sich unnatürlich angefühlt. Außerdem sah ich es ein wenig als Schwäche. Ich brauchte niemanden, der mir zur Seite steht. Ich machte meine Gefühle schon selbst mit mir aus.

Daher, weil ich all das als Kind selbst nicht kannte und immer alles mit mir alleine ausgemacht habe, war ich nun als Erwachsene wieder in der Situation, dass mir die Hand eines Mannes unangenehm war. Des Mannes, den ich vom Herzen her schon zu lieben schien.

Ich versuchte, so normal wie möglich zu wirken, doch Adrian bemerkte meine Angespanntheit. Im Nike Store zwischen Sneakern und Sportbekleidung sprach er mich direkt darauf an: »Du fühlst dich nicht wohl, wenn ich deine Hand halte, richtig?« Er lächelte, um höflich zu bleiben, aber man sah in seinen Augen, dass er irritiert war.

»Ähm, ja, das hast du richtig gespürt. Ich liebe es, dass du schon so weit bist. Es ist nur so, dass ich für diese Dinge einfach etwas länger brauche. Ich hoffe, du verstehst das jetzt nicht falsch«, erklärte ich behutsam.

»Wie du gestern Abend sehen konntest, brauche ich für diese Dinge normalerweise auch etwas länger.« Er spielte auf sein Einschlafen neben mir an. Wir beide fingen erneut an zu lachen. »Im Ernst Olivia, das ist mir zuvor noch nie passiert. Ich hatte mich aber scheinbar so wohl bei dir gefühlt, dass ich deshalb einfach eingeschlafen bin. Ich kann mich nicht mal mehr erinnern, wann dieser Moment war«, überlegte Adrian mit einem fragenden Gesicht.

Es schien, als würde er mir meine »Geschwindigkeit« nicht übelnehmen und so suchten wir gemeinsam ein Paar neue Sportschuhe für ihn aus. Bei der Vorstellung von ihm beim Laufen wurde ich sofort wieder scharf auf ihn. Er konnte das in meinen Augen ablesen und nahm mich wieder an der Hand, zog mich zu sich, blickte mir tief in die Augen und küsste mich. Diese Gefühle ... wie konnte man so viel empfinden, wenn man sich küsst?

Es klopft an meiner Schlafzimmertür. Meine Mutter steht davor und wartet ungeduldig darauf, dass ich zum Essen komme. Vor lauter Fantasie habe ich diese Reservierung wohl auch verpasst.

KAPITEL 4 – SOLITUDE

Endlich sind meine Mutter und meine Tochter im Bett und schlafen. Ich bin allein, habe einen Abend für mich. Jetzt könnte ich so viel träumen, wie ich will, aber ich finde, man sollte heiße Erinnerungen lieber in kleinen Dosen genießen. Bin schließlich nicht nur heute horny. Ein bisschen Wehmut ist auch dabei. So schön diese Erinnerungen auch sein mögen, sie würden nie so befriedigend wie ein echtes Treffen sein. Werden wir uns je wiedersehen? Frische, grobe Blätter fallen derweil in das feine Sieb in meiner Hand. Sobald ich das auf die perfekte Wärme erhitzte Wasser über die Blätter gieße, verbreitet sich das frische Aroma des Tees. Ich nehme sowohl die Kanne als auch die Tasse mit ins Wohnzimmer. Inzwischen ist es später Abend. Auch wenn es Sommer ist, wird es langsam kühl. Mutter hatte vielleicht doch recht, was die Haare von Leona angeht. Mal sehen, wie es ihr morgen geht. Ein warmer Kräutertee ist jetzt genau das Richtige. Kurz fällt mein Blick auf die roségoldene Champagnerflasche voller Bling-Bling, die in der Vitrine steht. Jemand, der mich kaum kennt, hat sie mir geschenkt. Klar, was würde eine »Trophy Wife« wie ich auch sonst wollen? Dabei ist Champagner ja überhaupt nicht meins und schon gar nicht in einer mit Strass besetzten Flasche. Lieber genieße ich meinen »langweiligen« Tee.

Leona liegt längst im Bett, genau wie meine Mutter. Einmal hat meine Tochter noch kurz gejammert, weil sie dachte, da wäre ein Käfer bei ihr im Bett. Da war natürlich nichts und selbst wenn, erklärte ich ihr, dass Käfer doch ganz lieb sind. »Käfer lieb, ja«, hat sie nun voller Überzeugung mehrmals wiederholt. Das sind die Momente, in denen ich sie zerquetschen könnte, weil sie so süß ist. Wir konnten die Gefahr somit gemeinsam bannen. Jetzt höre ich Leonas ruhigen Atem. Es herrscht Stille, Ruhe, Frieden, Gelassenheit. Meine Tochter ist glücklich. Das ist alles, was zählt. Das Feuer im Kamin flackert und alle Fenster sind weit offen. So ist es am gemütlichsten. Kaum sitze ich auf der taubengrauen

Couch, welche ich aus Paris geordert habe, und trinke aus der Tasse, die ein Werbegeschenk von Cartier war, kommen die Zweifel. Ich genieße so viele Annehmlichkeiten! Bin ich mittlerweile doch schon etwas verwöhnt? Blödsinn! Ich bin mir ja noch immer nicht zu schade, täglich den Bus zu nehmen. Selbst zum Supermarkt geht es mit den öffentlichen Verkehrsmitteln. Da sitze ich dann mit meinem mitgebrachten Stoff-Sackerl, Make-up-free und mit meinen Sneakers. Ich glaube nicht, dass mich in diesem Moment jemand für eine Millionärsgattin hält! Und immerhin kann ich diese Dinge ja wertschätzen! Immer. Daran hat sich nichts geändert. Ich sehe nichts als selbstverständlich. Das unterscheidet mich von Etienne. Er fühlt für nichts irgendeine Wertschätzung. Weil alles immer schon da war. Er nutzt seine Ressourcen nicht einmal. Zumindest nicht auf eine Art, die wirklich glücklich machen würde. Er könnte so unbelastet sein, seine Zukunft ist immer abgesichert, er verfügt über eine finanzielle Basis, die vermutlich nur ein Prozent der Bevölkerung haben. Warum um Himmels willen ist er dann nicht glücklich?

Verschlafenes Gebrabbel dringt an mein Ohr und lenkt mich ab. Redet Leona im Schlaf? Darauf folgt ein leises Schnarchen, das mit jedem Mal etwas lauter wird. Okay, es ist nur meine Mutter - alles in Ordnung. Wo war ich? Ach ja, bei Etienne und seiner fehlenden Wertschätzung für eigentlich alles, sogar für mich. Er könnte mit uns im schönsten Haus leben, könnte allen möglichen Hobbys nachgehen und Gutes tun. Er könnte etwas Schönes in die Welt hinausgeben, nicht nur Dunkelheit, Trunkenheit und Verbitterung. Wieder höre ich leise Geräusche von Leona. Jetzt muss ich plötzlich daran denken, wie egal es ihm war, als mir die Eizelle mit unserer Tochter eingesetzt wurde. Kein Kuss, keine Umarmung oder ein liebevolles Wort. Seine bekannte Kälte in einem so großen Moment! Im Nachhinein bin ich überrascht, dass er überhaupt in die Klinik mitgekommen war. Denn schon als wir beide gleichzeitig aus unseren Londoner Apartments, die gegenüber voneinander lagen, herauskamen und uns auf den Weg machen wollten, sah ich ein emotionsloses Gesicht. Er sah mich direkt an, doch es hätte mich auch ein Roboter ansehen können. Da war nichts in seinen Augen. Auch gesagt hat er nichts. Nicht mal ein Hallo. Aber ich war es gewohnt. So schlossen wir beide unsere Türen zu, gingen zum alten, goldenen Aufzug mit Sitzbank und wechselten kein Wort, nichts. Im Auto war ich es, die versuchte, irgendwie eine Konversation zu starten. Vergeblich. Ich wurde nicht einmal gefragt, wie es mir geht. Dabei war ich so voller Vorfreude, Hoffnung und auch Angst. Heute war der krönende Abschluss für meinen IVF-Weg, den ich allein gegangen war.

Mein Mann hatte in den letzten Monaten das warme Marrakesch bevorzugt. Aber er wollte ein Kind. Er musste ja sein Sperma hergeben und etliche Dokumente unterschreiben. Also nix da mit Kind unterjubeln, das hier war auch sein Wunsch. Doch nicht einmal, als ich ihm von meinen täglichen Hormonspritzen erzählte, bekam ich eine besondere Reaktion. Ich war zu Covid-Zeiten allein in London gewesen, mit dem Wunsch, schwanger zu werden. Mir blieb nicht viel, außer täglich meine Runden im Park zu drehen und jeden zweiten Tag ins Spital zu fahren, um meine Blutwerte zu testen und einen Ultraschall zu machen. Da ich PCO, ein polyzistisches Ovarial Syndrom habe, musste man bei mir mit der Hormonstimulierung besonders aufpassen. All diese Besuche habe ich natürlich allein durchgeführt. Allein im Wartesaal gesessen, allein im Taxi nach Hause, zu Hause allein gegessen, allein auf der Couch einen Film gesehen, allein gelesen, gemalt ... bis der lang ersehnte Tag anstand. Die Eierentnahme! Ich war so nervös, dass ich kaum geschlafen habe. So viel Hoffnung hing an diesem Ereignis. Mein Lebenstraum - Mama werden zu können. Und wenn die ganze Behandlung noch einmal nötig wäre, ich hätte alles hierfür getan.

Als ich mir für die Entnahme im Spital die OP-Klamotten anzog und es bald ins Untergeschoss in den OP-Saal ging, wurde mir mulmig. Ich habe immer ein wenig Angst, oder besser gesagt Respekt, vor Vollnarkosen. Es ist aber nochmal etwas anderes, ganz allein zu einer Operation zu gehen. Hätte ich jetzt jemanden gebraucht, der meine Hand hält, mich umarmt und beruhigt? Vermutlich. Ich schaute noch ein letztes Mal auf mein Handy. Selina, Aylin, meine Eltern, meine Tante aus Polen ... meine Liebsten, die von diesem Eingriff heute wussten, hatten mir aufbauende Worte geschickt. Das tat gut. Ich war doch nicht allein. Eine Person hatte mir aber selbst kurz vor dem Eingriff nichts geschrieben: Etienne.

Nachdem ich aus meiner Narkose erwacht war, war meine Doktorin bei mir und klopfte mir auf die Schultern. »Es ist sehr gut gelaufen!«, verkündete sie stolz und mit freudiger Stimme. Sie sagte mir, dass wir überdurchschnittlich viele Eier sammeln konnten! Ich war noch nicht ganz da, aber ich habe diese unglaubliche Nachricht verstanden. Yes!! Ich werde Mama! Ich war auf einmal so erleichtert und fühlte das Glück durch meinen Körper strömen. Etwas anderes fing ich auch an zu fühlen, nämlich meine sehr starken Unterleibsschmerzen. Die Operation hinterließ eben doch ihre Spuren.

Ich sprach noch immer mit meiner behandelnden Ärztin, als mein Handy klingelte. Etienne - na schau einer an. Hat er wohl wieder länger geschlafen und möchte sich jetzt nach meinem Befinden erkundigen? Ich hob ab und er redete schon. Aufgeregt und amüsiert erzählte er mir von einem Vorfall von gerade eben. Mit seinem Freund sei ihm etwas Ultrakomisches passiert. Während er so dahinredete, starrte ich nur ins Leere. Er hatte keine Ahnung, was für ein Tag heute war oder wo ich gerade war. Ich ließ ihn zu Ende reden, ohne selbst etwas zu sagen.

»Weißt du, welcher Tag heute ist?«, war das Einzige, was ich am Ende seiner Story fragte. »Ja, heute ist Mittwoch, was soll die Frage?«

Wow ... das war Antwort genug.

Zurück in der Gegenwart, mit meinem kleinen Wunder im Bett, sehe ich wieder den runden Mond vor mir. Er fängt meinen Blick ein und ich werde melancholisch, wie in Miami. Seitdem sind einige Jahre vergangen. Es ist so unfassbar viel passiert, aber irgendwie bin ich trotzdem nicht vom Fleck gekommen. Das ist schon traurig. Ich könnte eigentlich den gleichen Wunsch nochmal an denselben Mond senden. Irgendwo hatte ich aber gelesen, dass das die Definition von Wahnsinn sei, also betrachte ich den Mond lieber nur. Die hellen Seidenvorhänge fliegen mir sanft entgegen. Außerdem höre ich jetzt, dass aus der Wohnung nebenan Musik und fröhliches Gelächter herüberwehen. Ich glaube, es sind die Stimmen eines Mannes und einer Frau. Ich ziehe meine Füße näher an meinen Körper, fast als wollte ich mich selbst umarmen und mir Nähe geben. Ob die beiden wohl ein glückliches Paar sind? Vielleicht lernen sie sich gerade erst kennen. Das ist die aufregendste Zeit. Alles ist neu und die Gefühle auf ihrem Hoch. Und der Sex erst, man ist verrückt nacheinander und vögelt überall, zu jeder Zeit. Ahhhh … Für ein paar Momente bin ich mehr in der Welt von zwei völlig Fremden als in meiner eigenen. Eins ihrer Worte schnappe ich auf, es lautet: London. Dieses Stichwort löst eine Menge in mir aus. Ich streife in meiner Erinnerung durch den Hyde Park, mein Lieblingspark. Auch weil er nur fünf Gehminuten von meiner Wohnung lag. Dort sehe ich die vielen jungen Mütter, die ich lange um ihr Kinderglück beneidet hatte. Auch die Skyline erstreckt sich vor mir. Die erste Zeit in London war das einzige Mal, dass ich in einer Wohnung mit Etienne zusammengelebt hatte. Zum Glück wurde nach einem halben Jahr die Wohnung direkt nebenan frei und dadurch hatte ich meine eigenen, sauberen, ruhigen und vor allem rauchfreien vier Wände. Gerade wird mir mal wieder so richtig bewusst, wie merkwürdig das ist, dass wir immer getrennt gelebt haben, auch jetzt, hier in Luxemburg.

Ich gucke weiter aus dem Fenster, wo heute Berge und ein kleiner Teich zu sehen sind anstelle von den typischen Londoner Stadt-Villen mitsamt Hochhäusern dahinter. Eigentlich sollte sich Luxemburg längst wie ein Zuhause anfühlen, nur tut es das nicht. Ich bin schon als Teenager aus Graz geflüchtet, weil es mir viel zu klein war und diesen Provinz-Charakter hatte. Wie soll ich mich denn da in einer Stadt mit nur 600.000 Einwohnern zu Hause fühlen? Ich bin quasi wieder da gelandet, wovor ich ständig geflüchtet bin. Bevor ich die Scheidungspapiere einreiche, sollte es das aber tun. Sonst wird es noch sehr viel einsamer. Für Leona habe ich nämlich beschlossen hierzubleiben. Sie soll ein sicheres, vertrautes Zuhause haben, Freundschaften aufbauen können und nicht ständig umziehen müssen. Das war die Idee. Vielleicht aber sollte ich doch besser zurück nach Graz gehen?

Ich bin plötzlich unsicher über unsere ganze gemeinsame Zukunft. Ich wärme mir die Hände an der Tasse. Wo lebe ich eigentlich wirklich, also wo ist mein »zu Hause«? Wer oder was bin ich? Ich muss kurz an Megève denken und lachen. Weil ich auf den dortigen Luxusurlauben viele von meinen Freundinnen kennengelernt habe, die dann zufällig auch in London gelebt haben und es zum Teil immer noch tun. Sie haben

London zumindest ein Stück weit zu einem Zuhause gemacht. Die Welt ist eben klein, vor allem, wenn man ein »Jetset-Leben« führt. Ich hasse dieses Wort. Klingt abgehoben. Aber im Endeffekt ist mein Leben genau das. Da hilft mein tägliches Busfahren auch nicht wirklich. Ich schaue auf das Armband an meiner linken Hand, es ist ein Mitbringsel aus Marrakesch. Dort waren wir auch immer und immer wieder, hätten sogar fast dort geheiratet. Einer von Etiennes beiden besten Freunden lebt dort. Während der Lockdowns waren wir besonders häufig dort, weil man sich im warmen, trockenen Marokko freier bewegen konnte. Ich erinnere mich an steinerne Torbögen, den Duft von Orangenblüten, unfassbare Mosaikmuster, raue Wüsten und prunkvolle Villen. So oft waren wir dort und doch blieb mir alles ein wenig fremd. Marokko ist magisch, aber da gehöre ich auch nicht wirklich hin.

Was sich noch wie ein Zuhause hätte anfühlen sollen, jedenfalls in der Theorie, war Lausanne. Dort hat schließlich Etiennes Familie ihr größtes und wichtigstes Anwesen. In einer Bilderbuchbeziehung stellt sich beim Besuch der Eltern beziehungsweise Schwiegereltern ein magisches Gefühl des Dazugehörens und von Geborgenheit ein. In der Realität ist das Anwesen in der Nähe von Lausanne einer der verkrampftesten Orte, die ich kenne. Dort herrschen gesellschaftliche Regeln, die niemand versteht. Alles ist durchorchestriert, weil seine Eltern es so wollen. Auch diesen Ort konnte ich also nie mein Zuhause nennen.

Selbst in Mailand hat mir Etienne für eine Weile eine Wohnung gemietet, in einem Haus, welches ihm gehört. Weil ich mich in seinen verrauchten Wohnungen immer unwohl gefühlt hatte, egal wo wir waren. Mit Liebe und viel Aufwand habe ich auch dieses Nest eingerichtet. Das Ergebnis ist super geworden, ein perfektes Pied-à-terre. Die gleiche Arbeit habe ich in das Chalet in Megève gesteckt. Das Ergebnis: noch mehr Orte, um die Zeit totzuschlagen. In Wahrheit kann ich auf sie alle verzichten, denn wirkliche Freude hatte ich dort nirgendwo …

Wir sind ständig auf Achse, es gibt für mich zwischendurch kein echtes Heimkommen und Luftholen und außerdem erlebe ich die ganzen fremden Orte auch noch allein. Etienne befindet sich nämlich – ganz egal, wo wir sind - immer am gleichen Ort: in seinem Rausch oder in seiner eigenen Welt. Er verlässt seine Zimmer nicht, egal in welchem Land oder in welcher Stadt wir gerade sind. Es gibt Nachrichten von Adrian, in denen er mich fragt, wie ich so leben kann. Ganz ehrlich, ich weiß es selbst nicht und kann es auch nicht mehr lange.

Es wird nochmal ein gutes Stück kälter im Raum.

Irgendwie fühle ich mich gerade sehr verloren. Ich habe tatsächlich kein Zuhause, an dem mein Herz aufblüht. Eine sehr traurige Erkenntnis. Aber wozu mache ich mir überhaupt all diese Gedanken, am Ende bin ich doch Grazerin. Das sage ich mir schließlich laut und deutlich vor, als wolle ich mich selbst überzeugen.

Es funktioniert nicht. Ich wollte von dort immer weg, habe diese Stadt nie so richtig als meine Heimat anerkannt. Da stand es, das junge Mädchen, das unbedingt ein Auslandsjahr machen wollte, um ihrer Realität zu entfliehen. Die kleine Olivia, die im Rahmen ihrer Zimmertür lauerte, um zu lauschen, wie die Mutter drauf ist, bevor sie sich auf den Flur traute. Ich wollte nur weg aus diesem Dorf. Das habe ich inzwischen locker geschafft, aber zu welchem Preis? Ich bin komplett entwurzelt.

Ach ja, dann gibt es noch Polen. Gehöre ich am Ende dort hin? Immerhin liegen dort meine Wurzeln. Nein, auf keinen Fall. Oder wäre Frankfurt am Main der Treffer ins Schwarze gewesen? Es heißt doch, Heimat ist dort, wo das Herz liegt ...

Bevor ich weiter in Verzweiflung über meine Existenz versinken kann, höre ich Schritte. »Mama? Durst, Pipi.«

Da steht sie in ihrem süßen Nachthemd mit den Schmetterlingen darauf und reibt sich die verquollenen Augen. Ich stelle sofort die inzwischen kalt gewordene Tasse Tee weg und begleite meine Kleine. Erst in die Küche, wo wir ihr etwas Wasser holen, und dann zur Toilette. Weil sie vor Müdigkeit beinahe umfällt, nehme ich Leo auf dem Weg zurück ins Bett auf den Arm. Sie legt ihren Kopf mit den verstrubbelten Haaren an meinen Nacken und brabbelt wieder verschlafen vor sich hin. Heimat ist, wo das Herz ist. Heimat ist, wo du bist. Mir steigen Tränen in die Augen. Wir werden unser eigenes Zuhause schon finden oder es aufbauen, wenn es sein muss. Vertrau mir. Wir zwei zusammen schaffen alles.

Am nächsten Morgen klingelt mein Handy, während ich meinen Ri-
mowa-Koffer packe. Ich sehe Florences Namen, darüber einen auf
perfekte Art chaotischen Schnappschuss von einer Party. Flori streckt
darauf ihre Antilopenbeine strahlend in die Kamera, von ihrem Kopf
steht Federschmuck ab. Es war eine Mottoparty. Dreimal klingelt es,
dann drücke ich auf den grünen Hörer. Das Handy stellt sich sofort auf
Lautsprecher.

»Hey Bitch, was machst du gerade so? Ich langweile mich zu
Toooode!«, beklagt Florence sich sofort auf Englisch.

»Tasche packen, für Portofinose«, antworte ich kurz und halte dabei
ein Sommerkleid hoch. Ich liebe dieses Kleid und würde es gern noch
oft tragen, aber irgendwie zeigt es zu viel Dekolleté.

Flori ruft freudig: »Portofino!? Wie cool, da war ich noch nie. Unglaublich, oder? Ich war gefühlt schon überall, aber in das kleine Fischerdorf hat es mich noch nie verschlagen. Ihr müsst mir dann unbedingt
erzählen, wie es war! Und vergesst nicht, ganz viele Bilder von euch zu
schicken und von der Landschaft natürlich.«

Ich schmunzle, während ich fast all meine Handtaschen und ein paar
Tops aufs Bett lege. Als Nächstes sind die Hosen und Schuhe dran. Ich
antworte ihr: »Klar, mache ich, immer doch.« Dabei betone ich das
»ich« stärker und mache damit deutlich, dass mein Mitreisender ganz
sicher keine Fotos schicken wird. Meine Party-Bestie versteht sofort,
wie ich es meine, geht aber nicht weiter darauf ein. Sie fragt stattdessen:
»Nimmst du den Bikini mit, den ich dir geschenkt habe?«

»Ich denke schon«, antworte ich und suche nach dem schrillen Zwei-
teiler. Florence ist die Einzige, die mir so ein Geschenk machen kann,
ohne dass es trashig oder peinlich herüberkommt. Zwischen uns geht
so was einfach. Wir haben generell eine eigene Art, miteinander um-
zugehen. Wir teasen uns ständig, nehmen uns selbst nicht zu ernst und
führen uns oft auf wie kleine Kinder.

»Genug über Mode«, meint die bestgestylte Frau, die ich kenne. Ich
höre, dass sie auch mit etwas beschäftigt ist. Es klappert, im Hintergrund
geht ein Fenster zu, dann höre ich ein Radio. Oder ist das jemand, der
ihr eine Frage stellt? Keine Ahnung, das ganze Gespräch ist so chaotisch

liebenswert wie sie selbst. »Ihr müsst unbedingt auf die Berg ...« Sie unterbricht sich, fängt den Satz nochmal an. »Also, ich war ja nicht da, aber ich habe gehört, dass man unbedingt auf die Berggipfel wandern sollte. Oder fahren, das ist egal. Aber die Aussicht auf das Meer soll grandios sein. Das musst du unbedingt machen.«

Sie hat sich korrigiert und so weit ausgeholt, um selbst die Singular-Form zu nutzen. »Du« statt »ihr«. Sie weiß genau, wie es bei uns ablaufen wird. Wie traurig das ist, will sie in diesem Gespräch aber nicht durchscheinen lassen.

Mittlerweile versuche ich, den Koffer zu schließen, bevor ich merke, dass der Beutel mit dem Make-up noch fehlt. Könnte eng werden, vielleicht brauche ich doch eine zweite Tasche. Eigentlich wollte ich reduzieren. Andererseits habe ich keine Lust, mich dann irgendwo underdressed zu fühlen.

»Hast du noch mehr Empfehlungen, für Restaurants oder Cafés zum Beispiel?«, frage ich, in der Hoffnung, dass mir das etwas Planungsaufwand abnimmt.

Florence überlegt. Wieder höre ich eine Stimme im Hintergrund bei ihr und auch bei mir müsste man jetzt etwas hören. Leona und ihre Oma reden miteinander und Leona quiekt dabei und wird immer lauter.

»Also ich würde dir das Restaurant im Splendido empfehlen. Claire war dort gewesen und meinte, es war der Hammer!«

Claire war eine Freundin von ihr, mit der ich selten zu tun hatte, auf deren Meinung Florence aber immer schwor.

»Du meinst von dem Hotel? Da wohnen wir doch!«, erinnere ich sie und muss schmunzeln. »Ich meinte eher außerhalb des Dorfes. Damit wir ein bisschen Sightseeing machen können?«

»Du, da habe ich keine Ahnung, aber ich kann dir ein paar Reiseblogs empfehlen. Die sind echt super, die kennen vor allem die besten Locations an unseren Lieblings-Ski-Orten. Oder in Saint-Tropez. Musste dir echt mal anschauen.«

Saint-Tropez wäre zwar auch mal wieder ein schönes Urlaubsziel, aber in der Anreise etwas mühsam. Da geht zu viel Zeit drauf. Bis jetzt war ich maximal drei Tage ohne Leona im Ausland. Das möchte ich auch noch nicht überziehen. Vor allem möchte ich den nächsten Urlaub mit ihr gemeinsam machen! Kindgerecht!

Irgendwann ringt Flori sich zu der Frage durch: »Und wie geht es Etienne? Trinkt er wieder?«

»Wie meistens. Haben uns aber seit ein paar Tagen nicht gesehen. Er will mal wieder Ruhe. Zeit für sich. Du weißt ja, was das heißt. Also ja, er trinkt wieder.«

»Jesus, die Männer, immer das Gleiche.«

Meine strahlend blonde Freundin lacht das Kernproblem meiner Beziehung weg. Sie darf das, immerhin hatte sie auch mal einen Partner, der zu tief ins Glas geschaut hat.

»Ich muss bald auflegen«, sage ich. Allzu lange will ich meine Mutter nicht allein mit Leona lassen, bevor wir wegfliegen. Ich werde schon genug in ihrer Schuld stehen.

Sorglos flötet es aus dem Handy: »Aber sicher, du musst der Sonne entgegenreisen. Mal auftanken. Verstehe! Eine Empfehlung für eine Bar willst du vermutlich nicht, weil du den Tag nutzen willst.«

Aus ihren Worten strahlt der pure Optimismus. Nur die feinen Nuancen zwischen ihnen verstecken die Wahrheit in sich. Sonne, Auftanken, besser keine Bar. Alles auf gewisse Weise Codewörter.

Einen Tipp hat meine Lieblings-High-Society-Freundin noch: »Wenn du mal wieder in London bist, habe ich einen tollen neuen Club gefunden, den wir uns unbedingt ansehen müssen. Da sind auch immer die hübschesten Kerle unterwegs. Also nicht, dass ich gerade wen Neues suchen würde. Bin ja in glücklichen, adligen Händen. Aber ich denke da eher an dich.« Ich kann das Zwinkern regelrecht durch mein Smartphone sehen und spüren. Ach Flori, du bist schon süß. Sie will mir noch Klatsch und Tratsch von einem Charity-Event erzählen, doch ich blocke ab. »Muss zu meiner Tochter, liebe dich«, sage ich, bevor ich auflege. Für den Bruchteil einer Sekunde ist es still, dann stürmt besagte Tochter ins Schlafzimmer. Sie hat Schokolade am Mund, meine Mutter kommt mit einem Taschentuch hinterhergerannt. Leona solle jetzt endlich stehen bleiben, damit man sie sauber machen kann. Doch so frech, wie sie schon sein kann, grinst sie in Babas Richtung und versteckt sich. Noch einmal blinkt mein Handy auf. Es ist ein Foto von Florence. »Hey, meine Süße, auch wenn du keine Zeit für meine Erlebnisberichte hast, das wollte ich dir nicht vorenthalten.«

Auf dem Bild sind gewisse Personen zu sehen, die ich schon mal zu dritt aus einem Klo habe herausstürzen sehen. Sie fallen auf dem Foto schon wieder zu dritt aus einer Tür, dieses Mal aus einer Hausmeisterkammer. Wer auch immer sie erwischt hat, ist kein guter Paparazzo, das Bild ist total verwackelt und halb durch die Blätter einer Pflanze aufgenommen. Es hat eher was von moderner Kunst. Ich sehe von der Trunkenheit glasige Augen, eine Strumpfhose mit Löchern und einen offenen Schuh. Damals auf der Dinner-Party war es ähnlich. Die Frau auf dem Foto hatte damals so laut gelacht und war so getorkelt, dass sie schlussendlich eine unbezahlbare Vase umgeworfen hatte. Ihre letzten Worte, bevor die Scherben zersprangen, lauteten: »Warum kratzt das immer wieder so in der Nase?« Klirrend ging die Antiquität zu Bruch. Gelbe, türkisene und tiefgrün eingefärbte Terrakotta-Stücke verteilten sich auf dem Boden. Ich stand da und konnte nur auf die Frau starren, die jegliche Kontrolle verloren hatte. Da greift Leona meine Hand und fragt: »Mama, darf ich deinen Lippenstift?« Ich schließe das Foto auf meinem Handy und zeige ihr, wie man mit dem Lippenstift Herzen malt. Während wir den Spiegel verzieren, schmiede ich Pläne. Es sind verbotene, prickelnde Pläne, die mir außerdem endlich eine Heimat bescheren könnten.

In Portofino angekommen, kann ich den Ausblick nur wenig genießen. Meine Tochter fehlt mir, schon wieder. Das winzig kleine Städtchen Portofino ragt in die Bucht hinaus. Überall stehen Pinien Bäume, das geheime Symbol für mediterranes Urlaubsfeeling. Im Hafen liegen viele Schiffe und Boote, kleine und große, Segel-, Sport- und Fischerboote und dann noch ein oder zwei Yachten, die größer sind als manche Wohnungen. Ein winziges Boot treibt gerade gemütlich aus der Bucht auf uns zu. Darauf sitzt ein gut gelaunter Fischersmann, wie er im Buche steht. Ich erkenne von der Straße aus, dass seine Haut von der Sonne gegerbt wurde. Das grau-schwarze Haar lugt unter seinem Strohhut hervor. Er trägt ein ausgeblichenes Hemd und neben ihm liegt ein Netz. Hinter ihm treibt ein größeres Schiff, schneeweiß, mit hohen Segeln. Darauf entdecke ich mindestens zwei Damen im Bikini. Sie sonnen sich. Zwei Männer in Badehosen und Polohemd setzen sich dazu. Eine weitere Frau im Kostüm steht am Rand und schaut auf das Mittelmeer hinaus. Sie ist eindeutig eine Business-Lady, aber sogar sie wirkt tiefenentspannt. Dieser Ort bringt selbst in die umtriebigen Geschäftsleute die Ruhe. Nur nicht in den Mann vor mir auf dem Beifahrersitz. Der schaut wieder gelangweilt auf sein Handydisplay und scheint gleichzeitig in Eile zu sein. Das Taxi fährt ihm nicht schnell genug. Als wir aussteigen, läuft Etienne konsequent zwei Meter vor mir. Wie so oft. An der Rezeption bin trotzdem wieder ich es, die die Sonnenbrille abnimmt und freundlich die Empfangsmitarbeiterin begrüßt. Ich habe die Reservierung getätigt, den Weg hierher organisiert und jetzt gerade sehe ich Nachrichten auf dem Handy eintrudeln. Meine Mutter will etwas wegen Leona wissen. Schon mal gut, dass die Fragen heute direkt bei mir landen. Ich nehme die Zimmerkarten entgegen, dann gebe ich dem Pagen den Koffer in die Hand. Er greift zusätzlich nach meiner Ledertasche. Ich schüttele den Kopf. »No, grazie«, sage ich. Auf dem Weg zur besten Suite des Hauses danke ich dem Angestellten noch zweimal für seine Hilfe. Mein Ehemann schaut ihn nicht an. Es ist fast lustig, wie er mit energischem Schritt vorangeht, obwohl er nicht mal weiß, wo unser Zimmer liegt. Kurz gucken wir uns an und müssen sogar lachen, weil er so verloren ist. Noch drei Türen, dann stehen wir endlich vor der richtigen Nummer. Als ich für den letzten Meter selbst nach dem schweren Koffer greife, schaut mich Etienne an. Instinktiv ziehe ich meine Hand zurück.

»Du bist nicht wie die, Olivia! Versteh es doch endlich. Du stehst über ihnen. Von dir erwarten sie selbst auch was anderes. Also benimm dich gefälligst wie eine Dame aus besseren Kreisen. Sonst glauben die noch, dass du mit ihnen auf einer Ebene bist.«

Dieser Mann ist wie eine gesprungene Schallplatte … Noch einmal sehe ich den irritierten Pagen entschuldigend an. Er lächelt und nickt, als wolle er sagen, dass alles in Ordnung sei. Er mache das gerne, es ist ja sein Job. Das ist richtig. Würde er das nicht tun, hätte er keine Aufgabe und kein Geld ... Die Gedanken und Widersprüche drehen sich in meinem Kopf. Sollte ich doch besser sein wie Etienne, damit dieser Junge was zu tun hat und gebraucht wird? Er stellt die Taschen in unser Domizil, bringt eine davon sogar bis zum Schrank. Auf die angedeutete Frage hin, ob er für mich auspacken solle, schüttele ich energisch den Kopf und gebe ihm ein gutes Trinkgeld. Er geht mit einer Verbeugung aus dem Zimmer. So ein hübscher italienischer Junge mit dunklen Locken und trainierten Armen. Ja, ich gebe zu, ich mag solche Annehmlichkeiten wie seine Hilfe und er braucht den Job. Aber immerhin zeige ich aufrichtige Dankbarkeit dafür und weiß, wann genug ist.

Mir ist egal, wie Etienne darauf reagiert. Ich lasse mich nicht mehr aus der Ruhe bringen, sondern nehme mir die Zeit, um mir die heutige Unterkunft anzusehen. Wir stehen in der teuersten Suite des Hauses, einem König würdig, was auch sonst. 10.000 Euro kostet sie pro Nacht, wir bleiben für drei. Für viele ist das ein Jahreslohn. Ich bin umgeben von sandigen Farben und auf Hochglanz polierten Möbeln. Skulpturen zieren unseren Weg zu gefühlt zwanzig Zimmern. In der Lobby des Hotels erfüllte noch italienische Musik zurückhaltend den Raum. Hier oben ist es still, man hört lediglich ferne Stimmen aus dem Dorf. Ich öffne den überdimensionalen, begehbaren Kleiderschrank, um meine Outfits für gerade mal vier Tage darin unterzubringen. Die Farbtupfer sehen etwas verloren aus in den endlosen weißen Regalen. Wie oft solche Szenen in den letzten Jahren vorgekommen waren, überlege ich, während ich die schwere Holztür wieder schließe. Man könnte eine schöne Montage wie aus einem Film zusammenschneiden: Ich, wie ich immer ein anderes Zimmer betrete. Jedes Mal habe ich etwas anderes an und jedes Mal ist die Einrichtung leicht verändert. Mal hängen abstrakte Gemälde an der Wand, mal goldener Stuck. Meine Marken-Handtaschen haben immer eine etwas andere Farbe. Manchmal ist das Bett mit Satin bezogen, manchmal mit Brokatstoff, dann mit schlichter Baumwolle. Vor den Fenstern wechseln die Jahreszeiten und geografischen Lagen. Letztlich ist es aber immer gleich.

Wie ferngesteuert mache ich mich frisch, schlüpfe in bequemes Schuhwerk und ziehe los, um die Gegend zu erkunden. Mein Mitgereister sitzt längst auf einem der drei Balkone mit ausgerollter Markise und hält das erste Bier in der Hand. Die erste Zigarette wurde auch schon geraucht. Es zischt, als ich die Zimmertür öffne, hinaushusche und in Richtung Fahrstuhl gehe.

Auf dem Weg nach unten sehe ich all die Angebote des Hauses auf meinem Handy. Es wird alles geboten, was man sich vorstellen kann. Wenn ich aus unserer spezifischen Suite beim Room Service anrufen und danach fragen würde, würden sie mir das Badewasser auf Wunsch im Teekocher aufwärmen und mit aus Indien importierten Rosenblättern garnieren. Um Punkt 17 Uhr versteht sich, mit Austern auf einem Tablett dazu. So viel Überfluss ist machbar, wenn man Geld hat.

An der Rezeption steht gerade ein Pärchen, das zuckersüß verliebt zu sein scheint und sich gegenseitig ständig etwas ins Ohr flüstert. Ganz am Anfang hat Etienne auch mal süße Worte zu mir geflüstert. Generell kann er so unverdorben, fast schon kindlich-süß sein. Wir hatten solche Momente. Es war aber von Anfang an so selten, dass ich jede einzelne Erinnerung daran wie einen Piratenschatz behüte. Inzwischen weiß ich, was dieses Schatzaufbewahren bedeutet: Die Bestätigung wird zur Sucht und durch ihre Seltenheit wirkt sie nochmal wertvoller. Es ist ein Teufelskreis. Alles, was da in mir verdurstet und vertrocknet, sehnt sich danach, wieder diesen kleinen Tropfen Anerkennung einer hart zu knackenden Nuss zu erhalten.

Dieses Mal denke ich an die Anfänge mit Etienne zurück.

Ich denke an das erste Mal, dass wir gemeinsam in ein Luxushotel gereist sind, in seiner geliebten Stadt Marrakesch. Für ihn war es Alltag. Ich hingegen betrat dieses »Zimmer«, als würde ich durch ein Portal in ein anderes Universum gehen. Ich schwang die Türen auf und das Prinzessinnenleben strahlte mir entgegen! Vor mir erstreckte sich eine 300 Quadratmeter große Suite. Mehr Fläche als in den meisten Privathäusern. Ein reinster Irrgarten aus Zimmern und Durchgängen, eine Ecke schöner eingerichtet als die andere. Allein die Anzahl der Badezimmer, es war verrückt! Überall lagen kleine Aufmerksamkeiten herum – und ich meine nicht diese winzigen Stücke billiger Schokolade. Ich rede von Blumengestecken, die einem Brautstrauß Konkurrenz machten, frisch gepflückt, mit meinem Namen auf einer Karte darauf und nebendran stand eine Flasche vom kostbarsten Rotwein als Geschenk des Hauses inklusive orientalischer Desserts in Miniaturform. Endlich hatte ich den Balkon gefunden. Oder war es nur einer von unzähligen? Ich stieß die nächste Flügeltür auf. War es innen schön gekühlt, kam mir draußen eine umarmende Wärme entgegen. Ich stand auf dem breiten Balkon und jeder meiner Sinne wurde überwältigt. Orientalische Düfte umhüllten mich, Palmen in der Abendsonne, Rosen mit weichsten Blättern, Orangenduft, das flackernde Licht von Kerzen und Fackeln. Mosaike zierten den Boden und die Wände, und das Klima war so schön warm. Die Luft trug die Klänge aus der Stadt herüber, die Stimmen, die Lacher, das Fluchen und das Hupen der Autos gemischt mit der Musik des Orients und dem Klang des Muezzins. Die Sonne ging über den Palmen unter und warf ihre letzten Strahlen in den ruhigen Pool da unten ... wow. Einfach nur wow. Etienne war da und sah mich voller Freude an. Er freute sich über meine Freude und war stolz darauf, mir all das bieten zu können.

Kurz darauf bekam ich im Erdgeschoss des Hotels meine erste Dior Tasche geschenkt. Einfach so, es gab nicht mal einen Anlass! Ich war so gerührt, dass ich zurück in unserer Suite zu weinen begann. Ich war in ein Märchen katapultiert worden, so fühlte es sich an. Es gibt einen Film, der ähnlich verläuft.

Die Ironie ist nur, dass ich mich am Anfang unserer Beziehung noch wie eine Prinzessin gefühlt habe und mit der Zeit immer mehr wie die Escort-Dame wurde. Also genau andersherum. Nachdem die Zeit der Magie verflogen war, ging Etienne häufiger in weitem Abstand vor mir. Er redete immer weniger mit mir. Wir gaben ein eindeutiges Bild ab. In hohen Schuhen bin ich größer als er und immer ein gutes Stück jünger. Wenn er mir wieder mal die kalte Schulter zeigt und mir nicht mal die Hand hält, welchen Eindruck machen wir dann? Fragen sich die Leute, was ich pro Stunde koste? Mir wird schlecht bei der Vorstellung. Nachdem ich auf diesem Balkon in Marokko das Bild um mich herum aufgesaugt hatte wie ein Schwamm, hatte er noch liebevoll meine Hand gestreichelt und gesagt, dass ich ein wundervolles, reines Herz habe.

Das würde ihn faszinieren. Meine fast kindliche Freude über den Luxus würde ihn mit Glück erfüllen. Es waren solche Augenblicke, die uns verbunden haben. In unseren schönsten Momenten strahlen wir beide eine gewisse Unschuld und Unbeholfenheit aus. Wir führen uns dann gegenseitig durch die Welt. Jeder zeigt dem anderen etwas, führt ihn in das Wunderland seines Kosmos.

Das erste Mal Marokko war ein wahrgewordener Traum und Etienne hatte sich von seiner besten Seite gezeigt. Er wollte mich beeindrucken, klar, aber ich bin mir sicher, dass er wirklich fasziniert von mir war. Er kannte es nicht, dass sich Frauen so sehr über ein paar Annehmlichkeiten freuten. Für ihn war es immer normal gewesen und die Damen um ihn forderten es aggressiv ein. Nicht ich und deswegen verliebte er sich in mich. Weil ich diese Magie immer wieder mit ihm erleben wollte, habe ich zu Beginn gerne Reisen mit ihm geplant. Bis er nicht einmal mehr mitkam und alles in mir zerbrach. Auf jedes Hoch folgt ein Tief. Es war sein Geburtstag …

Ich hatte für seinen besonderen Tag ein altes Manor-Hotel im Süden Englands herausgesucht. Es hat mich eine Weile gekostet, bis ich das richtige gefunden hatte, doch am Ende war alles ganz nach seinem Geschmack. Ein uriges Haus voller Geschichte und doch auf höchstem Niveau, mit Sterneküche. Ich kontaktierte die Küche vorab und bestellte einen Kuchen für Etienne mit einer persönlichen Aufschrift. Da wir meistens auswärts unserer Hotels aßen, habe ich mich natürlich auch noch um weitere Restaurants gekümmert. Wie immer mit Google Maps die Umgebung abgesucht. Auch Condé Nast oder die Michelin-Website sind da sehr hilfreich. Doch mit dem Heraussuchen von Empfehlungen ist es nicht genug. Jedes Mal habe ich mir das Interieur genau angesehen und, wenn es eine gab, auch die Instagram-Seite besucht. Ich wollte absolut sichergehen, eine gute Wahl zu treffen! Am Ende hatte ich eine schöne Auswahl an Locations zusammengestellt. Weil wir so häufig auf Achse sind, ist allein das schon einiges an Arbeit. Die besten Sehenswürdigkeiten, Museen, Theaterhäuser oder Orte in der Natur recherchierte ich natürlich auch vorab. Doch ich freute mich darauf, an diesem altehrwürdigen Ort mit Etienne seinen Geburtstag zu verbringen. Ganz in Ruhe, nur wir zwei, umgeben von britischer Natur. Leona war noch lange nicht unterwegs, ich konnte ganz loslassen. Doch wie schon vor seinem vorherigen Geburtstag hatte mein Freund wieder angefangen, stärker zu trinken. Das große Datum rückte näher und näher und ich ahnte bereits, dass es wieder so eine Zeit wird. Noch gab ich aber die Hoffnung nicht auf. Jeden Tag erinnerte ich ihn: »Denk dran, du hast bald Geburtstag und wir wollen wegfahren. Ich habe uns was ganz Spezielles gebucht.«

Er ging nicht darauf ein. Ich wurde konkreter: »Etienne, bitte. In sechs Tagen fahren wir. Bitte trink bis dahin nicht mehr so viel!«

Zeit verstrich, Flaschen wurden geleert, ebenso leere Worte wurden gesprochen.

»Bitte, nur noch vier Tage. Ich habe so viel geplant und mir Mühe gegeben. Extra für dich. Bitte, hör auf zu trinken.«

»Okay«, kam es einmal kurz als Antwort, dann öffnete er die nächste Flasche.

Ich verließ sein Zimmer, ging in meins und schmiedete einen Plan. Essen macht nüchtern. Ich hatte noch etwas von meinem selbstgebackenen Cheesecake, den er so liebt. Mit einem kleinen Stück davon schlich ich wieder in sein Schlafzimmer. Während er geistesabwesend ein paar Löffel nahm, saß ich an seinem Bett, strich ihm über das Haar und redete ihm ins Gewissen. Er ging nicht auf mich ein. Also flehte ich regelrecht, er möge ausnüchtern. Dann ließ ich ihn sitzen, Stoßgebete keine Ahnung wohin schickend.

Am Morgen seines Geburtstags war ich fest entschlossen zu fahren. Eine Stornierung war nicht mehr möglich und so viel Geld konnte ich beim besten Willen nicht zum Fenster rauswerfen. Seinen Trolley hatte ich den Abend zuvor schon für ihn gepackt. Ich wartete, bis man mir kein »Wecken mitten in der Nacht« mehr vorwerfen konnte, dann näherte ich mich neugierig seinem Zimmer. Welchen Zustand würde ich vorfinden? Als ich sein Schlafzimmer betrat, war es stockfinster. Das war zu erwarten gewesen. Der Dunst des Zigarettenrauchs belegte alles. Das Einzige, was Licht spendete, war der offene Laptop auf dem

Bett. Da lag es, mein Geburtstagskind, umgeben von Dosen und Glas, Taschentüchern und Asche, tief am Schlafen, mit wildem Bartwuchs und Mundgeruch.

Zehn Tage! Ich hatte ihm zehn Tage lang täglich gesagt, wie viel Zeit er noch hatte, um nüchtern zu werden. Jeden Abend hatte ich ihm gesagt, dass ich mir etwas Besonderes für ihn habe einfallen lassen. Mein Countdown hatte rein gar nichts gebracht. Wäre ich dem nachgegangen, was aus dem Inneren mit mir redete, wäre ich nur noch aus dem Haus gerannt und am Bahnhof in den nächsten Zug gestiegen. Olivia, sagte ich mir aber, das bist du nicht. Eine Chance gibst du ihm noch. Die letzte!

Vorsichtig weckte ich ihn. »Honey, komm, steh auf. Geh duschen und fahr mit mir. Das wird bestimmt superschön.«

Als Antwort bekam ich ein Grummeln.

»Jetzt komm schon. Du kannst doch deinen eigenen Geburtstag nicht betrunken im Bett verbringen. Das ist dein Ehrentag!« Sinnlose Schmeicheleien. Genauso gut könnte ich mit der Tapete reden. Es geschah gar nichts.

Dann nicht! Mir war zum ersten Mal auch alles egal. Ich ging, ohne ihn.

Kurz später saß ich im Zug und atmete tief ein und aus. Die Fahrt war extrem kurz, sie dauerte keine Stunde, da war ich schon auf dem Land. Hier stand ich nun, mitten im Nirgendwo. Es gab nichts außer der Bahnstation und endlosem Grün. Die Gräser wiegten sich in der Meeresbrise. Taxis sah ich weit und breit keine. Also rief ich beim Hotel an und sie holten mich ab. Niemand begegnete uns unterwegs. Nur eine einsame Spaziergängerin mit einem Hund wandelte am Horizont.

Als ich im Hotel abgesetzt wurde, konnte ich es nicht verhindern. Ein kleines Schmunzeln huschte über meine Lippen. Es war einfach so unheimlich süß und romantisch.

Die Lady vom Check-in fragte mich natürlich nach meinem Freund, dem Geburtstagskind. Kurz angebunden erklärte ich »Er ist leider krank« und fügte irgendwas von »Stornieren war ja nicht mehr möglich« hintenan.

Zwanzig Minuten später war ich auf einem Wanderweg unterwegs

zum Meer. Diese Mission würde ich heute durchziehen, komme, was
wolle. Ich wollte die Wellen sehen und die salzige Luft atmen. Grau und
bewölkt drückte der Himmel über mir auf die Südküste Englands herab.
Es war bereits später Nachmittag. Mein Weg führte durch einen Wald.
Es wurde für die Jahreszeit ungewohnt finster. Gibt es hier eigentlich
Wölfe?, fragte ich mich plötzlich, als ich einen Ast knacken hörte und
der Wind durch die Baumwipfel pfiff. Da, es raschelte wieder! Ich lief
schneller, schaute nur noch geradeaus, dachte an etwas Schönes. So über-
stand ich alle Gefahren und erreichte das Meer.

Als ich ankam, blieb ich einfach stehen. Über mir hingen gerade noch
die letzten Äste des Waldes. Unter meinen Füßen begann jetzt Sand.
Kleine Dünen ragten überall auf, und da vorne sah ich es, das Wasser. Die
Wolken und der Wind machten das Bild perfekt. Ich fühlte mich sehr
allein hier draußen und ich war auch wirklich am Rand der Welt. Nicht
mal das Licht einer Stadt konnte man hier sehen, nur tosende Wellen
in der finsteren Ferne. Ich blickte zum Himmel hoch. Das ist Natur! So
rau und gleichzeitig fast poetisch. Als stünde man in einem Gedicht.

Ein paar Schritte waren es noch, also ging ich weiter in Richtung Meer.
Ich wollte die gesamte Küstenlinie sehen. Endlos erstreckte sie sich nach
links und rechts und endlich sah ich noch ein paar andere Menschen,
vielleicht vier oder fünf weitere verirrte Seelen auf der Suche nach der
Kraft der Natur. Ohne dass es durch etwas Bestimmtes ausgelöst wurde,
musste ich plötzlich an meinen Opa denken. An den Mann mit dem
gutmütigen Wesen, der so gerne malt und schreibt. Er hatte viel zu wenig
Zeit mit mir verbringen können. Als Kind hatte ich in Graz gelebt, er
war in Polen geblieben. Wir waren zu weit entfernt gewesen. Jetzt war
er krank, sehr krank. Ich schluckte den Kloß in meinem Hals herunter.
Warum er? Warum muss er so sehr mit irgendwelchen Krankheiten
kämpfen, wo er doch nie in seinem Leben etwas Schlechtes getan hat?
Meinem Opa hätte es hier gefallen, dachte ich.

Ich wurde zurück ins Hier und Jetzt gerissen, als die Dunkelheit endgültig über die raue Natur herfiel. Plötzlich hatte ich eine neue Sorge: In
völliger Nacht allein im Wald unterwegs sein? Nein, danke, das wollte
ich vermeiden. Also machte ich mich auf den Rückweg. Es ging schneller

als auf dem Hinweg, oder vielleicht hatte ich mich einfach nur erfolgreich genug vom Weg abgelenkt, dass ich gar nicht merkte, wie er an mir vorbeizog. Jedenfalls brauchte ich nicht lange. Auf dem Hotelgelände angekommen, entdeckte ich eine alte, kleine Holzbrücke, die über einen Bach führte. Etwas an ihr zog mich an. Ich betrat sie. Meine Hand glitt über das weiche, leicht morsche Holz. Unter mir plätscherte leise der Bach.

Meine Gedanken waren plötzlich ganz klar und in der Gegenwart.

Was tue ich hier?

Ich sah an mir herunter, blickte in das dunkle Wasser.

Ich bin ... Ich bin mehr als das, was ich zu sein scheine?

Die Erkenntnisse erleuchteten mich wie ein Blitz. Ich bekam überall Gänsehaut. Es fühlte sich an, als wäre ich außerhalb meines Körpers.

Diese 34-jährige Frau, die 1,76 m groß ist und Olivia heißt, war mir auf einmal so extrem fremd. Das bin nicht wirklich ich. Das ist nur meine Hülle, ich nutze sie nur gerade zufällig - mein wahres Ich ist größer. Ich weiß, das hört sich verrückt an und ich kann es auch nur schwer in Worte fassen, aber dieser Moment war fast, als hätte meine Seele mit mir kommuniziert. Der wahre Kern. Mein Körper hatte sich von »mir« separiert. Ich konnte auf einmal verstehen und vor allem fühlen, dass die Äußerlichkeiten und Informationen zu meiner Person nicht essenziell sind. Ich könnte mir auch einen anderen Körper suchen und wäre noch immer die gleiche Person. Ich verstand es selbst nicht und konnte das auch keinem so erzählen. Aber so war es. Vor allem war es so klar.

Ich schloss die Augen und hörte den Bach so, wie ich noch nie einen Bach gehört hatte und spürte die Wärme des Holzes, wie ich sie noch nie beachtet hatte. War da ein zweiter Mensch neben mir oder war dieses Gefühl wirklich meine Seele? Ich hielt die Augen weiter geschlossen und fragte stumm: »Bist du mein wahres Ich?« Eine gesprochene Antwort erhielt ich nicht, nur eine gefühlte. Meine Augen füllten sich mit Tränen, diese Erkenntnis berührte und faszinierte mich zugleich!

Die unerkennbare Anwesenheit blieb. Sie zog meine Aufmerksamkeit auf sich. Ich merkte kaum bewusst, dass ich auf der Terrasse des Hauses angekommen war. Gerade trat ich auf die erste Stufe der Steintreppe, als mein Handy klingelte.

Es war meine Mutter.

Wieso ruft sie mich denn jetzt an? Normalerweise bekomme ich nur Sprachnachrichten.

»Olivia?« Eine kurze Pause. Ein hyperventilierendes Schluchzen. »Es ist Opa, er ist gerade gestorben!« Dann hörte ich meine Mutter hemmungslos weinen.

Ich hielt auch nicht zurück, ich sackte auf den Boden. Nein. Nein! Nein!!

Ich landete auf der harten Treppe aus kaltem Stein. Die Trauer erfüllte meinen gesamten Körper. Nein, einfach nein, nicht mein Opa. Ich sah nicht viel, die Tränen machten mein Sichtfeld trübe. »Nein!«, rief ich immer wieder. Nur eine Sache erkannte ich schließlich: die Statue eines Engels, gegenüber von mir. Sie war mir zuvor auf dem Weg zum Wald nicht aufgefallen.

Komm schon, das kann nicht wahr sein.

Opa? Du weißt doch, dass ich eigentlich nicht an Gott glaube. Auch wenn du immer wieder versucht hast, mich zu »bekehren«, weil dein Leben der Kirche gewidmet war.

Natürlich musste in diesem Moment ein Engel vor mir stehen. Ich lächelte müde durch die Tränen hinweg die Statue an. Ich fühlte mich Opa nahe.

Später erfuhr ich von meiner Mutter, wann genau mein Opa verstorben war. Es war exakt der Zeitpunkt, zu dem ich am Strand hoch in den Himmel gesehen hatte und an ihn denken musste.

So schön es hier auch war, ich konnte nicht allein am Ende im Nirgendwo bleiben, ich musste zu meiner Familie nach Polen. Wie sollte ich diesen Ort jetzt noch genießen? Also stand ich wenige Stunden nach meiner Ankunft wieder am Bahnhof, mit dem Telefon in der Hand. Das Freizeichen tutete einmal, es tutete zweimal, dreimal, zu oft. Etienne ging nicht ran. Ich wollte ihn dafür verfluchen, doch ich hatte nicht die Energie. Endlich kam der Zug. Die kurze Fahrt zurück, in diesem leeren Zug war auf einmal quälend lang. Als ich in der Wohnung angekommen war, stürmte ich sofort in Etiennes Zimmer. Noch im Türrahmen stehend fing ich an, alles zu erzählen. Wieder ließ ich meinen Tränen freien Lauf, es musste einfach raus. Kurz holte ich Luft, strich mir die Haare aus der Stirn und wischte mir über die Augen. Da achtete ich zum ersten Mal auf ihn und seinen Zustand.

Etienne saß vor mir auf dem Bett. Vollkommen nackt. Ungeduscht. Die Haare standen in alle Richtungen und die Bartstoppeln wucherten. Wie immer war dieser nervige Laptop an und wie immer lagen überall Zigaretten herum. Sein Blick war nicht ganz bei mir. »Tut mir leid, das zu hören«, erzählte er der Wand.

Das waren seine einzigen tröstenden Worte.

In meinem Zimmer lag ich später noch lange wach. Durch die Wand konnte ich hören, dass bei Etienne wieder ein Film lief, außerdem hörte ich sein Räuspern, Husten und Würgen. Es ekelte mich und machte mir zugleich furchtbare Angst. Der arme Mann merkte nicht mal mehr, was um ihn geschah und hatte seinen eigenen Geburtstag verschwendet. Wie tief musste man versunken sein, dass einem das vollkommen egal war? Zu allem Überfluss kroch Zigarettenqualm durch den Spalt unter meiner Tür. Der Ekel überwog wieder mein Mitgefühl. Ich starrte noch viel zu lange an die Decke. Bilder von meinem Opa und meiner Mutter, die ihn jahrelang gepflegt hatte, flackerten vor meinen müden Augen. Der Schmerz war tief und erdrückend. Ich würde ihn nie wieder sehen. Endlich schlief ich ein und das war er gewesen, Etiennes Geburtstag und gleichzeitig der Todestag meines geliebten Opas.

Aber genug mit Trübsal blasen und schlechten Erinnerungen. Ich stehe mitten in einem malerischen italienischen Dorf an der Küste, ich sollte das Leben genießen. La dolce vita! Nicht? Der Pool sieht gut aus. Da könnte ich mich sonnen, etwas lesen, vielleicht mit einem Cocktail in der Hand und ... hihi, COCKtail. Ich bin nicht sicher, ob ich über das Wort oder mich und meine eigenen Gedanken kichere. Aber es kommen Dinge hoch, die nicht in meinem Kopf sein sollten und doch sind das genau die wenigen Dinge, die mich in den letzten Monaten glücklich gemacht haben. Abgesehen von Leo natürlich, die über allem steht. An zweiter Stelle stehen allerdings schon Adrian und seine Nachrichten.

Vergiss das Lesen, sage ich mir selbst. Jedenfalls werde ich kein Buch lesen, darauf kann ich mich ohnehin nicht konzentrieren. Lieber lese ich etwas anderes, Heißeres. Ich beiße mir unbewusst auf die Lippen und denke an Sachen, die man als verheiratete Frau niemals im Sinn haben sollte. Warum muss das wirklich Gute immer verboten sein?

Bevor ich mich der Hitze hingebe, will ich noch etwas Abkühlung. Meine Sachen lege ich auf einer Liege ab. In so einem Hotel wird eigentlich nichts gestohlen. Wer hier residiert, hat das nicht nötig. Ich kann ganz in Ruhe abschalten. Der Pool ist fast leer. Ich lasse das Wasser zwischen meinen Fingern hindurchlaufen. Es hat die perfekte Temperatur, erfrischend, aber nicht kalt. Schritt für Schritt schreite ich tiefer hinein. Fühle die glatten Steine an meinen Füßen. Als ich bis zu den Schultern im Wasser stehe, lehne ich mich nach hinten und lasse mich treiben. Durch das Wasser an meinem Ohr wird die Umgebung still. Ich schaue nach oben, blinzele der Sonne entgegen. So treibe ich eine Weile vor mich hin. Manche der Nachrichten, die ich gleich lesen werde, kenne ich auswendig. Ihre Worte halten das Feuer in mir aufrecht. Sie versüßen mir den Tag, sind meine Droge. Ich drehe mich um auf den Bauch, schwimme langsam ein paar Bahnen. Die Selfies machenden und mit ihren Yachten prahlenden Mädchen am Beckenrand ignoriere ich.

Als der erste Schatten kommt, verlasse ich das Wasser und wickle mich in ein Handtuch, das so weich ist, dass es nicht nur meine Haut, sondern auch mein Gemüt streichelt. Ein zweites hänge ich über meine Liege. Ich lege mich darauf, zücke mein Handy aus der Tasche.

Ein Blick nach links, einer nach rechts, nur um sicherzugehen, dass mich niemand beobachtet. Möglich wäre es, immerhin kenne ich inzwischen einige Menschen, die hier als Gäste einchecken würden. Ich setze mir meinen Prada-Sonnenhut auf und ziehe ihn tief ins Gesicht. Wenn der gute Herr in der Präsidentensuite Tage wie diese mit seiner Frau genießen würde, dann würde ich sicher nicht denken und tun, was ich denke und tue.

Endlich entsperre ich mein Handy. Noch ein kurzer unauffälliger Blick nach hinten. Keine meiner Bekanntschaften springt mich an und ruft: »Überraschung!« So weit, so gut. Ich öffne WhatsApp. Ein wenig muss ich in der Liste der Kontakte nach unten scrollen. Es ist leider schon etwas länger her, seit die letzte Nachricht von ihm ankam. Ein Klick, dann bin ich im verbotenen Chat. Die neusten Nachrichten sind nichtssagend, also scrolle ich nach oben. Dort liegen die wahren Schätze vergraben. Irgendwann, schwöre ich mir, irgendwann wird es neue geben, mit genau solchen Inhalten. Oder wir werden uns wiedersehen und es wird keine digitale Kommunikation mehr nötig sein. Ich will ihn hier haben, im kühlen Pool mit dem glitzernden Wasser, ich will …

Was, wenn sie jemals an sein Handy gehen würde? Die Angst kommt ganz plötzlich. Bei dieser Frau hat Adrian akzeptiert, dass sie ein Kind in die Beziehung mitbringt. Mir sagte er damals noch, das sei ein absolutes No-Go für ihn. Ist seine Liebe zu ihr so groß, dass er seine Prinzipien über Bord wirft? Dann sollte ich eigentlich keine Chance haben. Seine Worte sprechen jedoch eine ganz andere Sprache:

Guten Morgen, geht es dir besser? Ich muss gestehen, ich hab's mir heute Morgen mit deinen Videos gemacht.

Morgen. Schön, von dir zu hören. Welches Video hat dich denn zum Kommen gebracht?

Das, bei dem du dich auf den Dildo setzt.

– Mir wird heiß, wenn ich das lese. Weil ich mir ihn mit seinem großen, harten Schwanz in der Hand vorstelle.-

Hallo Hübsche, wollte dir gerade sagen, dass ich an dich denke.

Hi :) Das zu lesen, bringt mir gute Laune.

– Bei diesen Worten wird mir warm ums Herz, auf eine süße Weise. In diesem Sommer habe ich ziemlich oft diese Art von Nachrichten erhalten. In denen es nicht um Sex ging, sondern er einfach an mich denken musste.-

Würdest du so Sex haben, dass uns Leute sehen können?
Bin gespannt auf deine Antwort :D

Nein, das will ich nicht. Das wäre wie, dich mit jemand anderem zu teilen.

Gute Antwort :)
Wäre für mich auch nichts.

– Zugegeben, die Vorstellung ist interessant. In Realität? Nein, lieber nicht. Wenn ihn nur eine andere Frau etwas intensiver ansehen würde, würde ich dezent durchdrehen. Ob wir damals an dem regnerischen Tag wirklich beobachtet wurden, wissen wir bis heute nicht, aber das war aus weiter Entfernung und es war ein Mann. -

Wo bist du jetzt? Auf welchem Weltmeer?

Englischer Kanal [...]

Irgendwie wäre das nicht mein Leben. Immer hin und her. Urlaub ja – aber man muss auch wissen, wo sein Zuhause ist.

Einer der Hauptgründe, warum ich so nicht mehr weitermache.
Ich bin ausgelaugt, müde und fühle mich ohne »zu Hause«.
Ich möchte ein normales Leben.
Ich bin zu normal, um was anderes auf Dauer auszuhalten.

– Es ist so, so wahr, ich kann nicht mehr! Ich will nicht mehr! -

Ich möchte dich gerne sehen.

Ich weiß, dass du es möchtest. Ich glaube dir ja. Aber da ich natürlich deine Lebenssituation nicht kenne, frage ich mich manchmal, wie das so schwierig sein kann. Wenn immer halbe

*Jahre zwischen unseren Treffen liegen, dann wäre das suboptimal.
Denn wenn ich ehrlich bin, möchte ich dich öfter sehen ...*

*Das wäre schön, dich nach so langer Zeit wiederzusehen. Es wäre wie in
Miami. Wir würden uns anschauen und eigentlich wäre dann schon alles
klar.*

*Um es dieses Mal richtig zu machen, müssten wir nach unseren
ekstatischen Nächten direkt nach Vegas und gleich heiraten!*

Du würdest mich heiraten?

*Du warst damals für mich alles, was ich mir je hätte erträumen
können und noch mehr. Und ja, ich hätte Ja gesagt. Das war alles,
was ich wollte. Ein Leben mit dir - gemeinsam alt werden. Ich
dachte ja, dass du das auch fühlst und willst ...*

Irgendwie macht mich das jetzt traurig ...
*Ich habe wirklich so empfunden, Olivia. Ich würde dir nie etwas sagen,
was ich nicht so meine oder empfinde.*

Eigentlich müsste ich eifersüchtig auf die Frau sein, mit der er trotz all
dieser Worte zusammenlebt. Ich bin es aber nicht. Wenn wir uns schreiben, ist es, als gäbe es nur uns. Nur wir zählen. Und da ich weiß, dass er
nie mehr für eine Frau empfunden hat als für mich und es mich zeitlich
vor der jetzigen Frau gab, habe ich das verrückte Gefühl, eine besondere,
eine Extra-Position in seinem Leben zu haben.

Das, was ich hier tue, tut mir nicht gut. Aber ich kann nicht anders! Unsere Nachrichten lassen mich ihm so nahe fühlen. Ich lege das
Handy neben mich, seufze tief, schiebe mir die Sonnenbrille noch höher,
schließe die Augen und überschlage die Beine, als würde es mich irgendwie vor der Realität schützen. Oder vor meiner eigenen Verdorbenheit.

Ich will wieder Szenen wie die im McDonald's erleben. Ich darf echt
keinem erzählen, was da passiert ist, niemandem! Es war so verdorben,

so geil, so unpassend ... Ich will mein Leben auf genau diese leidenschaft-
liche, freche, Regeln brechende Art wieder selbst in die Hand nehmen.
Wortwörtlich ...

Es war bei meinem Polenbesuch, gleich nachdem Adrian und ich dieses perfekte erste Wochenende in Berlin hatten. Ich habe mir den Vor-
mittag genommen, um allein zu einer Einkaufsmall im Zentrum zu fahren. Ich shoppe gerne in Polen, immerhin ist dort alles viel günstiger als
in Österreich. Was allerdings noch mehr Spaß bereitete, als Klamotten
zu kaufen, waren die süßen Leckereien hier. Wenn ich nicht mindestens
in drei Bäckereien war und dort jeweils drei Sachen gekauft habe, war's
kein guter Tag.

Adrian war natürlich ständig an meiner Seite. Wenn auch nicht in Person, aber wir schrieben uns im Minutentakt. Ich war erst seit einem Tag
von ihm getrennt und es fühlte sich schon viel zu lange an. Ich hatte ihn
doch erst jetzt so richtig kennenlernen dürfen, riechen, fühlen, schmecken, wieso waren wir dann auch schon wieder getrennt? Ich musste
mich zusammenreißen, als ich die Schaufenster betrachtete. Meine Gedanken drifteten ab, weg von preiswerter Mode, hin zu den heißen Parts
unseres Treffens. Ich wollte ihn. Jetzt. Wenn's sein muss, genau hier!

Um etwas gegen meinen Hunger zu tun, machte ich einen schnellen
Abstecher zu McDonald's. In mir hatte sich zwar Hunger auf etwas anderes breitgemacht, aber vielleicht funktionierte die Ablenkung. McDonald's esse ich normalerweise maximal zweimal im Jahr. Wenn ich einen
Kater habe oder wenn ich in Polen bin. Ich hatte das Gefühl, dass die
Chicken Nuggets im Land meiner Vorfahren knuspriger sind. Und sie
kosteten die Hälfte. Während ich in dieser sehr leeren Filiale saß und
genüsslich meine Nuggets aß, textete Adrian mir: »Na schöne Frau, wo
bist du jetzt gerade?«

»Etwas unsexy, aber ich bin bei McDonald's«, antworte ich ihm mit
einigen Smileys hintendran. »Tatsächlich unsexy, dieser Fraß ist nicht
mein Fall. Aber DU bist mein Fall«, konterte er frech.

»Ach so, bin ich das etwa?«, teaste ich.

»Du weißt das ganz genau. Ich krieg nicht genug von dir. Ich stelle
mir die ganze Zeit deinen perfekten Körper vor und wie du mir meinen

Schwanz geblasen hast. Das war nicht von dieser Welt, der beste Blowjob überhaupt. Ich bin gerade so scharf auf dich.«

Bei diesen Zeilen vergaß ich sofort, mein Nugget zu kauen. Ich starrte auf mein Handy und merkte, wie mein Puls stieg. Nicht nur im Hals, auch weiter unten. Ich überschlug meine Beine, ging aber auf seinen Text ein: »Ich könnte deinen harten Schwanz den ganzen Tag lang lecken, allein deine Reaktion darauf bringt mich zum Kommen. Ich könnte ihn mir sogar nur ansehen und es mir dabei selber machen und ich würde kommen. Genauso stark, wie als du mich geleckt hast und ich auf deinem Gesicht gekommen bin.« Ich merkte, wie geil ich wurde. Ausgerechnet an diesem Ort! Gott sei Dank saß hier niemand in meiner Reichweite, niemand konnte mitlesen, ich konnte ganz in meiner Welt, nein unserer, sein.

»Fuck Olivia, ich will dich jetzt ficken. Dich über den Tisch beugen, deine Hände hinter deinem Rücken fixieren und dir meinen harten Schwanz ganz fest reinstecken. Dann halte ich deine Arschbacken auseinander, um besser zu sehen, wie mein Schwanz in deine enge Pussy gleitet. Deine Pussy, aus der schon dein Saft raustropft, weil du so geil auf mich bist.«

War das die Fritteuse, die es hier drin so heiß werden ließ oder der billige Kaffee?

»Puhh, Adrian, mach das nicht, ich bin nicht zu Hause! Ich bin in einem Fast-Food-Restaurant! Ich dreh hier gerade durch, weiß schon nicht mehr, wie ich sitzen soll«, tippte ich. Es war schwer, mich überhaupt auf das Tippen zu konzentrieren.

Die Antwort war: »Siehst du eine Toilette?«

Moment mal, was? Was kam jetzt bitte?

»Ja, gleich neben mir.«

Was hatte er vor? Die Nuggets wurden derweil kalt und an Schuhe kaufen war schon gar nicht mehr zu denken.

Die Anweisung lautete: »Du gehst da jetzt hin, ziehst dir deine Hose aus, deinen Slip und berührst deine nasse Muschi. Du machst es dir, bis du kommst. Danach schreibst du mir sofort.«

Da war kein lachender Smiley. Adrian meinte es todernst. Ich konnte seine Erregtheit über das Telefon spüren und seine Dominanz, es turnte mich immer mehr an.

Ich sah mich in dem Restaurant um. Gut, es war noch immer halb leer. Zielgerichtet und schnell lief ich zur Toilette. Ich schloss die Tür. Zum Glück war auch niemand in der Kabine neben mir. Besonders schön war es hier nicht. Egal, ich konnte mich nicht mehr zurückhalten. Ich schloss ab, versuchte kein Geräusch von mir zu geben und tat, was er mir befahl. Während draußen jemand seinen Burger mit Cola bestellte, fingerte ich mich selbst. Es dauerte keine zwei Minuten ... mein Herz raste, mein gesamter Körper bebte. Bis auf meine schnelle Atmung hatte ich es geschafft, nicht zu stöhnen. Ich war immer noch auf der Toilette eines McDonald's! Das wurde mir mit jedem Atemzug nach diesem geilen Orgasmus wieder klarer.

In der Sekunde, in der ich wieder denken konnte und der Orgasmus nachließ, fing ich daher laut zu lachen an. Was ist hier bloß passiert? Was habe ich gerade getan?! Das ist doch nicht normal! Amüsiert schrieb ich Adrian noch aus der Kabine. Meine Mission war abgeschlossen, der heiße Befehl umgesetzt.

»Sehr gut, Hübsche. So mag ich das. Du gehörst mir, wo du auch bist«, kam es aus ihm herausgeschossen, als hätte er nur auf ein Update gewartet. Ich biss mir auf die Unterlippe, wusch meine Hände und trat mit errötetem Gesicht und Lächeln aus dem Klo hinaus. Das war doch mal ein Lunch Break.

KAPITEL 5 – STARLIGHT

Die Sonnenstrahlen am Pool von Portofino sind zu heiß, aber der Winter in Europa ist dann wieder zu kalt. Weil Etienne sich nicht für ein Klima entscheiden kann, starrt er auf seine Unterlagen. Er durchwühlt sie zum dritten Mal, flucht und googelt etwas. Er muss sich mit diesen Papieren auseinandersetzen, weil er ein Winterquartier in Marrakesch bauen will. Das ist zurzeit sein größtes und wichtigstes Projekt.

Wir sitzen beide in seiner Wohnung in Luxemburg. Heute versuchen wir, ein normales Ehepaar zu sein. Es funktioniert nur einigermaßen gut. Obwohl ich jede seiner Eigenschaften kenne und wir eigentlich sehr vertraut miteinander sind, liegt ein Gefühl der Fremde im Raum. Ich fühle mich unwohl, weil das zu einem großen Teil an mir liegt. Innerlich habe ich mich schon zaghaft verabschiedet. Sobald ich den Gedanken aber konkret zulasse, werde ich traurig. In Einsamkeit zu leben, ist immer noch nicht besser als das hier. Adrian hat sich wieder seit Tagen nicht gemeldet.

Trotz allem ist heute einer unserer besseren Tage. Ich habe für uns gekocht! Gemüse zu schneiden und ein Rinderfilet anzubraten, war die perfekte Beschäftigung, während er die Verträge für Marrakesch durchgelesen hat. Locker vor mich hin summend war ich beschäftigt gewesen, hatte Liebe in das Essen gesteckt und mir Zeit gelassen. Es schien sich auszuzahlen, Etienne hat sogar meiner Sauce ein Kompliment gemacht! Nette Worte aus seinem Mund! Ich lächle, allein schon wegen dieser kleinen Tatsache.

Nach dem ersten Gang haben wir uns ungewohnt angeregt unterhalten. Etienne hat von seiner Mutter erzählt. Ihr scheint es verhältnismäßig gut zu gehen. Das freut mich wirklich. Zum ersten Mal seit längerer Zeit war sie auf einer Party gewesen. Von dieser hat sie ihrem Sohn erzählt und der wiederum berichtet jetzt mir davon. Etienne erzählt mir, wen sie getroffen hat und wie es den Kindern von diesem und jenem geht. Er äußert sogar ein paar nette Worte über seinen Bruder. Er hätte irgendeine Spendengala in Brooklyn veranstaltet und ihre Mutter fände die Veranstaltungslocation so schön, sie hätte Fotos gesehen. Es ist bloß Small Talk, aber es macht mich glücklich. Wir führen ein normales Gespräch! Friedlich, wechselseitig, sogar relativ interessant für mich. Mal nichts über Antiquitäten oder Politik. Kein einziger Vorwurf trifft mich heute.

Als wir mit dem Essen fertig sind, setzt sich Etienne wieder an seine Unterlagen und ich betreibe ein wenig Networking mit Größen aus der Mode- und Lifestylebranche. Als zukünftige Redakteurin brauche ich Kontakte. Leona ist bei Amelie in guten Händen. In etwa einer Stunde wollte ich zu ihr zurückfahren. Die Welt ist gut.

Die gute Stimmung bleibt so lange, bis Etienne etwas auf den Papieren nicht versteht oder sich nicht damit beschäftigen will. Er atmet tief ein, schnaubt, lehnt sich erst zurück und steht dann auf. Dann geht es los: »Ricardo ist mal wieder zu nichts zu gebrauchen. Der hätte sich längst um alles kümmern sollen! Die Frist ist, keine Ahnung wann, jedenfalls bald vorbei. Alles muss man selbst machen. Dafür wird er doch bezahlt und ich nicht. Wo ist der Typ überhaupt? Heute habe ich noch kein Wort von ihm gehört. Faules Pack ...« Mein Mann raunt seine Worte auf Französisch vor sich hin. Ich verstehe mehr davon, als mir lieb ist. Bevor ich erfahre, was eigentlich das Problem ist, hat er sich sein Telefon geschnappt und ruft Ricardo an. Ricardo ist Etiennes Rund-um-die-Uhr Butler. So nenne ich ihn insgeheim. Ein armer Mann, am Ende seiner Kräfte. Offiziell ist er nur Etiennes Assistenz, in Wahrheit ist er mehr als das.

Es klingelt ganze siebenmal. Erst in der Pause vor dem achten Mal ergibt sich der Assistent seinem Schicksal und nimmt das Gespräch an. Ich höre, dass er sofort etwas über den chaotischen Stadtverkehr sagt, in dem er angeblich steckt.

Das hier ist nicht meine Angelegenheit. Ich würde Ricardo gerne helfen, doch ich weiß nicht, wie. Wenn Etienne erst mal in Fahrt kommt, würgt er jedes meiner Argumente ab. Sollte ich gehen und die Männer das allein klären lassen? Kann ich denn einfach gehen oder wird er mir das übel nehmen? Immer wieder schaue ich zur Tür. Im Moment stehe ich doch nur nutzlos herum. Etienne wird mir nicht verraten, was das Problem ist und sich nicht unterbrechen lassen. Am besten helfe ich also, wenn ich mich dezent in Luft auflöse.

Leona wartet ohnehin. Ich packe meine Sachen in meine Handtasche und verabschiede mich stumm mit einem vorsichtigen Winken. Etienne spricht weiter. Er stoppt keine Sekunde, aber er hält die Hand hoch, um anzudeuten, dass ich bleiben soll. Ich verlagere mein Gewicht von einem auf den anderen Fuß. Es soll Ungeduld ausdrücken. Er ist unbeeindruckt. Besser, ich verderbe seine Stimmung nicht noch mehr. Also stehe ich wie bestellt und nicht abgeholt im Türrahmen. Es fühlt sich unangenehm an, ich setze mich lieber wieder hin. Bewusst versuche ich, nichts von dem Telefonat mitzubekommen. Es bringt aber nichts. Plötzlich dämmert mir etwas. Mein Blick wandert langsam vom Boden zu meinem Ehemann, der mir gerade den Rücken zudreht. Warum ist mir das nicht vorher aufgefallen? Er fragt mich weder nach Hilfe noch nach einer Meinung, was sein Domizil in Marrakesch angeht! Ahnt er, dass ich niemals dort mit ihm leben werde?

Das kann nicht sein. Ich schlucke, fummele an meiner Tasche herum und sehe auf die Uhr.

Ist das etwas Gutes, dass er meine Meinung nicht will? Wenn er etwas ahnt, ist er bisher jedenfalls noch nicht wütend geworden. Ich hole mein eigenes Smartphone heraus, weil ich mich beschäftigen muss und um unschuldig auszusehen. Nein, ich habe überhaupt nicht vor, ein verbotenes Wiedersehen in die Wege zu leiten. Ich werde auch nicht tun, was das Beste für meine erschöpfte Psyche ist. Ich stehe nur hier und warte, bis mein Ehemann sein Problem geregelt hat. Schnell scrolle ich durch die Scheinwelt meiner Bekannten auf Instagram. Florence und Claire waren zusammen shoppen. Ganz was Neues. Selina postet Fotos ihrer schön arrangierten Garten-Blumen. Auf einmal herrscht Stille. Ich höre mein Herz schlagen. Etienne hat aufgelegt. Er dreht sich wieder um und starrt mir mit einem zarten Grinsen in die Seele: »Olivia. Du fliegst mit mir nach Marrakesch. Übermorgen.«

Schon wieder ins Ausland? Bitte nicht. Meine Schultern sinken entmutigt nach unten, als ich endlich von Etienne entlassen wurde und nach Hause kann. Aus Portofino sind wir doch erst seit etwa einer Woche zurück! Dabei hätte ich mir auch diesen Trip echt sparen können, es ist nicht mal etwas Spannendes passiert!

Portofino war so sinnlos. Meine täglich angestrebte Schrittzahl habe ich erreicht. Schön, wenigstens das. In den vier Tagen war ich außerdem in sieben Restaurants gewesen, habe ein Buch ständig angefangen und dann doch wieder weggelegt, weil Adrians Nachrichten spannender gewesen sind. Florence hat ihre heiß ersehnten Urlaubsfotos bekommen und sie fand natürlich alles darauf super und süß und hübsch und awesome. Ihre Antworten bestanden aus sturzbetrunkenen Partyfotos und der Neuigkeit, dass eine weitere Dame aus unserem Bekanntenkreis schwanger ist. Aber jetzt kommt's: Das Kind stammt vermutlich von ihrer Affäre, nicht von ihrem Freund. Großer, großer Skandal, ich soll besser noch nichts sagen. Bei der Nachricht musste ich ein bisschen schmunzeln. So kindisch es auch ist, Florence bringt die Leichtigkeit in die steife High Society.

Was ist noch passiert in dem italienischen Fischerdorf, nachdem ich die lustvollen Nachrichten gelesen hatte? Ich habe für Leona einen Plüschdelfin besorgt, und drei Männer haben mir an dem Wochenende schöne Augen gemacht. Alle drei gingen wohl davon aus, dass ich Single war oder mal wieder die Escort-Dame. Mehr war nicht los und jetzt soll ich schon wieder auf so einen Kurztrip mitkommen? Nein, danke. Doch ich habe kaum eine Wahl, es würde nur zu Streit führen und zu einem Verdacht. Das sind doch schließlich meine Verpflichtungen als Ehefrau - würde mir Etienne dominant um die Ohren werfen.

Ich komme zu Hause an und noch bevor ich mit Leona spielen oder etwas anderes Schönes machen kann, bin ich wieder am Planen. Ich informiere Amelie, von wann bis wann sie in den nächsten Tagen auf die kleine Maus aufpassen müsse und frage, ob sie denn überhaupt kann. Dem Himmel sei Dank ist die beste Nanny der Welt spontan. Sie ist ein wahrer Goldschatz! Wo wäre ich ohne sie?!

Weiter geht es mit der Planung. Wie wird das Wetter sein? Wo sollen wir diesmal schlafen? Treffen wir jemanden? Ich tippe wild ein paar E-Mails, da zieht etwas an meiner Strumpfhose. Nicht jetzt, meine Kleine, denke ich erst. Aber ich halte zum Glück mitten in der abweisenden Bewegung inne. Wie kann ich nur? Ich bin ja bald wieder von ihr getrennt. Das Handy kommt weg und wir spielen erst mal, danach ist Badezeit. Leona bekommt frisch duftend einen Kuss auf die Stirn und ist bald eingeschlafen. Während sie neben mir vor sich hinträumt, werde ich melancholisch. Ich hatte mir doch geschworen, den nächsten Urlaub mit ihr gemeinsam zu verbringen! Andererseits wird Marrakesch ja kein richtiger Urlaub. Hauptsächlich wird es darum gehen, den Bau des Hauses vor Ort zu begutachten und zu managen. Zusätzlich muss Etienne als Vertreter seines Familienimperiums wie immer zu irgendwelchen Veranstaltungen. So viel habe ich schon mit ihm besprechen können. Um die weiteren Details darf ich mich jetzt kümmern. Ohne seine liebe Frau an der Seite kann er dort ja nicht auftauchen. Was würden die Leute sagen? Es wäre schlecht fürs Geschäft und noch schlechter für sein Image. Also fliege ich mit.

Auf gewisse Weise ist das tatsächlich mein Job, stelle ich fest. Ich bin die nette Lady an seiner Seite, die ihn gut dastehen lässt. Meine Optik, mein Benehmen, meine Connections und Bildung übertragen sich direkt auf ihn. Das kann in beide Richtungen gut oder schlecht sein. Nur zu schmerzlich erinnere ich mich an Abende zu Beginn unserer Beziehung, an denen ich den Ansprüchen der obersten Zehntausend nicht genügen konnte, obwohl ich mich als einen eleganten und kultivierten Menschen bezeichnen würde. Man könnte es auch als etwas Gutes sehen, stelle ich anschließend fest und streiche sanft durch die Haare meiner Tochter. Es kann für mich sprechen, dass ich manche der abgehobenen Gepflogenheiten nicht verstehe, weil sie zu irrational sind.

Zwei Tage später befinden wir uns im nächsten Hotelzimmer. Meine Montage erhält eine neue Aufnahme. Vor mir steht der nächste Blumenstrauß mit einer überschwänglichen Begrüßung. Dieses Mal liegen hausgemachte Köstlichkeiten davor. Es sind regionale Früchte und Süßwaren, kunstvoll angerichtet. So langsam kenne ich sie alle.

Wie fast jedes Mal nimmt sich Etienne zuallererst ein Bier aus der Minibar. Wieder ist es draußen warm, genau wie vor knapp zwei Wochen. Es wird langweilig. Dieses Mal riecht es nur anders, das Hotel ist in einem anderen Stil eingerichtet, ein typisches Riad , und die Menschen sprechen eine andere Sprache. Abgesehen davon fühlt es sich exakt gleich an, nur dass ich genervter bin, weil ich gar nicht mitkommen wollte. Wieder verspüre ich den Drang, mich den heißen Worten hinzugeben ... aber das muss warten. Meine Aufgaben als Frau eines Erben müssen zuerst erledigt werden. Kurz schlucke ich. Was, wenn ich es mir doch anders überlege oder kneife und für immer in diesem Zirkel gefangen bleibe? In diesem »Job«? Nein, werde ich nicht. Ich werde nicht bleiben. Aber ... was kommt dann? In mir dreht es sich ein wenig. Lieber konzentriere ich mich auf die kleinen, konkreten nächsten Aufgaben.

»Wir treffen uns nachher um 13 Uhr mit Giacomo und seiner Freundin. Wenn ich es korrekt in Erinnerung habe, heißt sie Madison.«

Giacomo ist ebenfalls Erbe eines erfolgreichen Unternehmens und schon vor längerer Zeit nach Marrakesch ausgewandert. Ihn als Freund zu bezeichnen, wäre übertrieben, man trifft sich hin und wieder.

»Madison ist Amerikanerin, aus Missouri genau genommen, und Model von Beruf. Sie ist bereits für Tom Ford gelaufen und für Versace. Die beiden, also Giacomo und Madison, wollen uns zum Lunch in ein neues Restaurant einladen. Regionale Küche gemischt mit mediterranen Einflüssen. Er hat den Tisch für uns reserviert.«

Etienne nickt einmal. Mehr Reaktion gibt er mir nicht. Er schaut auf sein Handy. Irgendwann legt er es zur Seite und probiert einen Schluck Wein. Das Bier ist noch nicht mal leer. Dann geht es los mit einem Monolog über die Herkunft und Herstellung dieser speziellen Weinsorte. Was ich vor wenigen Jahren faszinierend gefunden hätte, nervt nur noch. Er hört mir gar nicht richtig zu. Nachher muss ich ihn wieder durch den Tag führen, als sei er ein Kind. Je länger ich darüber nachdenke, desto seltsamer wird diese Vorstellung und mir fällt auf, dass er vor der Beziehung mit mir auch irgendwie zurechtgekommen ist. Vielleicht sollte ich aufhören, so viel für ihn zu regeln, damit er keine andere Wahl hat, als sich erwachsen zu verhalten. Wenn er muss, kann er bestimmt.

Nun äußert sich mein Mann zur Tagesplanung: »Amir kommt mit dazu.«

Amir ist sein anderer bester Freund, neben dem aus London. Er lebt ebenfalls in Marokko. Von mir aus gerne. Wenn die beiden zusammen unterwegs sind, bin ich zwar das fünfte Rad am Wagen, aber dieses Mal ist noch ein anderes Paar dabei, also ist es in Ordnung.

»Wo soll er hinkommen?«, fragt mein Mann. Ich nenne ihm die Adresse des Restaurants und die der Fashionshow, zu der wir danach gehen werden. »Die Reservierung im Restaurant ist allerdings nur für vier Personen«, füge ich hintenan.

Seine Antwort lautet: »Dann muss jemand beim Restaurant anrufen und das ändern. Er wird definitiv mit zum Essen gehen.«

Na schön, Giacomo und Madison werden damit klarkommen. Man tut zumindest immer so, als würde man sich unfassbar freuen, neue, ebenso einflussreiche Gesichter zu sehen. Ich gebe den beiden also Bescheid und fahre mit meiner Planung fort, wie eine Assistenz der Geschäftsleitung: »Uns holt danach ein privater Fahrer ab. Er bringt uns erst zur Modenschau außerhalb der Medina und anschließend zur Aftershowparty. Die ist nämlich nochmal in einer anderen Location.«

Etienne kichert, er liest irgendwelche Twitter-Beiträge. Wie viel er mitbekommt, kann ich schlecht abschätzen.

»Soweit ich weiß, ist Madison auch schon bei dieser Veranstaltung gelaufen, letztes Jahr. Nur so als Info. Abends brauchen wir dann kein zweites Restaurant, weil es auf der Party ein Buffet geben wird.«

»Na dann. Und morgen dann die Besichtigung der Baustelle«, kommentiert mein Mann, schlägt die Hände auf die Lehnen seines Sessels, steht auf und geht in eins der weiß-goldenen Bäder mit Marmor, um sich umzuziehen. Er hat also doch zugehört?

Zwei Stunden später sitzen wir wie geplant im Restaurant. Die Reservierung hat sich in der Zwischenzeit nochmal erhöht. Giacomo hat weitere Ehrengäste der Modenschau zu unserem Lunch eingeladen. Neben mir sitzt niemand Geringeres als Paloma Picasso, Tochter des weltberühmten Malers und selbst begeisterte Künstlerin im Bereich des Schmuckdesigns.

Ein paar Parfüms hat sie auch schon zusammengestellt. Ihre Ringe und Ketten mit den weichen Formen trägt sie stolz zur Schau. An meinem Hals hängt wieder eine Kette im Wert eines Kleinwagens. Bei den ersten Anlässen dieser Art hatte ich noch furchtbare Angst, meinen Schmuck zu verlieren, inzwischen ist es normal geworden. Das Gewicht der Steine zieht einen höchstens runter.

Wir verfallen in belangloses Geschwätz.

»Ja, die Designs sind wunderschön. Ach ja, es ist so schwierig, fähige Goldschmiede zu finden. Du hast auch mal was entworfen, Madison? Das ist ja wunderbar. Fantastic! Amazing!«

Als schließlich die letzten Teilnehmer unserer Runde eintreffen, fallen der jungen, hageren Frau beinahe die Augen aus dem Kopf. Es sind die Nachfolger und Erben des Genies Yves Saint Laurent.

Ich merke Madison an, dass sie neu ist in diesen Kreisen. Viel zu aufgeregt und zu direkt äußert sie ihre Wünsche nach Kooperationen. Sie klebt an den Lippen der etablierten Society-Mitglieder wie eine Fliege im Honig. Armes Ding, sie ist so viel jünger, als ich es war, als ich geblendet wurde.

Amir und Etienne haben die Köpfe zusammengesteckt, keine Ahnung, worüber sie reden. Ich gebe mir Mühe, von Portofino zu schwärmen. Es ist durchaus ein schönes Städtchen, nur leider so langweilig. Also mit Etienne war es das. Ich weiß, wäre ich mit jemand anderem dort gewesen, jemand bestimmtem, wäre es alles gewesen, nur nicht langweilig … dieser Pool bei Nacht? Er war leer, niemand war da. Wir hätten so vieles tun können. Oder werden es irgendwann tun? Allein die Vorstellung macht mich an, bis ich wieder an sie erinnert werde. Sie existiert und ich sitze hier in der Wüste fest. Ich muss ihm schreiben. Nachher, vielleicht kann ich mich kurz wegschleichen. Oder sollte ich? Mir wird heiß und es liegt nicht daran, dass der Ventilator im Raum langsamer wird. An unserem Tisch fallen ein paar Worte über das Annabel's, den wohl nobelsten und verrücktesten Members Club in London. Dieser Ort, an dem ich mit Anfang zwanzig schon einmal in die Welt hineinschnuppern durfte, in welcher ich jetzt gefangen bin. Madison würde ja so gerne mal dort hingehen, die Einrichtung sei ganz ihr Stil. Das kann ich mir vorstellen, denke ich mit einem Blick auf ihre schrillen Accessoires im Leo-Look. Etwas an Madison erinnert mich tatsächlich an uns damals … mich und meine Freundin Lisa und an das wahnsinnigste Wochenende meines damaligen Lebens:

Schon seit einem Schultrip im Gymnasium hatte ich London geliebt und war von England fasziniert. Somit war es für mich selbstverständlich, dass ich wieder dorthin reisen würde. Irgendwann wurde es Realität und ich flog mit meiner damals besten Freundin Lisa für ein Wochenende in die britische Großstadt.

Ich muss erwähnen, dass ich immer, egal wo ich war, interessanterweise Männer kennengelernt habe, die prominent oder sehr erfolgreich waren. Mit gerade mal sechzehn Jahren hatte ich den Sänger meiner Lieblings-Boyband kennengelernt. Hätte meine Mutter nicht dazwischengefunkt, hätte ich sogar im Hotel mit ihm und den anderen Jungs feiern können und das war nicht das letzte Mal, dass ich ihm auffiel.

Promis kennenzulernen, war allerdings nie mein Ziel. Lieber wollte ich selbst bekannt und vor allem erfolgreich werden. Raus aus meinem Kaff! Im Endeffekt war es aber ein Gewinn, denn mit diesen Kontakten konnte ich wiederum meinem Traum näherkommen. Wir wissen schließlich, dass Erfolg fast nur über Vitamin B möglich ist. Und wo kann man am besten einflussreichen Menschen über den Weg laufen? In Members Clubs! Nicht dass ich wirklich wusste, was das ist. In unsrer »Metropole« Graz haben wir bis heute keinen. Aber ich hatte durch Lisa von diesen exklusiven Einrichtungen für wichtige Menschen gehört. Also schmiedeten wir Pläne.

»Olivia, wir müssen dahin! Die müssen uns reinlassen! Wenn du mal als Schauspielerin durchstarten möchtest, brauchst du die richtigen Kontakte und die sind alle genau da! Ich habe gehört, als hübsche Frau gibt's Chancen, auch ohne Membership reingelassen zu werden«, berichtete mir Lisa euphorisch, mit weit aufgerissenen Augen.

»Auf jeden Fall! Wenn andere Frauen es schon so geschafft haben, warum sollten sie uns dann nicht reinlassen?«, entgegnete ich und meinte es auch so.

»Wir sehen mit Sicherheit besser aus als fünfzig Prozent der Mädels da drinnen. Nur weil sie Geld haben oder einen Namen, sind sie nicht besser als wir!«, führte ich lachend und selbstbewusst fort.

Der Gedanke an diesen weltweit berühmtesten Members Club schüchterte mich schon ein wenig ein. Trotzdem hatte ich immer die Einstellung, dass alles funktioniert, was man sich in den Kopf setzt. Man muss nur positiv denken. Und außerdem: Ich wusste, dass ich überdurchschnittlich gut aussehe. Also was sollte schiefgehen? Ich weiß, das klang etwas zu selbstsicher. Aber es ist nun mal so. Auch wenn es mir oft an Selbstbewusstsein fehlte und ich sehr unsicher sein konnte, ich war schließlich nicht blind.

»Wuhuuuu!« Wir stießen mit unserem billigen Wodka an, den wir noch schnell in einem 24/7-Kiosk um die Ecke gekauft hatten. Da waren wir nun. Zwei junge Mädels in ihren kurzen, engen Kleidern und High Heels, glamourös aussehend dank New Look und H&M. In einem billigen Hostel, geführt von einer indischen Familie Nähe Earls Court. Die House-Musik lief aus unseren Telefonen und wir waren voller Endorphine und Träume.

Angekommen beim angesagten Annabel's pochte mein Herz etwas schneller. Ich denke, es lag daran, dass ich die Rolls-Royces mitsamt ihren Fahrern und deren Klientel entdeckte. Die Männer waren ausschließlich in Anzügen gekleidet, die Frauen mit offensichtlich echtem Schmuck und Handtaschen von Chanel behangen. Es war ein reines Gewusel aus reichen Leuten mit viel Bling-Bling.

Die Türsteher schienen alle Gäste beim Namen zu kennen. Ich fühlte mich in diesem Moment doch etwas fehl am Platz.

»Glaubst du noch immer, dass wir so einfach reinkommen?«, flüsterte mir Lisa unsicher zu. Es war nicht zu übersehen, dass sie ihre Hoffnung blitzartig verloren hatte. Ich würde sie wohl aufbauen müssen. Schließlich konnten wir vor all diesen Leuten nicht abgewiesen werden, was wäre das für eine Blamage? Noch einmal zum Mitschreiben: Bloß, weil ich in keine wichtige Familie hineingeboren worden war, heißt das noch lange nicht, dass ich hier nicht reinpasse!

»Lisa, sieh uns an. Diese Frauen tragen bessere Kleider und Schuhe als wir, ja. Aber sind ihre Gesichter oder Körper denn besser als unsere? Nein.«

Sie schwieg. Ich fuhr fort: »Wir sind nur zwei Nächte in London, ich wollte hier schon immer mal rein, also reiß dich zusammen, Kopf hoch, selbstbewusster Gang und lass mich reden.«

Lisa atmete tief durch, hob ihren Kopf und schenkte mir ein erzwungenes Lächeln. Nun waren wir an der Reihe.

»Good evening, ladies, are you members of our club?«, kam direkt die Frage danach, ob wir hier Mitglieder wären. Sie kam von einem attraktiven Mann mit auffälligem Samtanzug, der offensichtlich der Türsteher war.

»We aren't yet. But we came especially from Austria to see if the hype is worth a membership«, schmetterte ich ihm entgegen, als wäre ich Sharon Stone in Basic Instinct. Diesen Satz hatte ich, seit wir uns in der Schlange angestellt hatten, im Kopf perfektioniert. »Noch nicht, aber wir sind extra aus Graz angereist, um zu sehen, ob der Laden dem Hype gerecht wird«, hatte ich gesagt. Ich war stolz auf meinen Einfall, mein Englisch war außerdem auf einmal besser als zu Schulzeiten und scheinbar befand ich mich schon bei meinem ersten Filmcasting.

Und siehe da, ich habe die Rolle bekommen.

»Genießt euren Aufenthalt, Ladys.« Schon ging es die Stufen hinunter und durch die dunkelroten Samtvorhänge, hinein in eine neue Welt ...

Wow - Reizüberflutung! Da unten sah es aus wie in einer alten Bibliothek bei den Royals im Buckingham Palace. Dunkles Holz, Samt, gediegenes Licht in Form von kleinen Tischlampen mit Fransen. Überall prunkvolle Tapeten. Viel Rot und viele Männer. Das wird bestimmt noch lustig heute Abend, dachte ich mir bei diesem Geschlechterungleichgewicht. Lisa und ich fielen auf. Gefühlt jeder Mann sah uns an und hinterher. Wir mussten schmunzeln und drückten unsere Hände fest zusammen. Auf der Toilette entwischte uns schließlich ein kindliches Quietschen.

»Wir haben es geschafft! Oh mein Gott, hier sind sicher Schauspieler oder Sänger, die wir kennen«, rief Lisa, während sie mich heftig an der Schulter packte. Sie war komplett von der Rolle.

»Ich weiß! Komm, wir gehen zur Bar und holen uns jetzt mal einen Wodka.«

Ich packte sie an der Hand, stolzierte mit ihr zurück durch die noble Menge und schon blickten wir in die Getränkekarte der Bar. Unsere Gesichter versteinern schlagartig. Dreißig Euro für einen Wodka Shot? Der kostete in Graz sieben Euro, maximal! Ein Glas Champagner (an das ich sowieso nie gedacht hätte) gleich fünfzig? Natürlich redeten wir hier vom Günstigsten. Um Gottes willen, hier gaben wir ja allein für die Drinks mehr aus als für unseren Flug und das Hostel zusammen.

Der Herr neben uns musste unsere Gedanken gelesen haben, oder er hatte einfach nur in unsere Gesichter gesehen. Er fragte uns, ob er uns einladen dürfe. Ich drehte mein Gesicht zur Stimme und sah in ein attraktives Gesicht mit auffällig ausdrucksstarken Augen. Dieser Mann hatte etwas Freches und gleichzeitig war er sehr vornehm gekleidet. Nein, es war nicht Etienne, so viel kann ich schon verraten. Aber er war definitiv ein »Mann«, bestimmt zwanzig Jahre älter als wir. Endlich mal kein unreifer Junge.

»Ähm, ja, das ist sehr nett von Ihnen. Ja, Sie dürfen uns einladen«, antwortete ich mit einem fast schon schüchternen Lächeln. Plötzlich war mein Englisch wieder wackelig. Er lächelte jedoch ebenfalls und bestellte.

Es war viel los hier an der Bar, die Männer rechts und links hatten uns beobachtet und sich scheinbar geärgert, nicht eher agiert zu haben. Auf einmal packte mich dieser Gentleman an der Hand. »Folgt mir, Mädels, ich habe einen Tisch«, meinte er und führte uns durch die Bibliothek in einen weiteren Raum. Diesen hatte man von der Bar aus gar nicht sehen können. Wieder gab es diese schweren weinroten Samtvorhänge, durch welche man hindurchmusste. Okay … meine Augen wurden größer. Jetzt wusste ich, woher die Musik kam. Aus dem Club! Vor mir war ein größerer Raum, dunkel, mit Kerzenlichtern auf jedem der vielen runden Tische, einem Teppich mit Leopardenprint und in der Mitte befand sich eine kleine Tanzfläche. Elegante Frauen auf den Tischen tanzend, Männer stehend, mit Servietten wedelnd, große Flaschen Alkohol auf jedem Tisch und die perfekte Stimmung.

Der Mann von der Bar führte uns zu einem Tisch mit etwa zehn weiteren Leuten. Das waren wohl seine Freunde. Pärchen, Frauen, Männer - bunt gemischt.

»Eure Drinks kommen gleich hierher«, sagte er mir ins Ohr. Ich konnte ihn kaum verstehen, so laut war es im Club. Der DJ spielte gerade David Guettas »Memories« feat. Kid Cudi.

Der Beat gab mir den Rest. Ich war auf einmal high, ohne Droge. Ich liebe Musik, ich liebe es zu tanzen. Schon bewegte sich mein Körper im Rhythmus. Der Songtitel sollte recht behalten. Diesen Abend und was er später mit sich brachte, sollte mir für immer in Erinnerung bleiben. Die ausgelassene Atmosphäre, die schönen Menschen, es war unglaublich. Alle lachten, alle interagierten miteinander. Da gehöre ich hin, dachte ich und grinste über beide Ohren. Keine Minute später kamen drei Kellner in Uniform und brachten uns Champagner. Kein Glas, eine Flasche! Nicht mal eine normale. Das war eine Magnumflasche. Drei Liter, Dom Pérignon.

Damals hatte ich keine Ahnung, was das ist. Wodka für fünf Eure die Flasche war mein Metier.

»Übrigens, ich heiße Ethan«, sagte der nun nicht mehr anonyme Gentleman, während er mir mein Glas Champagner reichte. Lisa hatte nur noch große, runde Augen und befand sich, glaube ich, kurz in einer Art Koma.

»Ich bin Olivia … vielen lieben Dank. Ich habe ehrlich gesagt bloß einen Wodka Shot erwartet, aber na ja, Champagner geht auch in Ordnung.« Wir beide lachten. Von seinen Freunden stieg nun eine Frau, etwa Mitte vierzig, auf den Tisch. Ihre Louboutins mit Nieten standen direkt vor meinem Gesicht. Alle hier hatten Schuhe mit roter Sohle. An den Fingern funkelten Diamantringe, die Haare waren eindeutig frisch vom Friseur gemacht, und überall Chanel und Birkin Bags, wohin das Auge reichte. Ich konnte mich nicht mehr halten, ich sprang ebenfalls auf und tanzte, mit meinen Händen zum Himmel. Ich schloss meine Augen und gab mich dem Rhythmus hin. Lisa stand nun auch neben mir und wir beide tanzten nur noch glücklich und beflügelt vom Champagner. Ethan blieb an meiner Seite, obwohl ihn gefühlt jede Minute jemanden erkannte. Er war mitten im Geschehen und genoss das sichtlich. Ein Lebemann.

»Komm mit«, forderte er erneut. Schon zog er mich auf die gut gefüllte Tanzfläche. Wir beide sahen uns beim Tanzen die ganze Zeit an und lachten. Hier war offensichtlich jeder glücklich - oder auf Drogen. Das kümmerte mich aber wenig. Solange mir niemand was anbietet, interessiert es mich nicht. Die Songs wurden immer besser, schneller. Lisa war natürlich auch nicht alleine geblieben. Ein hübscher Kerl war da bei ihr, ich freute mich für sie. Wir beide sollten ja unseren Spaß haben.

Mit dem Wissen, dass es Lisa mehr als gut geht, widmete ich mich wieder Ethan, der beim Tanzen seine Arme um meine Hüfte legte. Er zog mich näher an sich. Sein Blick veränderte sich. Ich wusste, was er wollte. Mich. Er gefiel mir. Aber so schnell wird nicht »erlegt« ...

»Mädels, der Club schließt. Ich bringe euch lieber nach Hause, ist sicherer.« Das war sehr nett, aber vorher musste ich noch etwas wissen. Ich zerrte Lisa vom Tisch, die nicht aufhörte zu knutschen, nicht mal, um Luft zu schnappen.

»Hast du seine Nummer? Wenn nicht, hol sie dir noch. Nicht, dass du was bereust«, flüsterte ich ihr ins Ohr. Sie durfte bloß nicht zu betrunken sein und diese Chance verpassen.

»Hab ich schon am Anfang von ihm bekommen, also seine Business Card«, entgegnete sie. »Den Namen googeln wir gleich im Zimmer.«

Wir beide lachten wie typische Teenager. Als wir an den Türstehern vorbei- und wieder rausgingen, erwartete ich, Ethan würde uns mit einem Taxi zum Hotel bringen. Doch er stieg in keines ein. Dabei rasten so viele an uns vorbei. Auf einmal kam ein schwarzer Rolls-Royce angefahren. Ein Mann mit typischer Butlerkappe stieg aus und hielt die Tür auf: »Good evening Mister, I hope you didn't have to wait for me.« Sein Englisch war so britisch, wie man es sich nur vorstellen konnte und seine Aussage so typisch Butler, wie es nur sein konnte.

»It's alright James, you came on time«, erwiderte Ethan und deutete uns hinten einzusteigen. Der Fahrer hieß natürlich nicht wirklich James, doch den wahren Namen habe ich vergessen und mein Gehirn füllte automatisch diesen in die Lücke. Wenn ich je einen James gesehen hatte, war es dieser Mann.

Mein Blick ging zu Lisa, ohne meinen Kopf in ihre Richtung zu drehen. Ich wollte so unauffällig wie möglich kommunizieren, dass ich gleich umkippe. Ich saß noch nie in solch einem Auto! Ich habe so eines in Graz auch noch nie gesehen. Inklusive eines Fahrers? Seinem privaten Fahrer? Okay, er musste irgendeinen wichtigen Job haben, sonst lebte man nicht so. Dann war er auch noch attraktiv und so charmant. Was für ein Abend ...

Die gesamte Fahrt zu unserer Bleibe sah ich nur auf den inkludierten Sternenhimmel im Auto. Die Decke war übersät mit hunderten kleinen Lämpchen, eben wie ein Sternenhimmel. »Wie peinlich, wenn er erst unser ›Hotel‹ sieht. Was wird er sich denken? Ich meine, es ist klar, dass wir kein blaues Blut haben, aber das ist ja wirklich eine asoziale Baracke, wo wir wohnen. Shit. Nicht dass das jetzt sein Bild von mir komplett ruiniert.« In meinen Gedanken sah ich schon seinen Blick, wenn wir erst mal da waren. Lisa sah nur aus dem Fenster und grinste über beide Ohren. Sie hatte definitiv zu viel getrunken. Sie konnte kaum noch gerade zum Auto laufen. Gut so, sie hatte Spaß! Ethan drehte sich zu mir nach hinten um: »Ich würde dich gern wiedersehen, Olivia. Hast du morgen etwas vor?«

»Warte erst mal, bis du siehst, wo deine brünette Traumfrau haust!«, antworte ich ihm in meinen Gedanken. Sosehr ich mich über seine Frage freute, ich hatte gerade nur Bammel. Wir kamen dem »Hotel« näher ...

»Das muss ich mit Lisa absprechen, ich will sie nicht allein lassen.«

»No, no, ... du gehst mit Ethan, wo auch immer er mit dir hingehen möchte. Ich glaube, du hast hier nämlich einen Jackpot geknackt. Äh, fahren wir gerade im Kreis? Alles dreht sich!« - Kurze Pause - »Um mich brauchst du dich nicht kümmern.« Hicks - sie hatte Schluckauf bekommen.

»Ich treff einfach meineeeen.« Lisa schien in diesem Zustand kein Englisch mehr sprechen zu können und generell lallte sie schon vor sich hin. Im Endeffekt gut, dass sie genau das jetzt nicht auch noch auf Englisch gesagt hat. Ethan war aber kein Idiot und hatte sich schon was zusammengereimt und lachte nun. »Also wenn ich dein Jackpot bin, dann holt dich James um 1 Uhr mittags ab. Ich würde dich gerne zum Lunch treffen.«

Gerade als er seinen Satz zu Ende sprach, kamen wir vor unserem 1-Sterne-Hotel an. »Queen« stand mit verschmutzten Buchstaben über dem noch stärker verschmutzten Hauseingang. Den Hotelnamen fand ich heute Mittag noch echt lustig, jetzt könnte ich allerdings im Erdboden versinken. Die Fassade war bestimmt mal weiß gewesen, jetzt bröckelte die Farbe an allen Seiten herunter und war gräulich. Es gab einen roten Teppich, der die Stufen abdeckte, der außerdem braun war und es fehlten Teile. Und da standen wir nun. Zwei Mädchen Anfang zwanzig, verschwitzt, das Make-up verschmiert und überglücklich über den Abend ihres Lebens. Vor uns ein Rolls-Royce mit Fahrer, welcher ausgestiegen war, um uns die Türen zu öffnen. Und mit einem geheimnisvollen Gentleman, der so gar nicht geschockt aussah über das Hotel seiner »Queen«.

Am nächsten Morgen weckten uns die ersten Sonnenstrahlen, die durch den verschmutzten Vorhang hindurchschienen. »Habe ich das nur geträumt oder habe ich gestern mit einem süßen Mann geknutscht?«, murmelte Lisa unter der hochgezogenen Decke. Ich riss sie ihr runter und sprang auf. »JA, HAST DU!! Und ich habe Ethan kennengelernt! Wer ist er? Wie verrückt war gestern Abend? Und hast du gehört, dass er mich heute gleich wieder treffen möchte?«

»Hmm, ja ich glaub, ich kann mich erinnern.« Lisa ist sichtlich verkatert, doch ich spürte den Alkohol auch. Nichts könnte aber unsere Stimmung trüben, wir sind am Lachen und dabei, uns gegenseitig alles zu berichten. Wir wussten, London wird ein toller Trip, aber dass es gleich so gut beginnt?! Meine Euphorie musste ich kurz on hold drücken, denn was zieh ich denn bitte an für dieses Lunch? Er bringt mich bestimmt in ein superschickes Restaurant und ich habe nur für den Abend was Eleganteres ausgewählt. Am Tage habe ich meistens irgendwelche Sneakers, eine Jeans und einen Blazer an. Casual Chic, aber eben keine Brands. Am Abend kann man noch mehr mogeln oder mehr rausholen, am Tag sieht man einfach den Unterschied zwischen Naturfaser und Polyester oder Lederschuh und Gummi. Ach, was mach ich bloß?

»Stress dich doch nicht so, Olivia, du weißt, dass jedes Zara-Teil an dir besser aussieht als manch Designer-Fummel an den reichen Damen. Du hast immer schon ein gutes Händchen für Mode gehabt und selbst mit Sachen aus einem Humana Store würdest du wie 1 Million Dollar aussehen«, versuchte Lisa mich zu motivieren. Im Endeffekt war genau das ja wirklich »ich«. Ich lebte nun mal ein normales Leben, das wollte ich ja auch nicht verheimlichen. Wenn ich es ihm also tatsächlich angetan hatte, wird er mit einer fehlenden Chanel-Tasche wohl kein Problem haben. Ich holte meine Skinny-Jeans, die cremefarbenen Ballerinas und eine weiße Bluse aus dem Koffer. Die Haare offen und meine (nicht echten) Perlen-Ohrstecker. Sah adrett aus – ich war zufrieden. Wir gingen noch schnell raus zu Pret a Manger, um uns unser Frühstück zu holen und genossen unsere Sandwiches auf einer Parkbank. Das Wetter war schön, die Sonne schien. Ein richtiges Frühlingswetter. Die Zeit verging wie im Flug und schon war es kurz vor eins. Zurück im Hotel und umgezogen, bekam ich einen Anruf aufs Zimmer. »Ihr Fahrer ist da«, meinte John von der Rezeption. Das war der Sohn der indischen Familie, welcher das Hotel gehört. Er war supernett und hatte sich scheinbar über zwei Mädels in seinem Alter als Gäste gefreut. So zuvorkommend wie zu uns war er nämlich bestimmt nicht zu jedem. Der musste sich auch was denken, hatte ich doch auf einmal einen »private driver«! Ich kicherte innerlich. »Ahhhhhh, Lisa! Er ist wirklich gekommen! Wünsch mir Glück, dass alles gut verläuft!«, rief ich meiner Begleitung zu, während ich mir meine Schuhe hastig anzog. »Genieße es einfach, Olivia, und melde dich bitte von zwischendurch.« Lisa schickte mir ein Luftbussi.

Beim Auto angekommen, sah ich Ethan schon hinten sitzen. Er schien sich sehr zu freuen, mich zu sehen. »Schön, dich zu sehen, Darling. Wie war dein Tag bisher?« Sein Lächeln war ansteckend. Ich erwähnte nicht, dass ich mein Frühstück auf einer Parkbank zu mir genommen hatte, sondern wählte eine etwas blumigere Version.

Die Autofahrt und der danach folgende Restaurantbesuch waren so unglaublich aufregend und erfrischend. Eine andere Art zu leben, eine Art, die ich so noch nicht kannte. Leute, die einen voller Respekt bedienten, eine Menükarte, die einer Poesie glich, Geschmäcker voller Eleganz und Räumlichkeiten reiner Perfektion. So viel fürs Auge. Ich genoss unsere gemeinsame Zeit und das Kennenlernen meines »Mister Jackpots«. Ethan schien trotz seines Wohlstandes ein sehr »simpler« Mensch zu sein. Er wirkte so bodenständig und nahbar. Zu jedem war er gleich freundlich. Ich musste mir keine Gedanken machen, was oder wie ich etwas sagte. Ich konnte ich selbst sein. Er machte mir dezente Komplimente, weniger über meine Optik, vielmehr über mein Wesen. Das gefiel mir. Es wurde gelacht, geflirtet und viel gesprochen. Er gab mir das Gefühl, ich wäre aus seiner Welt, als gäbe es keine Unterschiede. Und so verging der komplette Tag. Erst als es draußen dämmerte, wurde mir klar, wie spät es war.

»Oh, es ist schon 19 Uhr, Ethan. Ich glaube, ich sollte zurück zu Lisa.« Er schien allerdings einen anderen Plan für uns zu haben: »Das mag jetzt vielleicht etwas überrumpelnd klingen, aber da du morgen schon zurückfliegst, was hältst du davon, heute noch zu mir zu kommen. Wir können bei mir zu Hause Abendessen und du bekommst natürlich dein eigenes Zimmer. Hm?«

Wow, okay, damit hatte ich nicht gerechnet. Das ging dann doch ein bisschen schnell. Ich kannte ihn ja eigentlich gar nicht, und noch machten mir Menschen mit Geld und Macht etwas Angst. Da konnte alles Mögliche passieren und niemand würde mir dann glauben. Ja klar, als ob sie nicht freiwillig mitgegangen wären ... Ich schob diesen Gedanken beiseite. Wieso so negativ, Olivia? Ich mag ihn, ich würde ja auch gerne mehr Zeit mit ihm verbringen ... wenn Lisa damit kein Problem hat.

»Okay, why not«, schmunzelte ich etwas verlegen – und Lisa hatte kein Problem damit.

Als wir bei der Royal Albert Hall stehen blieben, war ich etwas verwirrt. Das sah mir nicht nach einer typischen Wohngegend aus.

»Mein Haus ist genau hier.« Er deutete auf ein fünfstöckiges Haus mit Säulen, Stuck und Verzierungen. Das sah eher nach einer Filmkulisse aus. Hier lebte er? Auf einmal öffnete sich die Tür, ohne dass jemand an ihr geklingelt hätte. Ein Dienstmädchen in Uniform stand dahinter. Sie grüßte uns freundlich. Ich trat ein und blieb stehen. Ich war sprachlos. Es war, als würde ich in einem Teil des Schlosses Schönbrunn stehen! Prunk und Gold überall. Nicht unbedingt mein Style, eher so

Louis-the-15th-like, aber unfassbar beeindruckend. Ich drehte meinen Kopf in alle Richtungen. In jeder Etage gab es einen Angestellten, sogar einen Aufzug! Im Haus, nicht außen. Das erste Untergeschoss hatte einen Spa-Bereich mit Indoor-Pool, der größer war als das Freibad, in dem ich im Sommer schwimmen ging. Wo war ich hier?! Das konnte doch gerade alles nicht wahr sein. Voller Ehrfurcht und Respekt wanderte ich durch die Stockwerke und folgte Ethan, der mir stolz seine Gemächer präsentierte. Dass ich offensichtlich so von den Socken war, schien ihm zu gefallen. Wir blieben vor einem Saal stehen, in dem ein endlos langer Mahagonitisch stand. Vor der Fensterfront, umgeben von Gemälden aus der Renaissance. Die großen Kerzenständer waren am Leuchten, und siehe da! Der Tisch war schon gedeckt! Wer hatte denn bitte so schnell das Essen serviert, auf die Minute genau? Ich war baff und hatte wahrscheinlich gerade meinen Mund offenstehen, ohne es zu merken. Hier hatten wir also unser Dinner, in einem Ballsaal. »Why not«, sagte ich gedanklich wieder. Nach außen sah man mir an, wie sehr ich über diesen »Traum« amüsiert war.

»Ich dachte, wir essen eine Kleinigkeit, nur was Leichtes. Aber weil ich nicht wusste, was du am liebsten magst, haben wir ein paar mehr Gerichte ausgewählt«, meinte Ethan, während er mich zu meinem Platz führte.

»Bitte setz dich doch.« Aus der Nähe sah ich, was es alles zu essen gab. Die Hälfte von dem hier hatte ich in meinem Leben noch nie gegessen. Es gab zwei Kaviarschalen auf Eis, Jakobsmuscheln, Hummer, Austern, Riesengarnelen, Beluga Wodka gefroren und jede Menge Beilagen. Der sicher sieben Meter lange Tisch war zur Hälfte voll. Wie das aussah! Selbst für die Zitronen gab es Porzellan-Untersetzer, das Silberbesteck erinnerte mich an Pretty Woman. Gut, dass es keine Schnecken gab. Sonst würde meine mit Sicherheit auch durch den Raum und vermutlich auf eines der Museums-Gemälde fliegen. Glück gehabt, grinste ich weiter, in meinen Gedanken versunken. Wobei, ich hatte wie Julia Roberts keinerlei Ahnung, welche Gabel ich jetzt wofür verwende! Haha. Hummer, Auster - wie esse ich die?

»Ethan, das sieht alles sehr lecker aus, ich danke dir!«, bedankte ich mich und wartete, bis er begann. Das war immer die beste Taktik, sich alles beim Gegenüber abgucken. Es funktioniert. Ich meisterte dieses Abendessen mit Bravour. Vor allem beim Wodka-Shot-Trinken konnte ich punkten – für irgendwas mussten meine polnischen Gene schließlich gut sein. Ethan trank trotzdem weitaus mehr als ich, vielleicht etwas zu viel. Es störte mich allerdings nicht weiter, da er superwitzig und ausgelassen wurde. Irgendwann endeten wir in der Mitte dieses Raumes und tanzten. Ohne Musik. Wir genossen einfach unsere Gesellschaft. Adrian kannte ich noch lange nicht, sonst hätte mich diese Szenerie nur an ihn denken lassen. Auf einmal packte mich Ethan an den Hüften, seine Augen waren weit aufgerissen »Olivia! Wie spontan bist du?!« Seine Stimme wurde lauter und sichtlich euphorisch. Seine Stimmung war ansteckend. »Würdest du mich auf eine Geburtstagsfeier in Mexiko begleiten?«

Ich lachte irritiert: »Was? Ist das dein Ernst? Wann?«

»Ich meine es ernst. Ich hatte eigentlich schon eine andere Begleitung, eine Blondine.« Er lachte frech. »Aber ich habe gerade entschieden, dass ich dich lieber dabeihätte. Das ist eine dreitägige Party meines besten Freundes, seine jährlichen Partys sind bekannt. Du wirst es lieben. KOMM MIT MIR!« Ethan ließ meine Hüfte los und tanzte nun um mich herum. Er lachte, er war etwas verrückt, dachte ich - aber genau das mag ich. Das Leben gehört gelebt. Im Moment, seinen Emotionen folgend.

»I am IN, yes!!« Ich musste gar nicht überlegen. Meinen Rückflug würde ich einfach verschieben. Immerhin hatte ich gerade keinen Job, es gab also keinen Grund, sofort wieder zurück nach Graz zu fliegen. »Du wirst es nicht bereuen, Olivia. Mach dich aber auf etwas gefasst: Es wird wahnsinnig viele Promis dort geben und Paparazzi.«

Er sollte recht behalten. Eine Party, die ich nie vergessen würde ...

Am nächsten Morgen wachte ich in einem eigenen Schlafzimmer auf. Ich hatte entschieden, noch etwas damit zu warten, Ethan wirklich näher zu kommen. Eine Hausdame brachte Frühstück ans Bett. Sie kam mit einem silbernen Tableau an, auf dem ich schon meine Rühreier, Avocado, Variation an Broten, Butter in Form einer Blume und frischem Croissant sehen konnte. Sie stellte es neben mir auf dem Nachttisch ab und schob die schweren Vorhänge auf. Augenblicklich wurde es strahlend hell. Die Sonne schien auch heute, noch viel schöner als gestern. Hätte es damals schon Downtown Abbey gegeben, wüsste ich, woran mich das hier alles erinnerte. So konnte man also auch leben, okay. Im Vergleich dazu hatte ich meine 54-Quadratmeter-Wohnung vor Augen. Die Vorhänge aus ägyptischer Seide - oder weiß der Teufel, aus welch seltener Raupe sie gesponnen wurden - kosteten mehr als meine gesamten Möbel! Genau deshalb genoss ich dieses Erlebnis auch in vollen Zügen. Ich wurde jedoch aus meiner Träumerei gerissen, als es plötzlich klingelte.

Moment, was war das? Woher kam dieses klingelnde Geräusch? Ah, ein Telefon! Aber wer ruft mich hier an? Das war ein Festnetzgerät.

»Guten Morgen, Olivia. Ich hoffe, du hast gut geschlafen.« Es war natürlich Ethan! Wie skurril, hätte er doch einfach zu mir kommen können. Er möchte, dass ich schnell mache mit Frühstück, da wir jetzt noch zu Harrods fahren sollten. Wir bräuchten verschiedene Looks für mich, für Mexiko, sagte er.

Ich war mir nicht sicher, ob ich richtig gehört hatte. Ich sollte auch noch Klamotten bekommen, ohne dafür zu bezahlen? Noch dazu Designerfummel? Ich glaubte, schnell wieder einen Wodka zu brauchen.

Keine Stunde später erwartete man uns in der VIP-Area von Harrods. Es sah aus wie der Spa-Bereich eines Luxushotels. Alles bestand aus grauem Samt und hellem Holz. Ich hatte sogar meine eigene Minibar mit Sekt und Co. Da standen zudem zwei große Kleiderständer, die noch leer waren, ein großer Spiegel und ein TV-Gerät. Ethan verabschiedete sich, sagte noch etwas zu der Dame, welche für mich zuständig war und das Shoppingerlebnis meines Lebens begann!

Wir starteten in der ersten Etage und arbeiteten uns nach oben. Kein Label wurde ausgelassen. Alles, was mir ins Auge sprang, wurde von ihr in einem kleinen iPad notiert.

Konnte mich bitte jemand zwicken? Ich wusste ja nicht mal, wie viele Teile ich mir aussuchen durfte. Ethan hatte mich nicht gebrieft. Er hatte mir im Auto nur schnell vorgelesen, was jede Frau für diesen Trip mitzunehmen hatte. Zum Beispiel eine schwarze Clutch, außerdem ein bodenlanges schwarzes Kleid beziehungsweise eine Abendrobe. Das hatte ich auch nicht einfach so in meinem Ikea-Schrank hängen. Wir sprachen hier von bestimmt fünfzehn Sachen für einen dreitägigen Trip! Na gut, Schluss mit Nachdenken - genießen!

Die Dame und ich hatten sichtlich unseren Spaß und waren nach gut zwei Stunden durch mit allen Etagen. Zurück in meiner Shopping-Suite konnte ich nicht glauben, was ich sah: Alle Sachen hingen schon auf den Kleiderständern! Auf einmal gab es auch kleine Canapés und der Champagner wurde mir schon in ein Glas eingeschenkt.

Ich fühlte mich wie im Wunderland und verheimlichte das auch nicht. Ich musste Lisa anrufen!

»Lisaaaa, du wirst es nicht glauben! Ich bin im Harrods, in einem VIP-Bereich und darf mir Sachen für den Trip aussuchen! Viele Sachen! Teure! Hilfe!«

»WAAAS? Das ist doch irre, Olivia! Und Ethan hat dir kein Budget genannt?«

»Nein, eben nicht. Ich will auf keinen Fall zu viel ausgeben. Das mache ich nicht. Das wäre frech und unhöflich. Aber ich will auch nicht, dass er sich mit mir genieren muss, weil ich eben nicht die besten Sachen anhabe.«

»Hmm, ich verstehe. Schau, du nimmst einfach wirklich nur alles, was in dieser Liste stand. Wie teuer jedes einzelne Teil ist, hat dich nicht zu interessieren. Schließlich war es seine Idee und seine Shop-Auswahl. So kannst du nichts falsch machen.« Das klang vernünftig. Am Ende hatten wir Labels wie Prada, D&G, Dior, Alaïa, Jimmy Choo, Armani und Chloé in der Tasche. Gesamtsumme: 35.000 Pfund.

Fünfunddreißigtausend. Mir blieb die Luft weg. Ich glaube, ich musste mich irgendwo festhalten. Das waren über 40.000 Euro. Das verdiente ich damals in zwei Jahren nicht. In keiner meiner zahlreichen, teils verrückten Beschäftigungen, nicht mit Anfang zwanzig. Meine Gefühle wechselten von kompletter Euphorie zu einem Zustand, als wäre ich high, zurück zu einem unerträglich schlechten Gewissen. Was, wenn ich es doch übertrieben hatte?

Wenige Minuten später merkte ich, dass meine Ängste umsonst waren.

»Hast du gefunden, was du brauchst?«, fragte Ethan nur mit einem breiten Lächeln.

Wir standen auf einem privaten Airport nahe London. Ich wusste nicht, dass schon ab hier alle Celebritys gemeinsam mit uns fliegen würden. Wir waren eine geschlossene Gesellschaft am Flughafen, nur die Geburtstagstruppe. Es wimmelte vor glamourösen Menschen, vor allem Frauen. Wieso hatten die alle Stilettos an und waren angezogen, als würde es in einen Club gehen? Die Haare top gestylt, mit viel Make-up, alle waren sie super selbstsicher. Fast alle hatten ein Champagnerglas in ihrer Hand und die Stimmung war jetzt schon wie auf einer Geburtstagsparty. Wir sollten doch erst noch in ein Flugzeug steigen.

Ich sah mich um und wurde mit jeder weiteren Person, die ich erblickte, immer »kleiner«. Wieso hat mich Ethan nicht vorgewarnt? Ich hatte all die neuen Kleider dabei, ja, aber nicht an! Ich trug wieder meine Synthetik-Bluse und Gummi-Sneakers mit unechten Perlenohrringen. Am schlimmsten waren meine Haare. Ich hatte mir in Graz Extension machen lassen. Günstige. Sie sahen spottbillig aus, um es direkt auszusprechen. Die Hälfte war mir bereits herausgefallen und ein Teil hing irgendwo auf halber Höhe. Ich konnte das am Abend im schummrigen Licht natürlich gut kaschieren, aber hier und jetzt?

Meine Sharon-Stone-Attitude von Annabel's war verschwunden - ich war zurück bei Julia Roberts, und zwar an der Stelle im Film, an der sie sich auf dem Rodeo Drive etwas kaufen möchte, kalt abserviert wird und des Ladens verwiesen. Ich hatte Angst, dass sie mich nicht in den Flieger ließen. Tatsächlich sahen mich die ganzen »Models« hier mit kritischem Blick an. Es wundert mich, dass Ethan mich nicht sofort abwies. Er blieb entspannt an meiner Seite und grüßte alle paar Minuten jemanden. Ich hingegen wusste nicht mal, wer denn nun das Geburtstagskind war. Noch während ich die Frage im Kopf hatte, wer es wohl sein mochte, kam ein etwas kräftigerer, bestens gelaunter Herr auf uns zu.

»Ethan, mein Freund! Du bist tatsächlich gekommen! Wie schön, dich zu sehen.«

Die zwei umarmten sich brüderlich.

»Olivia, das ist George, Sir George, unser Gastgeber auf diesem groß-
artigen Trip.«

Beide lachten laut. Ein Sir also? Ich schluckte.

»Hallo George, schön, dich kennenzulernen und danke, dass ich dabei
sein darf«, sagte ich voller Respekt und Dankbarkeit, plötzlich wieder
in einem etwas unsicheren Englisch. Doch er war direkt freundlich zu
mir und schien generell sympathisch, also war es nicht ganz so schlimm.

Die Menschentraube löste sich auf und bewegte sich allmählich
Richtung Flugzeug. Bis jetzt wusste ich nicht, mit welcher Airline wir
fliegen würden. Ein Privatjet würde nicht über den Atlantik bis nach
Mexiko kommen. Dachte ich jedenfalls. Ich kannte mich überhaupt
nicht aus. Außerdem waren wir dafür zu viele Leute. Auf der Rollbahn
angekommen, standen wir dann vor zwei Flugzeugen. Richtige, große
Passagiermaschinen. Ich betrachtete das runde Symbol am Heck. Welche
Airline sollte das sein?

»George besitzt die Flugzeuge, das da sind seine Initialen.« Ethan
schien meine Gedanken gelesen zu haben.

Okay.

Diese riesigen Boing 777 gehörten also seinem Freund? Wieso wun-
derte mich das überhaupt noch?

Im Flugzeug dann die nächste Überraschung, besser gesagt gleich zwei.
Erstens: Es gab keinen Economy-Bereich. Wozu auch? Der gesamte Flieger war auf First Class ausgerichtet. Platz und Beinfreiheit, wohin das
Auge reichte, und wieder standen alle mit ihren Champagnergläsern
herum, als wären wir in einer Bar. Ethan führte uns zu unseren Sitzen
und als ich mich kurz nach links drehte, glaubte ich zu halluzinieren.
Das war die zweite Überraschung.

»Das war jetzt nicht Kate Moss eine Reihe hinter mir, nein«, redete
ich panisch in Gedanken mit mir selbst.

»Hi Kate, wie geht's dir, Darling?«, rief Ethan über mich hinweg. Also
doch! Keinen Meter entfernt von mir saß das Supermodel überhaupt,
Kate Moss – für den gesamten Flug!

Ich schrie innerlich und merkte, wie ich »leicht« nervös wurde.
Tief durchatmen. Dann drehte ich mich um, um Hallo zu sagen. Sie

antwortete mir und, oh Gott, sah sie umwerfend aus! Typischer Kate-Style, Schlaghose mit Plateau Boots, enges T-Shirt, Haare offen und leicht messy. Dazu trug sie einen coolen Hut und ihren berühmten Schlafzimmerblick. Ihre Stimme wirkte so anders als im Fernsehen! Kate Moss hatte mich, Olivia aus Graz, gerade wahrgenommen und mir in die Augen gesehen. Sie hat mir »Hallo« gesagt! Ich versank in meinem weichen Ledersitz, den Kopf schüttelnd.

Als wir im tropischen Mexiko landeten, erdrückten mich die Hitze und Luftfeuchtigkeit. Schweiß perlte mir von der Stirn. Vor dem privaten Flughafensektor wartete bereits eine Schlange schwarzer SUVs mit verdunkelten Scheiben, die uns zu unserem Resort bringen würden. Die Hälfte der Gäste war betrunken, die anderen verschlafen, zu dieser zweiten Hälfte gehörte ich.

Ein großes Tor öffnete sich zu diesem paradiesischen Ort. Es war wie im Dschungel, überall sah ich Palmen, grelle Blumen und andere exotische Pflanzen. Außerdem sah ich einen See, um welchen herum sich Villen versteckten. Direkt dahinter lag das Meer.

Ethan und ich wurden zu unserer Villa gebracht. Sofort erkundete ich alle Räumlichkeiten. Schließlich blieb ich an unserem Pool stehen. Ich schloss meine Augen, lächelte und atmete tief ein und aus. Hier war es traumhaft. Trotzdem war meine Stimmung nicht zur Gänze ausgelassen.

Es war alles ziemlich viel. Ich wurde hier wirklich in die absolute Superliga hineingeworfen und musste mir eingestehen, dass mich das überforderte. Vor allem waren die meisten Leute um einiges älter und reifer, manche so alt wie meine Eltern. Sie waren alle berühmt oder reich und hatten dadurch ein Auftreten, das einschüchternd sein konnte. Ich stand bei dreißig Grad in der tropischen Sonne und fragte mich, ob ich hier hingehörte.

»Komm, Olivia, schau mal unser Programm an!« Mit diesen Worten riss Ethan mich aus meinen Selbstzweifeln.

Wollen wir uns doch mal das Wochenendprogramm ansehen. Es war nicht zu viel versprochen worden: Pro Tag zwei Partys, für jedes Event ein eigenes Motto.

Dafür hatten Ethans Angestellte also vorab meine Maße genommen. Scheinbar bekamen wir Kostüme für die Mottopartys.

Ich sollte recht behalten.

Das war aber längst nicht alles. Denn für die Musik sorgten nicht irgendwelche DJs oder billigen Bands, die die Stars imitierten. Nein, die Weltstars selbst waren da! Robbie Williams, Steve Wonder, Enrique Iglesias, Chris Brown, The Beach Boys, Santana und Bruno Mars performten unter anderem für uns. Robbie war keinen Meter von mir entfernt. Es war so surreal! Bei Stevie Wonders »Happy Birthday« gab es kein Halten mehr. Alle hatten sich auf der Tanzfläche des extra für diese Festlichkeiten erbauten Theaters versammelt und tanzten in ihren mexikanischen Traumkleidern mit viel schwarzer und roter Spitze. Sie tanzten, dass der Boden bebte, doch das war egal. Dieses Gebäude wurde vermutlich danach wieder abgerissen, es sah aus wie eine Filmkulisse.

Jedes Event war wie ein eigener Film. Vom mexikanischen Abend zu einer 60s-Mottoparty bis zu den »Oscars«, wo wir in unseren teuren Abendroben gekleidet waren. Kubanische Zigarren wurden für uns gerollt und Make-up-Artisten waren extra aus London eingeflogen worden, um uns täglich in unser neues Ich zu verwandeln. Dafür gab es sogar einen Beauty-Salon.

Was das Ganze noch toppte, waren die geladenen Gäste. Ich hatte schließlich nur einen Teil von ihnen im Flugzeug gesehen. Diejenigen, die aus London angereist waren. Ein Mann von einem Kaliber wie George war natürlich nicht mit Frau Schmidt von nebenan befreundet. Sondern selbst die größten Berühmtheiten ließen es sich nicht nehmen, den Sir gebührend zu feiern.

Zu ihnen gehörten Kate Hudson mit Ehemann, dem Sänger von Muse, Chris Martin von Coldplay plus seine damalige Ehefrau Gwyneth Paltrow, Leonardo DiCaprio, die bereits erwähnte Kate Moss plus Partner, Naomi Campbell mit ihrem Partner, Rolling-Stones-Gitarrist Ronnie Wood, Lisa Vanderpump (von The Real Housewives of Beverly Hills), Simon Cowell (aus der Jury von America's got Talent) und, und, und.

Bei den Lunches oder Dinners saß ich an einem Tisch mit ihnen. Jedes Mal wurde ich dabei wieder »kleiner«. Zwar trug ich jetzt meine neuen

Outfits, doch ich besaß nicht eine einzige Uhr oder Ohrringe, die einen echten Wert hätten. Ernsthaft, das fiel auf, denn wirklich jede Dame im Resort trug eine Rolex, Patek, IWC, Cartier oder Ähnliches am Handgelenk. Ich fühlte mich ... nackt. Am schlimmsten war es tagsüber. Da ist es hell und man sieht jeden Makel. Bei den anderen Frauen sah ich keinen. Bei mir jede Menge. Meine Haare! Es war das absolute Desaster. Seit wir angekommen waren, sind mir drei weitere Strähnen ausgefallen. Als würde ich nicht schon jetzt wie der Cast von Jersey Shore aussehen.

Ethan saß übrigens immer neben mir, so war ich immerhin von einer Seite geschützt und wurde nur von der anderen kritisch begutachtet. So selbstbewusst und gesprächig ich auch sein konnte, hier war ich nicht ich selbst. Ich tat mich schwer, Small Talk zu führen. Da ich ja auch nichts gemeinsam hatte mit diesen Leuten. Was sollte ich ihnen erzählen? Aus meinem Leben als Arbeitslose in meiner Mini-Wohnung in Österreich? Von meinen hoffnungslosen Dates und meiner zerrütteten Familie?

Zu meiner Überraschung hatte ich am zweiten Abend scheinbar einer Person sehr viel zu erzählen gehabt. Ich weiß nicht, wie ich da hinkam, doch ich saß nicht mehr an meinem Tisch. Ethan war weit und breit nicht zu finden, und ich stand an der Bar in diesem umwerfenden Strandhaus (natürlich auch extra für dieses Event gebaut), neben mir niemand Geringeres als Kate Hudson, die blonde Hippieschönheit aus America's Darling, und ihr damaliger Mann, der Muse-Sänger Matt Bellamy.

Sie sah in Natura aus wie auf der Leinwand. Wunderschön. Wir standen bestimmt eine dreiviertel Stunde zusammen. Nur wir drei, ich mit den beiden. Es wurde viel gelacht und geredet. Wir hatten offensichtlich eine gute Zeit und einige Cocktails intus. Wie gerne würde ich genau zu diesem Moment die Zeit zurückdrehen. Denn ich weiß bis heute nicht, über was wir überhaupt geredet haben! Nichts, nada. Kein Wort. Ich hatte so viel getrunken, dass ich einen kompletten Blackout hatte. Wenn mich Kate nicht aus der Ferne schon mit einem der freundlichsten Gesichter, die ich je gesehen hatte und mit einem lauten »Hello Oliviaaa!« am Hauptpool begrüßt hätte, hätte ich keine Ahnung.

Ich erstarrte. Also hatte ich nicht komplett halluziniert, sondern wirklich Zeit mit den beiden verbracht? Innerlich quietschte ich wieder, äußerlich versuchte ich, normal zu wirken. Was sollte hier auch nicht normal sein? Kate Hudson kannte mich nun bloß, mehr nicht.

»Hi Kate, so schön, dich zu sehen!«, entgegnete ich ganz selbstverständlich. Meine Stimme wäre zwar fast gebrochen, mein Gesicht allerdings blieb cool.

So ergab es sich, dass ich mit Kate über all die Tage meine kleinen Small Talks hatte. Das war mein Highlight dieses Trips. Und Leonardo DiCaprios Mutter war mit mir auf der Toilette gewesen! Das war das zweite Highlight. Sie stand dort schon vor dem Spiegel, als ich hineinkam. In meinen Gedanken reimte ich mir schon was auf Deutsch zusammen, um irgendwie bei ihr zu punkten. Immerhin ist sie Deutsche und man sagt ja: Mag dich erst die Mama, hast du bessere Karten beim Sohn. So angetan ich von Ethan war, Leo wäre mir dann doch lieber gewesen. In meinen Gedanken lachte ich über mich selbst. Ich schenkte daraufhin Leos Mutter ein Lächeln, aber das war es schon an Interaktion zwischen uns. Schade. Sehr, sehr schade.

Kommen wir zurück zu Ethan. Der Lebemann und freundliche Geist, der er in London schon gewesen war, wurde hier zu einem Partytiger. Leider in keinem normalen Ausmaß. Erst in Mexiko stellte ich fest, dass er ein heftiges Alkohol- und eventuell auch Drogenproblem hatte. Die Mengen, die er getrunken hatte, als wäre es selbstverständlich, waren zu viel für mich. Mehrmals wurde er von seiner Schwester und deren Partner zu uns in die Villa gebracht. Sie stützten ihn, da er nicht mehr allein stehen konnte.

Ich, die eigentlich bis zum bitteren Ende jedes Events bleiben müsste, da sie so etwas noch nie erlebt hatte, ging immer als eine der Ersten. Zum Teil wegen Ethans Ausschweifungen, doch das war nicht alles. Es war einfach eine enorme Reizüberflutung. Im Tropenparadies herrschte eine Energie, die mir zu viel war. Ich fühlte mich nicht wohl, zog mich lieber zurück. In unserer Villa mit Zimmerservice und den Geräuschen der zirpenden Grillen war es perfekt. Ethan hingegen war immer der Letzte, der nach Hause kam. Er stand auf Tischen, fiel über seine eigenen Beine, grölte wie am Ballermann, lallte und war einfach nur peinlich. Der Gentleman aus London, mein Jackpot war nicht mehr zu sehen. Als ich dann auch noch das Schniefen aus dem Bad gehört hatte, war es das für mich gewesen. Drogen deuteten für mich, vor allem ab einem bestimmten Alter, auf eindeutige Probleme hin. Mein Traum hatte sich ausgeträumt.

Ich drehte mich in der letzten Nacht von ihm weg und tat, als würde ich schlafen. Am nächsten Morgen war Abreisetag. Um ehrlich zu sein, war ich erleichtert. Drei Tage umgeben von zweihundert hochkarätigen Personen, lauter Musik, Nonstop-Geschnatter, Bling-Bling und Konversationen über Orte, Leute und Brands, von denen ich noch längst keine Ahnung hatte, waren genug. Ethan und ich waren uns körperlich nicht näher gekommen - wie auch, es war unmöglich, ihn in seinem Zustand als sexy zu empfinden. Etwas unterkühlt war daher unsere Stimmung. Oder lag es nur an seinem Kater? Mit den gleichen irrwitzigen Flugzeugen ging es zurück nach London und für mich noch am selben Tag nach Graz. Im Gepäck hatte ich Kleider aus einer neuen Welt und die Erkenntnis, dass ich nicht in diesen Wahnsinn passe. Vielleicht ist sie doch nicht so erstrebenswert, diese andere Welt? Hätte ich mich doch nur Jahre später wieder an diese Erkenntnis erinnert.

KAPITEL 6 – FREEZING

In Marokko sitzen wir immer noch in unserer kleinen Gruppe im Restaurant und alle schwärmen vom Members Club. Welch Ironie. Als Nächstes geht es um die bevorstehende Show und die involvierten Marken. Eigentlich könnte ich jetzt vollkommen in diesem Gespräch aufgehen. Doch wie so oft gehen die Unterhaltungen nicht in die Tiefe. Wir verlieren uns in Geplänkel. Jeder interessante Satz über Mode ist nur ein Übergang zum Klatsch und Tratsch über das, was hinter den Kulissen passiert. Als es um Affären außerhalb der Ehe geht, schweige ich. Schweiß sammelt sich auf meinen Händen. Ich wische sie an der viel zu steifen Serviette ab. Etienne bemerkt nichts, er tuschelt immer noch mit Amir. Endlich, wir kommen zum Thema Uhren und limitierte Editionen. Oh, und die Post ist ja so unzuverlässig und generell sind alle Dienstleister so schlecht und faul.

Ich wünsche mir, wir wären schon bei der Modenschau, dann müsste ich nicht mehr reden. Ich kann nicht mehr zuhören und nicht mehr lächeln, ich will einfach nur schlafen oder zu Leona. Hinter mir höre ich ein Schluchzen. Vorsichtig sehe ich nach. Das Geräusch stammt von einer Frau, die von einer anderen getröstet wird. Einzelne Worte schnappe ich auf, sie unterhalten sich über eine Trennung. Ein Kloß bildet sich in meinem Hals und der Rand meines Auges wird leicht feucht. So, wie manchmal im Kino, wenn man nicht auffällig weinen will, seine Gefühle aber nicht völlig unterdrücken kann. Die Arme, ich kann sie so gut verstehen.

Selbst als wir bei der Fashionshow ankommen, muss ich weiterhin an die Frau denken. Es tut nicht nur im Herzen weh, auch meine Füße schmerzen mittlerweile. Wegen der schwülen Luft schwellen sie an und drücken gegen die harten Riemen meiner silbernen Stilettos. Auch wenn ich kaum gelaufen bin, kann ich es nicht abwarten, wieder sitzen zu dürfen. Als das geschafft ist, lässt mich die Klimaanlage frösteln. Ich hocke in der ersten Reihe vor dem Laufsteg und tue beschäftigt. Erleichterung erfasst meinen ganzen Körper, als sich endlich das Licht verändert, die Musik anschwillt und das erste Model mit ernstem Blick auf mich zuläuft. Die eine Träne hängt mir noch immer im Augenwinkel. Sie will und will nicht verschwinden. Während schöne, junge Menschen uns die Ideen eines Designers präsentieren, falle ich wie so oft in die Vergangenheit. Diesmal verliere ich mich in Erinnerungen an Trennungen.

Eines Tages, als Adrian mich in Graz besuchte, war er kälter als sonst. Er war nach wie vor freundlich. Aber er war anders. Distanziert ist der beste Begriff. Wer es schon erleben musste, kennt die Grausamkeit. Die wichtigste Person deines Lebens ist plötzlich abweisend, aber nur indirekt. Es ist, als ob dieser Mensch verschwunden wäre, genau wie alles andere, was euch je verbunden hat, nur dass man nicht darüber spricht. Nach außen sieht die Welt aus wie immer. Ihr spielt euch gegenseitig und euch selbst etwas vor. Aber tief im Inneren merkst du, dass alles zu Ende ist.

Ich schaute in Adrians Augen und sogar die schienen weiter von mir entfernt als sonst. Ich verstand nichts mehr. Hatte er nicht vor wenigen Tagen erst gesagt, dass er mich am liebsten immer bei sich hätte? Jetzt sind wir beisammen, wir laufen direkt nebeneinander am Ufer der Mur entlang und ich fühle mich so weit von ihm entfernt wie nie. Die Sonne scheint uns ins Gesicht, aber sie wärmt mich nicht.

»Ich kann nicht mehr auf dich warten. Ich will einfach keinen Tag mehr von dir getrennt sein!«

Das hatte er mir mit sehnsüchtiger, verträumter Stimme gesagt und mit einem Blick, der jedes eisige Herz zum Schmelzen gebracht hätte. Das war zu dem Zeitpunkt gerade mal zwei Wochen her.

»Ich liebe meinen Job, meine Kollegen und die Feierabende mit meinen Freunden. Also eigentlich, aber wenn du nicht da bist, dann sind sie irgendwie nichts mehr wert! Gar nichts ist wie vorher, seit du in meinem Leben bist!«, klagte er. Er schloss die Augen und drückte seine Nase an meinen Hals. Mit tiefem Seufzen verteilte er Küsschen auf meiner Schulter und an meinem Nacken. »Olivia, ich empfinde so viel für dich wie noch für niemanden, ich kann einfach nicht mehr ohne dich. Ich möchte dich sehen können, wenn mir danach ist und nicht immer warten müssen.«

Ich weiß, dachte ich verzweifelt, mir geht es doch genauso. Aber ich kann hier nicht weg. Noch nicht. Hab noch ein wenig Geduld. Bitte! Wenn ich jetzt schon zu dir ziehe, dann gebe ich meine Eigenständigkeit auf, meine berufliche und finanzielle Sicherheit, meine Unabhängigkeit, meine Zukunft mit beruflichem Erfolg. Ich kann nicht den nächsten Job nach so kurzer Zeit kündigen und hoffen, in Deutschland direkt was zu finden. Das ist einfach nicht realistisch.

Auch wenn es schwer war, er konnte meine Gedanken nachvollziehen.

»Aber wenn du nicht bei mir bist, weiß ich nie, was du machst. Ich kann nie wissen, ob du einen … einen anderen … siehst du, ich kann es nicht mal aussprechen! Du weißt, was ich meine. Irgendwann ist da jemand, der in deiner Nähe lebt und mit dem du dein Leben plötzlich viel lieber verbringen willst, weil er da ist.«

Ich wusste schon gar nicht mehr, was ich sagen sollte. Wie kam er auf den Irrsinn, dass ich jemals jemand anderen wollen könnte?

»Olivia, das ist kein Zustand. Ich habe Albträume. Ich habe immer Angst, dich an einen stärkeren, besseren Mann zu verlieren und genau diese Eifersucht ist ein Zeichen von Schwäche. Für diese anhänglichen Gedanken und Gefühle, diese Unsicherheit, hasse ich mich! Ein selbstbewusster Mann hätte nie so krasse Selbstzweifel.« Diese letzten Worte sprach er nie aus und schrieb sie auch nicht. Aber ich wusste, dass seine Gedanken so oder so ähnlich lauteten und ihn sehr beschäftigten.

An der Mur schien immer noch die Sonne, nur zwischen Adrian und mir war eine Eiszeit ausgebrochen. Der Frost überzog immer mehr Teile unserer Beziehung, sie erstarrte fast. Er hielt nicht mal meine Hand. Er drückte mir auch keine Küsse mehr auf den Körper. Er fragte nur, ob ich ihm noch etwas in der Stadt zeigen wolle. Dabei war es schon spät und wir waren seit Stunden unterwegs. Ich glaube, er wollte die Zweisamkeit zu Hause vermeiden.

Erst letzte Woche fielen mir seine extremen Augenringe auf. »Ich schlafe kaum noch«, gestand er leise, als er meinen Blick bemerkte.

Komm her! Schrie eine fast dämonische Stimme aus Adrian.

Sei mein!

Hab kein anderes Leben mehr!

Ich wollte ihn so sehr. Aber war das der richtige Weg? Meine innere Stimme schrie zurück: Ich will dich doch auch! Aber du bist nicht besser, mein Freund! Du lernst bestimmt jedes Wochenende eine Neue kennen und tust jetzt so, als wäre ich die Böse! Dabei sollten all deine Flirts oder One-Night-Stands in der Hölle schmoren!

Ich verfluchte Frauen, die nicht existierten und beschwor sie durch meine Gedanken vermutlich herauf, weil es mich verbittert machte.

Da war keine Leichtigkeit mehr. Unsere Liebe voller Herzchen und leidenschaftlichen Nächten war eine krankhafte, wahnhafte, laut schreiende, weinende und uns langsam zerfressende Abhängigkeit geworden.

Wir liefen weiter und immer weiter an der Mur entlang, bis es dunkel wurde und als wir bei mir in der Wohnung ankamen, fielen wir nur noch müde ins Bett. An Sex war nicht zu denken, dabei hatten wir in dieser Wohnung so unfassbar heiße Dinge getan ... waren sie nur eine Illusion gewesen?

Kurz nach Berlin hatte mich Adrian zum ersten Mal in Graz besucht. Das war die beste Zeit. Das Kennenlernen, bevor die Obsession die Überhand gewann. Ihn bei mir zu haben, war so unfassbar schön. Es machte alles noch mal realer, denn jetzt war er bei mir zu Hause. In meiner Welt, in meinem Alltag!

Ich hatte mir große Mühe gegeben und uns ein Drei-Gänge-Abendessen vorbereitet. Als er mit dem Taxi vom Flughafen vor der Tür ankam, brannten die Kerzen auf meinem kleinen Holztisch bereits und die Vorspeise stand dekorativ serviert bereit. Es sah wunderschön und gemütlich aus und vertrieb den zu Ende gehenden Winter. Im Hintergrund lief Jazz, dazu hatte ich mich in ein sexy Kleid geworfen. Ich fühlte mich wohl in meiner Haut. Als ich die Türe öffnete und ihn sah, sprang ich ihm sofort in die Arme. Wir strahlten uns an. Etwas anderes war nicht möglich. Unsere Verbindung war sofort wieder da und sie war perfekt. Ich hielt ihn ganz fest, wollte für immer in diesen Armen bleiben. An diesem Abend würde nur noch gelacht werden, Witze gemacht, sich angehimmelt und so, so viel geküsst. Seine Hände berührten permanent meine oder eine andere Stelle meines Körpers.

Adrian schätzte es enorm, dass ich all das für ihn gezaubert hatte. Also vor allem das Essen. Er bedankte sich mehrmals, dann half er mir beim Abwasch. Ich musste grinsen bei dem, was ich sah. Ganz selbstverständlich ging er zur Spüle, drehte das Wasser auf, nahm sich die Teller. Ich saß mit meinem Glas Wein (damals trank ich ihn noch) auf dem Sofa vor der Küche und sah Adrian an. Wie perfekt kann man bloß sein? Jetzt hilft er auch noch unaufgefordert im Haushalt. Er trug dabei seine lässigen, hellen Chinos mit einem weißen Hemd. Das natürlich keinen einzigen Spritzer Sauce abbekommen hatte. Sein gut gebauter Oberkörper zeichnete sich darunter ab. Meine Lust stieg bei dem Anblick. Schon seit einer Stunde wollte ich nichts anderes, außer mich auf seinen Schoß setzen. Er lächelte verschmitzt, als er sich umdrehte und mich ansah, als hätte er meine Gedanken gelesen. Die Kerzen flackerten und auch in uns brannte ein Feuer. Blitzschnell stellte er das letzte, perfekt saubere Glas ab und kam langsam auf mich zu. Dabei sah er mir tief und ernst in die Augen. Ich wusste, was gleich passieren würde, diesen Blick kannte ich und ich kann ihn auch nie vergessen. Adrian kniete vor mir auf den grauen Teppich, packte links und rechts meine Hüfte und zog mich kräftig zu sich. Nie wieder wurde ich mit dieser starken Präzision gepackt. Jetzt saß ich auf der Kante des Sofas, mit gespreizten Beinen. Er entdeckte, dass ich halterlose Strümpfe trug. Da war kein Lachen, kein überrraschtes Gucken. Fast schon, als hätte er es geahnt, sah er mich nur weiterhin mit seinem strengen Blick an. Keine Regung in seinem Gesicht. Kein Wort wurde gesprochen. Ich spürte den Wein. Oder kam die Wärme aus einem anderen Grund über mich? Er nahm mein linkes Bein, hob es an und streifte mir langsam den Strumpf herunter. Dann nahm er das zweite. Dabei sah er mir genüsslich in den Schritt. Noch einmal sah er mich an, tief in meine Augen, bevor er meinen schwarzen Slip zur Seite schob und mit seiner Zunge über genau die richtige Stelle leckte.

Langsam, mit breiter Zunge und ohne ein Wort zu sagen. Ich lehnte mich nicht zurück, sondern blieb aufrecht sitzen und beobachtete Adrian, wie er in meiner Pussy versank. Es machte ihn so unfassbar scharf, sich um mich zu kümmern. Mein Körper war sein Porno. Nach und nach wurden seine Bewegungen härter und schneller. Er sah von unten zu mir herauf, fixierte meine Augen. Die Musik war so warm und sanft wie seine Hände auf meiner Haut. Die kleine Wohnung um uns herum machte alles noch gemütlicher. Unsere Welt war harmonisch.

»Du weißt, dass ich gleich komme, wenn du so weiter machst«, stöhnte ich ohne Hemmungen.

»Nein, nein, das wirst du noch nicht!« Er hörte prompt auf.

»Das kannst du doch nicht machen!«, jammerte ich daraufhin verzweifelt. Er regte sich nicht, spielte mit meiner Ungeduld und Verzweiflung.

»Dann fick mich jetzt!«, befahl ich ihm streng.

Adrian schmunzelte jetzt, fast schon überheblich. Er hatte das Sagen. Er bestimmte, wann er mich ficken würde. Mein Versuch, ihm einen Befehl zu geben, amüsierte ihn bloß.

Er packte mich lieber und drehte mich schwungvoll um. Ehe ich verstand, befand ich mich im Doggy-Style, vor ihm. Ich hörte, wie er seinen Gürtel öffnete und den Reißverschluss herunterließ. Die Aufregung stieg. Gleich würden wir eins werden und ich meine Portion Drogen bekommen. Endlich wieder. Wenn ich gewusst hätte, wie bald darauf der eiskalte Entzug kam, wäre ich durchgedreht.

Es dauerte keine zehn Sekunden, schon stieß er mir seinen enormen Schwanz hinein. Ich schrie auf! Ich hielt mich an der Lehne des Sofas fest, krallte mich hinein, während Adrian mich von hinten fickte.

»Fick mich fester«, verlangte ich. Er tat es. Wer hatte jetzt das Sagen? Er packte meinen Hals mit seinen starken Händen und drückte zu. Ich musste schlucken und es tat etwas weh, aber - fuck it – machte es mich geil!

»Du bist meine Bitch und ich fick dich, wie ich will.«

»Mach mit mir, was du willst, ich gehöre dir!«, stöhne ich meine Antwort und ich meinte es genauso. Was er tat, ruinierte mich für alle

Männer, die folgen würden. Denn niemand würde je an das herankommen, was er mich spüren ließ. Schon wieder war ich kurz vorm Kommen, Adrian merkte es auch - und hörte auf. Er zog seinen Schwanz aus mir raus und lächelte mich frech an. Wie konnte er nur?

»Ich hatte doch gesagt, noch nicht mein Schatz.«

Ich konnte nicht mehr lächeln, ich war angepisst. Mit meiner Geilheit war nicht zu spaßen. Wenn ich einem Orgasmus nahe bin, will ich ihn auch. Ich brauche ihn!

»Das ist jetzt nicht dein Ernst, Adrian! Komm schon, ich war so kurz davor!«

»Du wirst nur umso stärker kommen, versprochen. Vor allem habe ich uns etwas mitgebracht.«

Ungläubig sah ich ihm nach. Er ging seelenruhig zu seinem Trolley und holte eine schwarze Box hervor. Wir hatten öfter darüber gesprochen, ich wusste allerdings nicht, dass er es tatsächlich tun würde. Er hatte Sex Toys gekauft. Nun kam er zufrieden mit einem schwarzen Analplug auf mich zu.

»Wolltest du nicht von mir gefickt werden, während wir deinen Arsch füllen?«

Jetzt musste auch ich grinsen. Er hatte recht. Mit ihm will ... wollte ich ALLES ausprobieren. Mit ihm habe ich das Verlangen nach MEHR. Es war nie Wahl, vielmehr ein natürlicher, instinktiver Prozess, den weder ich noch er stoppen konnten.

Er nahm meine Hand und wir gingen ins Schlafzimmer. Auf dem Bett hatten wir mehr Spielfläche. Es duftete nach frischer Wäsche und das Licht war genau richtig. Er stieß mich auf das Bett und tat, was er tun musste. Wir fickten über mehrere Stunden, bis wir keine Energie mehr hatten. Wir waren nassgeschwitzt. Dafür rundum glücklich. Wer das Spiel gewonnen hat? Ich, denn es stand drei zu eins.

Diese fast magischen Erlebnisse wirkten inzwischen wie aus einem anderen Leben. Unsere Zeit war kurz, intensiv und viel zu schnell vorbei. Ein paar Tage nachdem die Eiszeit zwischen uns eingebrochen war, kam die verhängnisvolle Nachricht, die alles einstürzen ließ.

Es war eine Frage oder Bitte von ihm gewesen, ich weiß schon gar nicht mehr, wie der Inhalt genau gelautet hatte. Ich weiß nur noch, dass ich mit Freundinnen unterwegs gewesen bin und deswegen nicht sofort antworten konnte. Als ich ihm später, von zu Hause, in aller Ruhe zurückschrieb, kam ewig keine Antwort von ihm. Erst nach zwei Tagen, was bei uns eine extrem lange Zeit war, sah ich seinen Namen auf meinem Bildschirm. Seine Begründung für die Verzögerung: Ich hätte ihn ja auch bei seiner Frage hintenangestellt. Er sei scheinbar nicht mehr wichtig für mich, sonst hätte ich ihm gleich geantwortet.

Wieder zwei Tage später schrieb er, dass er mit mir über Skype sprechen wollte.

Ich zitterte beim Lesen. In unserer Verfassung konnte es nichts Gutes bedeuten. Mir war schlecht, als ich den Laptop aufklappte. Nur ein winziger, verlorener Teil in mir freute sich darauf, den Mann meiner Träume durch die Kamera zu sehen. Warum konnte ich jetzt nicht in seinen Armen liegen, seinen Duft genießen und von ihm hart – ich wurde unterbrochen vom Skype-Klingelton. Erst sah ich mich um wie ein erschrockenes Reh. Woher kam diese grausige Melodie? Dann realisierte ich, dass ich auf meinen Bildschirm starrte und seinen Anruf erwartete. Wie ein Roboter klickte ich auf den grünen Button. Adrian wurde sichtbar, aber nur verschwommen und dunkel. Seine Miene war ernst, die Augenringe, die ich ihm verursachte, waren stark zu sehen. Tiefdunkel und verhängnisvoll, ein sichtbares Zeichen unseres Wahns.

»Wie geht's dir?«, fragte er, bemüht darum, freundlich zu klingen.

Meine ehrliche Antwort lautete: »Geht so. Müde. Aber vor allem will ich wissen, was du mir sagen willst, was los ist.«

Er sah nach unten, atmete schwer. Mir fiel auf, wie kühl sein Blick wurde. Als wäre er ein anderer Mensch. Er gab sich einen Ruck und zerstörte dann meine Welt: »Ich kann das nicht mehr, Olivia.«

Ich erstarrte endgültig zu Eis. Was hat er gesagt?

»Ich fürchte ... wir müssen es bleiben lassen.«

Punkt. Stille.

Am Ende des Satzes senkte er seine Stimme so entschieden, dass klar war: Das war endgültig. Ich durfte nicht mal mehr etwas sagen, er hatte seine Entscheidung getroffen und mich vor vollendete Tatsachen gestellt.

Bevor einer von uns einen weiteren Atemzug tun konnte, hatte ich den Laptop zugeklappt. Meine Füße waren so verdammt kalt. Das Licht in meinem Zimmer war düster, alles war in graue Schatten getaucht. Ich saß versteinert auf meiner Bettkante, konnte mich nicht regen. Adrians genaue Worte verblassten schon. Das war der Schock. War das wirklich passiert? Hatte er diese Worte gerade zu der Liebe seines Lebens gesagt?

Erst als mein Verstand die Information verarbeitet hatte, dass Adrian Schluss gemacht hatte, flossen die Tränen, meine Atmung wurde schneller. So schnell, dass ich dachte, keine Luft mehr zu bekommen. Ich wurde panisch und lief auf und ab, konnte mich nicht beruhigen. In mir zersplitterte alles. Ich sackte auf dem Boden zusammen und ging in meinen Tränen unter, als ich wieder richtig atmen konnte. Bis mich anschließend die Kopfschmerzen fertig machten.

Wie konnte er das tun?

Ich dachte, wir wären füreinander geschaffen!

Das konnte nicht real sein. Er kann das nicht ernst meinen, nein!

Er wollte mich doch immer bei sich haben! Wir hatten über Hochzeit und Kinder gesprochen. Warum stieß er mich weg? Das ergibt doch alles überhaupt keinen Sinn. Er hat gar nicht gesagt, warum er das getan hat. Oder? Es gibt keinen Grund! Ich hatte auch nie eine Chance, ihm ein Gegenargument zu nennen oder ihm eine Lösung zu zeigen.

Kaum dachte ich das, öffnete sich wieder ein Fenster zur Hoffnung und das war das Schlimmste, was hätte passieren können. Man kennt es. Die Hoffnung ist eigentlich das größte und schmerzhafteste aller Übel. Sie sorgt dafür, dass wir nicht loslassen können, sondern uns selbst zerstören.

Das merkte ich nicht. Ich schmiedete stattdessen einen Plan. Doch der war erst am Wochenende umsetzbar. Bis dahin konnte ich mir nur den Kopf zerbrechen und leiden.

Was kann der Grund gewesen sein? Ich kauerte in meine Decke gewickelt mit einem Tee und verlaufenem Mascara in der Dunkelheit meiner Wohnung. Eine Theorie nach der anderen hielt mich davon ab, einzuschlafen.

Könnte er doch eine andere Frau kennengelernt haben? Ich hatte immer gehofft, dass das nur eine Warnvorstellung wäre, aber plötzlich schien es möglich.

Er ist nur zu feige, es mir zu sagen, dachte ich.

Mein Telefon blinkte auf. Ich sah nach Luft schnappend darauf. Adrian?! Nein, nichts von ihm. Dann war es nicht wichtig.

Könnte es sein, dass er sich generell nicht damit wohlfühlt, dass ich Karriere machen will? Was, wenn es ihm insgeheim doch Angst macht, dass ich eigenständig bin und es bleiben will? Ist er doch viel konservativer, als er vorgibt? Nein, das ist nicht möglich! Wir kennen uns so gut! Wir sind … bei dem gedachten Wort »Seelenverwandte« kamen die Tränen zurück.

Ich realisiere jetzt erst wieder, dass ich mich noch in Marrakesch befinde auf der Modenschau. Vorsichtig schaue ich auf den Platz rechts neben mir. Er bemerkt meinen Blick nicht.

Kann man einen anderen Menschen jemals ganz ergründen? Ich hatte auch gedacht, Etienne zu kennen. Erst nach und nach haben sich die Schichten abgelöst. Ich hatte tatsächlich mal angenommen, das viele Trinken sei einfach typisch für Zusammenkünfte in seinem Gesellschaftsstand. Zugegeben, viele von ihnen machen sich mit Alkohol das Leben spannender. Trotzdem kann sich jeder einzelne reiche, gelangweilte Mensch gegen das Betrinken bis zur Besinnungslosigkeit entscheiden und einen besseren Zweck für sein Dasein finden.

Irren ist scheinbar nur menschlich.

Ein weiteres Model rauscht an mir vorbei. Sie kann noch keine achtzehn Jahre alt sein, so zart sind ihre Züge. Die YSL-Designer auf meiner linken Seite flüstern sich gegenseitig etwas ins Ohr. Ihr Ausdruck ist abfällig. Ich wende mich innerlich von allem hier ab und sitze wieder in meinem kleinen alten Wohnzimmer in Graz. Es hatte niedrige Decken, die mir auf den Kopf zu fallen drohten.

Wie konnte ich nur so dumm sein, fragte ich mich wieder und wieder. Es ist genau wie in Berlin, am Ende bei der Abreise, als ich zu blöd war, um das Problem zu begreifen. Moment. Ich zuckte zusammen, von einem Geistesblitz getroffen.

Missverständnisse!

Das könnte die Lösung sein. Als ich Adrian das erste Mal in Berlin getroffen hatte, habe ich mich danach spontan mit einem Ex-Freund verabredet, der zufällig in der Stadt gewesen war. Wir hatten ein freundschaftliches, lockeres Verhältnis zueinander und Adrian hatte ich gerade erst kennengelernt. Ich dachte mir daher nicht viel dabei und fragte Adrian, ob er mich bei dem Treffen absetzen würde. Auch wenn ich nach diesem perfekten Wochenende wusste, dass er mein neuer Partner sein würde, mein Traummann, wusste ich noch nicht, was er und ich offiziell füreinander waren. Wegen diesem Detail wäre fast schon alles vorbei gewesen. Nur weil ich noch mit einem Ex in Kontakt stand? Nein, weil wir in Adrians Augen schon ein Paar waren, ich ihn aber nicht als meinen neuen Freund vorgestellt hatte, sondern nur mit seinem Namen. DAS war es, was ihn gestört hatte und was damals fast die vorzeitige Trennung ausgelöst hätte. Natürlich auch der Fakt, dass ein Expartner in »unserem« Wochenende einfach Raum fand.

Unser letzter gemeinsamer Tag in Berlin neigte sich dem Ende zu und wie versprochen brachte mich Adrian noch zum Bahnhof. Ich würde mit dem Zug weiter nach Polen fahren, um meine Familie zu besuchen.

Während Adrian in seinem Zimmer war, lag ich neben meinem gepackten Koffer auf meinem Bett und ging durch die Apps auf meinem Handy. Ich war quasi offline gewesen für die letzten Tage. Ich sah nun, dass ich auf Instagram Nachrichten bekommen hatte. Sie waren von meinem Ex-Partner aus Italien! Ich hatte mich vor anderthalb Jahren von ihm getrennt. Er hatte mir geschrieben, weil er auch gerade in Berlin war. Mit einem Kumpel. Er fragte, ob wir uns kurz auf einen Kaffee treffen wollen. Ich fand die Idee spitze. Immerhin hatte er mir nie mein Herz gebrochen, dafür hatte ich zu wenig für ihn empfunden. Er war nicht die Art Mann gewesen, die ich brauchte. Daher war ich es, die sich getrennt hatte. Ohne Drama, ohne Tränen. Man war einfach kulturell und menschlich zu unterschiedlich. Als Menschen schätzte ich ihn weiterhin.

Ich wollte gerne mit ihm quatschen und erfahren, wie es ihm so erging.

Ob es eine neue Dame in seinem Leben gab, wie es mit seinem Modelabel aussah und so weiter. Da ich rein gar keine romantischen Gefühle für ihn hatte, sah ich nichts Verwerfliches an einem schnellen News-Austausch. Ich überlegte, wie ich das noch vor Zugabfahrt hinbekommen könnte. Das Lokal, das er nannte, war sogar fast beim Bahnhof! Also ideal. Adrian konnte mich dort absetzen und ich würde dann selbst zum Bahnhof laufen. Nach diesem PERFEKTEN, Nicht-von-dieser-Welt-Weekend mit Adrian könnte ich noch kurz Andrea sehen. Ein Wochenende voller positiver menschlicher Interaktionen, dachte ich.

Adrian holte mich von meinem Zimmer ab und wir stiegen in sein Auto. Zum ersten Mal sah ich den Wagen. Ich hatte mich schon gefragt, welche Marke, welches Modell wohl zu ihm passte. Was Sportliches wie ein Jeep, Range Rover, Mercedes G-Klasse oder doch eher bodenständiger und eleganter, wie ein Audi? Ein Porsche passt aber auch zu ihm, wenn ich ihn mir im Anzug vorstelle. Hmm, sie passen alle zu ihm, weil er ja auch so viele Facetten hat. Ich war gespannt. In der Garage sah ich sein Auto endlich. Es war ... ein Audi! Aber warte, der war ja lang. Ein Kombi? Damit hatte ich nicht gerechnet. Ich kannte niemanden mit einem Kombi und dachte immer, das wäre nur ein Auto für Familien mit Kindern oder Langweilern. Hatte er etwa welche? Oder seine Ex-Partnerin? Die ungewollten Gedanken überkamen mich als Erstes. Aber nein, ausgeschlossen. Das hätte er mir ja erzählt. Er wirkte grundehrlich und sehr direkt.

Nun ja, dann hat er, was Autos anbelangt, nun einen anderen Geschmack als ich. Wir fuhren los. Ich liebte es, neben ihm in seinem Auto zu sitzen. Ich starrte auf seine gepflegten schönen, maskulinen Hände. Wie er den Gang-Knüppel bediente, sein Lenkrad hielt - wie konnte man so sexy sein?! Warum machte mich echt ALLES an ihm scharf?!

Ich war glücklich und fühlte mich schon wie seine Freundin. Aber war ich das? Was waren wir denn nach diesem Wochenende? Ich wusste ja schon in Miami, dass dieser Blick, dieser Mann eine bedeutende Rolle in meinem Leben übernehmen würde. Spätestens nach unserem ersten Telefonat war mir klar, dass ich verliebt war. Dieses Wochenende war nur noch eine Krönung gewesen und die Bestätigung meiner Gefühle. Ich wollte nichts mehr, außer seine Frau zu sein.

Ich versank in meinen Gedanken und dann fiel mir ein: Ich musste Adrian ja noch darum bitten, mich in diesem Café abzusetzen. »Ach, Adrian! Ich hätte es fast vergessen. Kannst du mich zum Café Kult bringen? Es ist gleich neben dem Bahnhof, also kein Umweg.«

Adrian sah mich fragend an: »Ähm, was? Wieso, was willst du dort?«

»Mein Ex aus Italien ist zufälligerweise gerade in Berlin. Keine Sorge, er ist nicht allein dort, er ist mit 'nem Freund da, den ich auch kenne. Ich hatte mich damals von ihm getrennt, also auch hier kein Grund zur Sorge, ich möchte nichts von ihm.«

Adrian sah jetzt noch verwirrter aus und gleichzeitig so, als würde ihm das absolut nicht passen.

»Ich verstehe nicht. Nach unserem gemeinsamen, unglaublichen Wochenende willst du jetzt, dass ich dich bei deinem Ex absetze?«

Nun ja, so formuliert klang das auch für mich etwas eigenartig. Dabei sollte es doch nur ein harmloser Abstecher vor der Abfahrt sein. Weil es sich nun mal spontan ergab.

»Hm, so wie du es jetzt sagst, klingt es tatsächlich etwas eigenartig. Ich dachte nur, ich bin so glücklich und mit dieser Stimmung auch noch einen alten »Freund« zu treffen, hat sich stimmig angefühlt.« Ich weiß gar nicht mehr, was ich da von mir gegeben habe. Ich merkte, dass es immer weniger Sinn ergab und fühlte mich von Sekunde zu Sekunde schlechter. Vor allem da Adrian nun offensichtlich gepisst war. Die Stimmung war abgekühlt und wir beide hatten kein Wort mehr gesprochen.

Er hatte mich aber tatsächlich vor dem Café abgesetzt. Wir stiegen aus dem Auto, er ging zum Kofferraum und mein Ex kam auf uns zu. Er war höflich und wollte sich vorstellen. Mit einem breiten Grinsen hatte er mich umarmt und sich offensichtlich für mich gefreut. Keine Spur von Eifersucht oder dergleichen. Im Endeffekt war ja auch ich nicht die richtige Partnerin für ihn gewesen. Adrian und Andrea standen sich gegenüber und schüttelten die Hände. In meinem Kopf ratterte es in Windeseile. Was sag ich jetzt? Als was stelle ich Adrian vor? Kann ich schon »my boyfriend« sagen? Adrian selbst hatte mich noch nicht seine Freundin genannt, auch wenn es emotional spürbar war. Aber wir hatten noch nicht darüber gesprochen, was wir sind. Ich wollte mich hier nicht blamieren und etwas sagen, was Adrian vielleicht zu schnell ging. Verflixt. Schneller, ich muss was sagen!! Es wurde unangenehm und ich immer gestresster. »This is Adrian - this is Andrea«, kam es aus meinem Mund. Ich sah zu Adrian und konnte sofort erkennen, dass sich in diesem Moment sein Blick verändert hatte. Er sah mich auf einmal emotionslos an, blieb aber trotzdem höflich und freundlich. Wir standen auf der Straße, daher musste ich schnell agieren. Ich musste mit meinem Trolley zum Gehweg. Hier vor dem Café sollte ich Adrian jetzt verabschieden? Wir waren nicht allein, alle Gäste sahen in unsere Richtung und wurden aufgrund der Situation dazu gedrängt, uns schnell zu verabschieden. Wir umarmten uns, aber es fühlte sich auf einmal anders an. Ich fühlte ihn nicht. Auch sah er mich anders an. Er ließ rasch los, stieg in sein Auto und fuhr los.

Ich stand noch da und sah ihm nach, bis er weg war. Es fühlte sich gar nicht gut an. Ich hatte auf einmal das Gefühl, dass ich ihn verloren habe. Die Tränen kamen und ich eilte ins Café. Wo war die Toilette? Ich musste da schnell hin, ich konnte meine Tränen nicht mehr unterdrücken. Sobald ich mich eingesperrt hatte, heulte ich los. Ich weinte so stark, dass ich zitterte. Was hatte ich getan? Was machte ich hier? Mein Ex hat doch null Wertigkeit für mich! Habe ich mit dieser Aktion das beste Wochenende meines Lebens ruiniert? Mir vielleicht sogar die Liebe meines Lebens selbst genommen?

Ich musste ihn anrufen. Ich tat es sofort.

»Adrian, es tut mir so leid! Ich fühle mich so schlecht, sag mir, dass zwischen uns alles okay ist!«, schluchzte ich sofort ins Telefon. Mir war es egal, dass er hörte, wie ich weinte. Im Gegenteil, ich hatte ihm nichts zu verheimlichen oder vorzuspielen.

»Das kann ich leider nicht. Was du da gerade gemacht hast, lässt mich an unserer verbrachten Zeit zweifeln. Wie du Dinge siehst, was du fühlst. Für mich war das das perfekte Wochenende und ich will dich, Olivia. Was du willst, da bin ich mir gerade aber nicht mehr so sicher. Du hast mich da als irgendjemand vorgestellt, fast schon als wäre ich dir unangenehm.« Adrians Stimme war verärgert und stark.

Das Ganze machte mir Angst! Ich konnte ihn nicht schon verlieren. Wegen einer dummen Sache!

Ich weinte noch immer und entschuldigte mich: »Ich habe wirklich nicht nachgedacht, mich nicht in deine Lage versetzt. Ich habe das Treffen nur von meiner Seite gesehen - es tut mir leid, ich wollte dich nicht verletzen.« Meine Worte waren ehrlich und reumütig. Es klopfte an der Toilettentür. Zurecht, immerhin war ich eine Weile hier drin.

»Hab eine sichere Reise zu deinen Großeltern, wir hören uns«, sagte Adrian, um das Gespräch zu beenden. Er wirkte noch immer so streng und kühl. Wir legten auf und ich war total verheult. Ich riss mich zusammen, um den wartenden Leuten endlich Platz zu machen und ging zu Andrea. Er und sein Freund hatten natürlich mitbekommen, dass etwas nicht stimmt. Man sah mir an, wie es mir ging. Mir blieb nichts anderes übrig, als etwas zu erzählen. Und siehe da, beide konnten Adrians Reaktion verstehen. Super, jetzt fühlte ich mich noch schlechter. Ich war doch sonst so einfühlsam und bedacht auf die Gefühle der anderen. Wie konnte ich hier so falsch agieren?

Das Treffen hielt ich lieber kurz. Ich wollte nur in den Zug und zu meiner Familie.

Ein paar Stunden später war ich in Polen. Saß in der kleinen Wohnung meiner Großeltern, wo auch meine Tante und Mama schon im Wohnzimmer auf mich warteten. Es war etwas schwül hier, die Lampe war an, da es draußen dämmerte und ich setzte mich zu ihnen auf die bräunliche Couch.

Es war verrückt, jedes Mal, wenn ich hier war, fühlte ich mich in der Zeit zurückversetzt, in meine Kindheit. Das Leben hier war so anders als in Österreich. So viel minimalistischer und ehrlicher. Die Menschen hatten wenig, aber haben viel gegeben. Man hat sich mit den anderen Kindern im Hof getroffen und später als Teenager in Gruppen dort auf der Bank gesessen und Bier aus der Dose getrunken. Polnisches, das ist stärker. Ich lieb's bis heute.

Man hat sich nicht in Cafés verabredet, man ging in den Park spazieren oder nach Hause zu seinen Freunden. Davor wurde aber immer um Erlaubnis bei meiner Mama oder Oma gefragt. Ganz höflich hat man sich vorgestellt und noch Respekt vor älteren Leuten gehabt. In Polen ist das sogar bis heute noch so. Anders als in Österreich. Der Geruch, das

Rußige, der ständige Nebel, die alten dunklen Häuser. Die Stadt ist vielleicht nicht die schönste, für mich hängen aber so viele Gefühle an ihr.

Nun ja, ich saß nun hier umgeben von chaotischem Geplapper und mein Kopf war nur bei Adrian. Ich war nicht gut drauf. Dabei war ich doch endlich bei meiner Familie, ich sollte glücklich sein. Schließlich kam ich nur ein Mal pro Jahr hierher oder sogar noch seltener. Die Angst, alles vermasselt zu haben, war einfach zu groß. Was ich verlieren konnte, war zu groß. Mein Handy piepste. Mein Herz bekam einen Schlag - ist es etwas von Adrian? Ich wartete nur auf ein Lebenszeichen von ihm.

»Bist du gut in Polen angekommen?« Es kam tatsächlich von ihm. Ich war erleichtert, aber trotzdem fühlte ich, dass da noch etwas war. Dieser Vorfall würde nicht so leicht vergessen werden. Ich antwortete ihm und wir schrieben ein wenig. Seine Worte waren weiterhin kühl, also nahm ich meinen Mut zusammen und rief ihn an. Ich wollte das klären. Ich wollte, dass er mir glaubt und nichts zu befürchten hat. Ich wollte, dass er versteht, dass ich ihn will ...

Das Gespräch war sehr emotional, aber es ging gut aus. Wie das? Nun, ihn hatte am meisten verletzt, wie unsere Verabschiedung ablief. Es war nicht intim, es ging schnell. Mitten auf der Straße. Auch dass ich ihn nicht als meinen Freund vorgestellt habe, hatte ihn irritiert. Für ihn war es nämlich klar: Wir sind ein Paar. Er stand zu mir und hätte sich das auch von mir gewünscht.

Ach, ich liebe diesen Mann, dachte ich. Dieses Drama, die Angst, ihn schon verloren zu haben, hatten mich nur noch mehr an ihn gebunden.

Ich wollte bei ihm sein. Und nicht mehr weg gehen.

Was, wenn das diesmal auch nur ein riesiges Missverständnis ist? Komm schon Olivia, finde den Fehler! Er kann nicht wirklich Schluss gemacht haben. Irgendwas muss da sein. Akribisch durchforstete ich mein Gehirn und all unsere ausgetauschten Nachrichten nach Hinweisen. Ich fand nichts, das Sinn ergab, aber bei der Suche kamen mir weitere irre Ideen. Wie die, dass er mich möglicherweise von Anfang an nie geliebt hatte. Dass alles eine Lüge war und er nur einen Vorwand suchte, um mich loszuwerden.

All das waren verzweifelte Versuche meines Verstandes, das Unerklärbare zu erklären, denn die Wahrheit war das Verrückteste: Adrian liebte mich zu sehr.

Dass bei dieser Masse an Gefühlen die Umstände nicht perfekt waren, machte ihn kaputt. Eine Trennung wegen zu viel Begehren. Das klang so lächerlich. Es ergab überhaupt keinen Sinn und so fiel ich in ein tiefes, schwarzes, schweres Loch aus reiner Verzweiflung und gab mich auf.

Die folgenden Tage und Wochen waren von einem Schleier überzogen. Das lag zum Teil an den heftigen Schmerzmitteln, die ich nahm, um den Herzschmerz zu unterdrücken. Genau wie die Kopfschmerzen, die sich daraus ergaben. Ich funktionierte nicht mehr richtig, nur notdürftig. Auf der Arbeit wurde ich schief angesehen, weil man mir meinen Zustand ansah. Ich heulte immer und überall. Auf der Straße, in der Bahn, vor meinem Boss auf der Arbeit, eingesperrt auf der Toilette, zu Hause sobald ich die Tür zu meiner leeren Wohnung öffnete und spätestens morgens, wenn ich meine Augen öffnete und realisierte, dass es doch nicht nur ein schlimmer Traum gewesen war. Wie konnte sich alles so entwickeln? Es hatte sich nichts verändert und es gab auch kein echtes Problem. Nur unsere Paranoia. Er hatte sogar schon einen Flug zu mir gebucht. Wir hätten das wie Erwachsene miteinander bereden können, aber nein, davor hatte er wohl zu viel Angst.

Ich brauchte Antworten! Ich brauchte sie so dringend, also schrieb ich ihm. Nichts kam zurück, keine zufriedenstellende Erklärung jedenfalls. Nach und nach erhielt ich einzelne Fetzen von Geständnissen. Es waren alles Gründe, die ich schon kannte: keine Lebensqualität mehr, Angst, verlassen zu werden ... ich würgte, als ich schon wieder diese billigen Entschuldigungen lesen musste. Als Nächstes lachte ich hämisch. Es kam einfach aus mir heraus, weil alles so absurd war. Dann sah ich mich im Raum um. Ich stand im Lager meines Büros. Offiziell auf der Suche nach alten Magazinausgaben und Outfits für ein Interview. In Wahrheit versteckte ich mich nur. Ich konnte es nicht ertragen, wenn meine Kollegen mich weinen sahen. Manchmal konnte ich generell keine Menschen um mich herum haben, nicht wenn sie von ihren glücklichen Beziehungen schwärmen. Mir wurde fast übel vorhin in dem Meeting.

Mit Mühe und Not und viel Disziplin schaffte ich es, ein Outfit für die neuste Star-Influencerin Wiens, die von uns eingeladen wurde, nach Graz zu kommen, zusammenzustellen. Ich sollte sie interviewen, den Text schreiben und, weil mir Mode ja so viel Spaß machte, auch noch ihre Stylistin spielen. Als ich fast fertig war, betrat eine Kollegin den Lagerraum. Sie schien überrascht zu sein, dass ich hier war und ich erschrak noch viel mehr. Ich sah sie an, verlor mich in ihren Augen hinter einer extravaganten Brille. Es war seltsam, weil ich mich längst damit abgefunden hatte, dass ich diese Leute bald nicht mehr wiedersehen würde. In unserer bisherigen gemeinsamen Zeit hatte ich nie richtig auf sie geachtet. Ich hatte jeden Tag nur von meiner Zukunft in Frankfurt geträumt. Zum ersten Mal achtete ich auf das Make-up der älteren Redakteurin. Vielleicht würde ich doch länger mit dieser Frau zusammenarbeiten als gedacht. Sie hieß Steffi, oder? Ich konzentrierte mich mit aller Macht darauf, zu lächeln und dabei die Augen mitzunehmen. Sie sollte nicht merken, wie ich mich fühlte und dass ich nicht mal ihren Namen wusste. Sie suchte sich einen Schal aus und verschwand wieder. Kaum war sie weg, dachte ich wieder an ihn, seinen perfekten Körper, unsere Spaziergänge am Flussufer.

Ja, es ist richtig, meine Gedanken drehten sich im Kreis. Es schien, als könnte mich nichts und niemand ablenken. Ich wurde immer wieder rückfällig. Wäre ich doch mal direkt zu ihm gezogen und hätte alles noch in der Probezeit stehen und liegen gelassen. Dann könnte ich jetzt das Leben führen, das ich immer wollte und diese alles erstickende Trauer würde aufhören. Es gäbe zwar keine Karriere in der Medienwelt für mich, aber es gäbe immerhin ein »Wir«.

Auf dem Weg nach Hause lief ich wie so oft an einem Schaufenster vorbei. Aus den Augenwinkeln sah ich etwas, das mein Interesse weckte. Abrupt blieb ich stehen und rechnete aus, wie viel ich in diesem Monat noch für Shopping ausgeben könnte. Hmm, viel war nicht mehr möglich – aber die Tasche hinter dem Glas war ein Traum! In diesem schlammfarbenen Ton hatte ich bisher noch keine. Ihr Design war minimalistisch, daher zeitlos, so etwas liebte ich. Es würde also Sinn ergeben, sie zu kaufen. Ein

Mädchen um die siebzehn ging ebenfalls am Schaufenster vorbei. Mein geübter Blick erkannte sofort: Ihre Kleidung war nicht teuer, genau wie meine damals (ein Hoch auf Zara, Mango und Co.), doch jedes Stück war mit Präzision gewählt. Sie war modebewusst, trug trotzdem pieces, die nicht nächste Saison out sind. Kaum war die Schülerin aus meinem Sichtfeld verschwunden, kamen mir wieder nur grau und schwarz gekleidete Menschen entgegen und meine kurz farbenfrohen Gedanken waren zurück bei meiner eigenen grau-schwarzen Situation. Die Tasche wollte auch keiner mehr. Wieder verfluchte ich meine sich im Kreis rasenden Gedanken. Es ging nicht mehr anders, das war doch kein Leben. Ich musste handeln, was bedeutet, ich musste mich auf das Wochenende vorbereiten.

Fest entschlossen tippte ich mein Ziel in die Suchzeile bei Google. Sechs geübte Klicks, später war ich fertig mit meiner Buchung. Ein leichtes Zittern kam über mich, als der Entschluss damit endgültig besiegelt war und die Bestätigung von AirBnB eintrudelte. Als Nächstes kontaktierte ich Aylin: »Kannst du bitte mitkommen? Ich kann nicht allein dorthin.« Ohne moralische Unterstützung würde ich das nicht überstehen. In einer zweiten Nachricht warnte ich sie, dass es jedoch kein lustiges Partywochenende werden würde. Das schien ihr egal zu sein. Die gute Seele meines Freundeskreises sagte keine fünf Minuten später zu.

Ich hatte eine Mission: Ich wollte, dass er mir seine Entscheidung anständig erklärt.

Es war egal, dass ich mir die Gründe inzwischen halbwegs zusammengereimt hatte. Adrian sollte es mir ausführlich, persönlich und ehrlich sagen. So schnell ließ ich nicht locker.

Wieder keimte in mir die furchtbare Hoffnung auf. Sie glaubte, dass er es vielleicht nicht über die Lippen bekommen würde, wenn ich vor ihm saß. Meine Hoffnung dachte sogar, dass er seine Aussagen widerrufen würde. Es wäre nur ein Irrtum, eine flüchtige Laune an einem schlechten Tag. Oder er würde mitten im Satz merken, dass er seine Erklärungen selbst nicht versteht und dass seine Entscheidung keinen Sinn ergibt. Er musste mich nur nochmal sehen.

Wenn er aber dabeiblieb und seine Worte, entgegen allen Erwartungen,

Sinn ergaben, dann wusste ich endlich den wahren Grund und würde diesen auch verstehen. Es war fast egal, wie es ausging, nur ohne Antworten konnte ich nicht weitermachen.

Zu Hause angekommen schaute ich in meinen Kalender, auf den Tag des Abflugs, um zu schauen, ob ich vorher noch Meetings hatte. Der Tag schien frei von Auswärtsterminen zu sein. Das war gut. Ich blätterte weiter und weiter im Kalender und stieß auf - nichts. Verrückt. Die Seiten waren zu einem großen Teil weiß. Ich hatte in der Zukunft überhaupt keine Pläne mehr gemacht. Da standen ein paar Arzttermine und ein Besuch bei meinem Vater. Das war's. Alles andere involvierte Adrian. Keine Reise, keine Party, nichts Schönes nur für mich und meine Mädels. Nur hektisch hineingekritzelte schwarze Notizen darüber, was erledigt werden musste. Die Seiten glitten langsam durch meine Finger, als Chrissis Namen auf meinem Handybildschirm aufleuchtete. Es vibrierte zweimal, bevor ich den Anruf weggedrückt hatte. Ihre gute, laute, sexbesessene Laune konnte ich heute nicht ertragen ... Sex. Oh nein, bitte nicht. Meine Fantasien streiften wie so oft sein Bett. Schon war ich verloren. Ich fühlte die perfekt glatten und kühlen Laken unter meinen Fingern. Meine Aufregung stieg, die Schmetterlinge flatterten, gleich würde er zu mir kommen. Da war er, der schönste Mann, dem ich je begegnen durfte. Er blickte mich an und ich blendete alles aus. Was passierte? Er drehte sich von mir ab, ließ mich nackt und frierend im Zimmer sitzen, ging zur Tür, schaltete das Licht aus und verließ den Raum. Dann schloss er mich ein ...

Ja das waren meine momentanen Tagträume. Sie glichen eher Albträumen.

Wir waren in den Flieger gestiegen, ohne ein Wort zu wechseln. Aylin war es unangenehm, mir nicht. Sie wollte mich aufmuntern. Ich wollte keine gute Laune. Es wäre unpassend. Ich musste erst abwarten, wie das Treffen abläuft. Vorher war mein Leben pausiert. Wenige Stunden später betraten wir unsere billige Unterkunft. Hier standen noch längst keine Blumen zur Begrüßung und auch kein Wein, der aufs Haus geht. Es gab nicht mal einen kostenpflichtigen Minikühlschrank, und unsere Betten waren so schmal, als wären sie für Kinder gedacht.

Ich nahm mir nicht mal die Zeit, mich darüber zu ärgern, ich konnte nicht mehr warten. Meine Finger zitterten. Buchstabe für Buchstabe tippte ich meine Nachricht an ihn.

»Hey, bin gerade in Frankfurt. Ich wollte den Flug nicht verfallen lassen«, schrieb ich. »Hättest du bis Sonntag um 17 Uhr Zeit, dich irgendwo zu treffen? Nicht bei dir zu Hause, sondern an einem neutralen Ort. In einem Café oder Restaurant zum Beispiel. Ich würde gerne nochmal mit dir reden.«

Und absenden, bevor ich es mir anders überlegen konnte.

Die Nachricht ging auf ihre Reise. Es dauerte nur wenige Sekunden, bis sie bei ihm ankam. Ich wartete ungeduldig. Nichts kam zurück. Also nahm ich einen Schluck Wasser, bürstete mir nervös die Haare und suchte nach geeigneten gastronomischen Einrichtungen für das Treffen. Dabei hatte ich mein Handy in der Hand und erwartete jederzeit seine Antwort. Vor meinem inneren Auge tauchte sie längst auf. In der Wirklichkeit kam und kam nichts. Nach zwanzig Minuten öffnete ich wieder den Chat. Hatte er es wenigstens gelesen?

Ja, er hatte es gesehen, sogar gleich, nachdem ich die Nachricht verschickt hatte.

Musste er erst überlegen, was oder wie er mir antwortete? Wie lange würde das dauern?

Aylin fragte zaghaft, ob ich mit ihr rausgehen will. Ich wollte zwar nicht, aber ich machte mich fertig und ging mit ihr in die Stadt. Permanent schaute ich auf mein Handy. Zusätzlich war es auf volle Lautstärke gedreht, damit ich bloß nichts verpasste. Jede nutzlose Benachrichtigung ließ mich aufschrecken. Es war immer das Gleiche: Erst schaute ich hektisch und hoffnungsvoll auf den Bildschirm, nur um doch wieder enttäuscht zu werden. Dreimal allein schrieb mir heute meine Mutter, einmal ein Kollege und dann kamen noch irgendwelche nutzlosen Rabattcodes und Eilmeldungen per E-Mail bei mir an. Jedes Mal winkte mir die Hoffnung mit einem fiesen Grinsen zu.

Wir aßen in einer Pizzeria zu Abend, wobei ich eher meinen Salat durchstocherte, und als Nachtisch tranken wir italienischen Kaffee. Nicht die beste Idee bei meiner Aufregung, aber heute war mir alles egal. Wir betrieben Konversation, doch wir redeten nicht wirklich miteinander. Ich war distanziert und kalt gegenüber Aylin, außerdem weinerlich und abgelenkt. Es tat mir so leid, aber ich war mit den Gedanken einfach nicht bei ihr und hatte auch keine Lust, ihr was vorzuspielen. Es war so absurd und tat so weh, dass ich ihm jetzt eigentlich so nahe war. In seiner Stadt, in der Stadt, in der ich die schönste Zeit erlebt hatte. Es gibt diese ganz eigensinnige Leere, die sich durch solche Momente einstellt. Die Nacht kam und natürlich konnte ich nicht einschlafen, sondern wälzte mich hin und her. Durch die Unruhe stand mir der Schweiß auf der Stirn, bis der Morgen die schreckliche Nacht ablöste. Beim Frühstück bekam ich nur Obst und wenige Haferflocken herunter. So langsam machte mein Körper schlapp, mein Appetit ließ sich trotzdem nicht blicken. In unserem gemieteten Apartment drohte ich zu ersticken oder einzuschlafen, also schauten wir uns das Viertel an. Es regnete, war ja klar. Zu allem Überfluss trat ich noch in eine tiefe Pfütze. Das Wasser spritzte mir in die Schuhe und ich hasste die Welt. Es war schon 13 Uhr und Adrian hatte immer noch nicht geantwortet! Was bildete der Typ sich ein? Dreimal hatte ich schon Nachrichten formuliert, um nachzufragen, was denn Sache sei, ob er mich treffen könne oder nicht! Aber dann wäre ich die Verrückte. Das wollte ich nicht sein. Selbst wenn ich es war, musste er das ja nicht wissen.

Mittlerweile war es halb drei und wir hockten wieder in dem schlichten Zimmer. Aylin schaute Reality Shows auf ihrem Laptop, da brummte mein Handy. Oh Gott. Er war es. Endlich stand da sein Name. Aber es kam keine Freude über mich, nur noch mehr Sorgen. Meine Finger zitterten noch schlimmer als gestern Abend.

»Ich war bei der Geburtstagsfeier meines Vaters«, stand da. Stimmt, sein Vater hatte tatsächlich Geburtstag und das war ein verständlicher Grund. Aber seine Wortwahl war trocken, ohne Emojis und ohne Entschuldigung für die lange Reaktionszeit. Mir wurde schlecht von seiner Kälte. »Dieses Wochenende habe ich leider keine Zeit mehr, sorry. Aber ich wünsche dir eine schöne Zeit in der City, genieße es!«

Das war alles, was er mir zu sagen hatte. Ich wusste gar nicht, wie ich reagieren sollte. Ich war perplex. Wie konnte er mir das antun? Aylin sah von ihrem Laptop auf. Sie hatte auf Pause geklickt und wartete, dass ich etwas sagte.

Mir stand der Mund vor Schock offen. Meinte er das ernst? Konnte er sich nicht denken, dass es definitiv kein schönes Wochenende war? Und es war erst Samstagnachmittag! War bis morgen Abend keine halbe Stunde von seiner wertvollen Zeit frei, um mir meinen würdigen Abschluss zu geben?

Ich sank aufs Bett und weinte einfach los. Aylin erstarrte vor Ratlosigkeit. Erst als mein Schluchzen leiser wurde, legte sie sich neben mich, blickte an die Decke, aber wusste weiterhin nicht, was sie sagen sollte. Sie seufzte bloß leidend und damit war alles gesagt. So lagen wir bestimmt eine Stunde auf dem Bett. Aus der unangenehmen Stille wurde ein ruhiges, friedliches Beieinandersein. Sie war für mich da und mehr brauchte und wollte ich gerade nicht.

Erst als sie auf Toilette musste, sprach Aylin wieder und sie hatte ein vorsichtiges Grinsen aufgesetzt. »Was meinst du, Olivia, wollen wir shoppen gehen?«

Im Nachhinein kann ich mich an fast nichts mehr erinnern, weil ich gar nicht richtig da war, aber sie schaffte es, mich zum Shopping zu überreden. Genauer genommen trottete ich neben ihr her, bis ich im nächsten Restaurant teilnahmslos auf meinen Teller starrte. Aber immerhin kam ich vor die Tür und fand einen wärmenden Pullover. Vor dem Fenster des Restaurants lag ein schöner, historischer Marktplatz, in mir war gar nichts. Ich wollte nach Hause. Diese Stadt tat mir weh. Ich hätte hier den Rest meines Lebens verbringen sollen. Stattdessen fühlte ich mich wie eine Ausgestoßene, eine Unerwünschte.

Später gingen wir noch in einen Club, aber schon das Anstehen in der Schlange nervte mich. Wann waren wir so alt geworden, dass sie uns nicht einfach durchwinkten? Drinnen angekommen bekam meine Stimmung den nächsten Tritt gegen das Schienbein, denn die Getränke waren unverschämt teuer und die Musik hatte ich entweder tausendfach gehört oder noch nie. So kam es mir jedenfalls vor. Alles war mir unsympathisch. Ich versuchte es mit einem starken Drink. Aylin prostete mir zu. Sie liebte den Song, der gerade lief und gab ihr Bestes, eine gute Zeit zu haben. Zum ersten Mal seit Stunden überwand ich mich zu einem Lächeln. Sie war schon süß, die kleine Flugbegleiterin und beste Reisepartnerin aller Zeiten. Ich wusste, dass sie es auch nicht immer leicht hatte und die dunklen Wolken im Kopf kannte. Heute ließ sie ihre Gewitterwolken nicht an sich heran, nur für mich. Drei Lieder lang sangen wir zusammen und meine Stimmung war in Ordnung, weil ich die tollste Freundin der Welt hatte. Dann küsste sich ein Paar auf der Tanzfläche, der Alkohol schlug an und es war vorbei. Natürlich erinnerte mich alles an ihn und an das, was hätte sein können. Der Kerl sah sogar ein wenig aus wie Adrian, meine Sinne spielten mir üble Streiche. Ich kämpfte mit mir, es war so peinlich, aber es half nichts. Ich musste mir eine ruhige Ecke suchen und die Tränen laufen lassen. Aylin eilte hinterher, holte ein Wasser, setzte sich neben mich. Zum Unterhalten war es zu laut. Also saß sie nur da und beobachtete mit mir die ausgelassene Menge. Inzwischen wollte ich nur noch zum Flughafen und ich vermute, sie auch.

Als es endlich so weit war und wir am nächsten Nachmittag am Gate hockten, erfuhren wir zu allem Überfluss, dass unser Flug Verspätung hatte. Das gab mir den Rest. Ich hatte das ganze Wochenende weder richtig schlafen noch essen können. Meine Erinnerungen und zerplatzten Träume traten auf mich ein. Seine Wärme, sein Lachen, unsere Pläne für die Zukunft, jeder dumme kleine Witz und jeder perfekte Orgasmus waren mir präsent. Ach du Sch … dieser Mann da vorne! Ich rieb mir die Augen. Das konnte nicht sein! Kam Adrian, um sich zu entschuldigen? Bis hierher? Die Haare, die Figur, die Jacke, alles passte. War das? – oh! Oh. Nein. Der Unbekannte drehte sich um, sodass ich sein Gesicht sehen konnte. Fehlanzeige. Er ist es nicht. Das war nicht Adrian.

Verdammt, Olivia, was ist falsch mit dir? Deine kitschige Flughafenszene hattest du doch schon? Das wird es jetzt nicht nochmal geben. Deine ganze Magie hast du bei eurer ersten Begegnung aufgebracht. Komm endlich zurück auf den Boden und sieh der Wahrheit ins Auge!

Ab diesem Zeitpunkt hatte ich aufgehört, nach Antworten zu suchen. Ab diesem Tag tauschten wir nur noch gelegentliche Floskeln zu vermeintlich wichtigen Anlässen aus. Mehr Kontakt fand zwischen uns nicht statt und somit schien es im Leben auch nicht viel mehr zu geben. Ich entfernte mich innerlich von allem, was mir je wichtig war. Ich machte Lockdown und Social Distancing, lange bevor es cool war. Was soll ich sagen, ich war eben schon immer eine Trendsetterin.

Ich kam heim und das Leben musste weitergehen. Die Tage und Nächte zogen bedeutungslos an mir vorbei. Manchmal fragte ich mich, wie ich überhaupt so viel Tränenflüssigkeit in mir haben konnte. Ständig war mein Make-up verlaufen oder ich trug einfach keins. Meine Wohnung fühlte sich ungemütlich und viel zu eng an, meine Freunde und Verwandten wirkten auf mich nie so unsympathisch wie in dieser Phase. Sie alle gingen mir auf die Nerven. Am Anfang war mir nicht mal das möglich, doch mit der Zeit warf ich mich in die Arbeit hinein. Wenn meine Karrierewünsche schon der Grund waren, warum ich mein Happily Ever After zerstört hatte, sollte sich das wenigstens lohnen. Plötzlich meldete ich mich für jede Geschäftsreise und jedes Großprojekt. Irgendwann in dieser Zeit fand ein großer Ball statt, bei dem ich die Outfits der ankommenden Gäste kommentieren sollte. Live, im Fernsehen, mit ein paar mehr oder weniger bekannten österreichischen Promis. Eigentlich wäre ich lieber direkt auf dem Event gewesen, aber das war auch nicht übel.

»Olivia, in zwei Stunden gehen wir live«, bekam ich überraschend zu hören. Ich war null vorbereitet, trug Jeans und T-Shirt. Ich war zu unmotiviert, um mich zu stylen. Mein Äußeres war Spiegel meines Innenlebens. An mir war kein Glitz & Glam und so konnte ich nicht vor die Kamera.

»Wow, okay, das ist aber sehr spontan. Ich fahr dann mal schnell nach Hause und bin pünktlich zurück!« Meine Stimme war dünn, man sah mir auch die Müdigkeit an. Auch daran musste ich schnell etwas ändern, wenn ich diesen Job meistern wollte.

Gesagt, getan. Zum Glück lag meine Wohnung nur vier Stationen mit der Straßenbahn entfernt. Zu Hause durchsuchte ich direkt meinen gefüllten Kleiderschrank. Ein hautenges Turtleneck-Top, glitzernd schwarz, mit rostfarbenen Glitzerfäden sollte es werden. Passend zu meinen dunkelbraunen Haaren und fast schwarzen Augen. Dazu eine schwarze Stoffhose mit großen Seitentaschen, etwas oversized, im Military Style. Abgerundet wurde das Bild durch spitze, hohe Stiefeletten, die an meinen Knöcheln einen Puff-Effekt entstehen ließen. Darüber mein einziger Max-Mara-Mantel, ebenfalls in Schwarz. Haare offen, schnell nach hinten fixiert. Als ich in den Spiegel sah, stahl sich sogar ein kleines Lächeln auf mein Gesicht. Alle würden heute einschalten, für mich.

»3, 2, 1 – du bist auf Sendung!« Schon waren alle Kameras auf mich gerichtet. Es war hell, sehr hell und heiß. Neben mir saß eine schillernde Society-Größe. Sie wusste nicht, wer ich bin, aber ich kannte sie. Und los ging es. Es wurde viel geplaudert, diskutiert, zugestimmt, widersprochen und gefachsimpelt, aber vor allem genossen wir die Bilder des Balls. Es fühlte sich beinahe gut an. Genau das will ich machen, täglich, erkannte ich. Hatten sich meine Entscheidungen doch als richtig erwiesen? Hierbei war ich voll in meinem Metier. Immerhin war die Mode schon immer mein größtes Hobby gewesen und wer mich und meine Sprachnachrichten kennt, weiß, dass auch Reden mein Ding ist. In diesem Studio gewann ich ein wenig Selbstbewusstsein zurück. Die Zeit verging wie im Flug.

»Bravo, Olivia, das hast du super gemacht«, gratulierte mir der Chefmoderator, sobald die Kameras aus waren. Ich grinste. Seit langer Zeit sah ich wieder ein paar Farben im Leben. Das Erste, was ich nun tat, war, mein Handy zu checken. Ich musste wissen, was Aylin, Selina, meine Eltern und alle anderen von meinem Auftritt dachten.

»Oliviaaaa Superstaaar!!! You go, girl«, kam es mir entgegen.

Meine Mutter schrieb: »Meine liebe Tochter, du warst unglaublich. Woher hast du dieses Talent? So selbstsicher und professionell.« Und mein Vater: »Wir stoßen nachher auf dich an, das hast du bravourös gemeistert, wie ein Profi.«

Meine Augen füllten sich mit Tränen. Was für ein schönes Gefühl, so viel Adrenalin, doch eine Nachricht fehlte. Er wäre sicher stolz auf mich und womöglich auch etwas sprachlos, mich im TV zu sehen.

Eine Veranstaltung, zu der ich ebenfalls schon lange hinwollte, waren die GQ Awards in Deutschland. Nachdem ich in alten Magazinen unseres Verlages geblättert hatte, um mir ein paar Inputs zur Gestaltung eines Beitrages zu holen, war ich auf einen Promi-Bericht der GQ Awards gestoßen. Wie schön wäre das, da mal hingehen zu können. Promi war ich keiner, eine richtige Einladung würde ich somit nicht erhalten. Aber als Journalistin sollte es doch einen Weg geben, grübelte ich. Als Reporterin kam man überallhin und nichts ist unmöglich! Mein Lieblingsmotto. Automatisch von meinem Arbeitgeber dorthin geschickt wurde ich nicht, weil es so weit weg war, in Deutschland. Und weil die Plätze für Presseausweise streng limitiert waren. Aber ich wollte es auf eigene Faust versuchen. Also googelte ich nach der PR Agentur, welche hinter diesem Event steckte. Alles war schnell gefunden, inklusive Mail-Adresse. Okay, jetzt lass uns mal ein paar Minuten nehmen und nachdenken, was ich denen gleich erzähle, um an zwei Tickets zu kommen. Ich hab's! Na klar! Über mich kämen sie an eine weitere Zielgruppe, eben auch in Österreich. Diese Wirkung erzielen kann ich natürlich am besten, wenn ich selbst vor Ort bin. Grins. Wie schlau von mir, rieb ich mir die Hände. Ich kam mir gerade wie Gargamel von den Schlümpfen vor. Auch weil die Events, von denen ich berichten durfte, normalerweise nur lokale Geschehnisse waren. Das hier könnte was Großes werden. Keine zehn Minuten später war die Mail raus und ich verspürte Aufregung. Es war das erste Mal seit Monaten, dass ich eine nicht traurige Melodie im Kopf hatte und sie vor mich hin summte. Noch am selben Tag erhielt ich eine Antwort von der Agenturchefin: »Liebe Olivia, freut uns, dass eine Journalistin aus Österreich über unser Event in Berlin berichten möchte. Hört sich nach einer guten Idee an, die wir gerne umsetzen. Anbei dein Ticket für die diesjährigen Awards. Viel Spaß und bitte sende uns den Artikel noch vor Veröffentlichung.«
YES und NOOO!

Weil was? Nur ein Ticket? Was mache ich da denn alleine? Ich kenne ja niemanden!

Ach nein, meine Freude war nun etwas getrübt. Allerdings nur für eine Minute. Ich war oft und viel allein, als ob es dort anders sein müsste. Seit Monaten wollte ich kaum sozialen Kontakt und auf einmal war mir eine zweite Karte wichtig? Zur Not würde ich sicher jemanden finden, mit dem ich quatschen konnte. Also alles gut. Und außerdem ... wenn er die »GQ« las. Vielleicht, ganz vielleicht würde er dann ... sich wieder bei mir melden?

Eine Woche später war ich in Berlin gelandet. Ich hatte mir zu diesem Anlass das trendige Stue Hotel gebucht, auf eigene Kosten, und ein umwerfendes, bodenlanges Satinkleid mit offenem Rücken im Gepäck. Farbe: Weinrot. Im Zimmer genoss ich noch etwas vom Room Service, inklusive einem Moskau Mule für den dringend nötigen Energiekick. So wie in der letzten Zeit, als Zombie oder Roboter, konnte ich da nicht aufkreuzen. Noch schnell Make-up und Haare gemacht und auf geht's. Mit dem Taxi bei der Location angekommen sah man schon den roten Teppich die Treppen in das Gebäude hinaufführen. Unten rechts standen alle Paparazzi und die gebuchten Fotografen. Es herrschte schon ein Blitzlichtgewitter, denn sekündlich schritt ein Promi an ihnen vorbei. Es gab strikte Regeln, wo man langlaufen musste. Freude machte sich bei mir breit, das gefiel mir! Ich hatte mir noch schnell meinen Journalistenausweis abgeholt und um den Hals gehängt. Noch nie hatte sich das so gut angefühlt wie heute. Für mich ging es natürlich nicht vorbei an den Fotografen, sondern direkt hinauf. An der Tür wurde ich von einer hübschen blonden Dame nach meinem Ausweis gefragt. Sie hatte eine Liste vor sich und war verkabelt inklusive earplugs. Sie wirkte wichtig und sympathisch. So ganz allein kam ich mir nun doch etwas blöd vor, somit ergriff ich diese Möglichkeit und fragte sie: »Hallo, du bist hier also für die Gästeliste verantwortlich? Weißt also, welcher hotte Promi noch kommt?«

Ich wollte etwas sagen, was das Eis bricht.

»Haha, ach wat! Die Liste habe ich schon auswendig gelernt!«, kam es mit Berliner Dialekt retour. Jetzt lachten wir beide. Es war also gar nicht so schwierig, wenn man sich nur Mühe gab und endlich wieder offen für Menschen war. Und schon hatte ich meine Begleitung für den Abend. Ich blieb an ihrer Seite stehen und wir quatschten uns durch die Empfangsphase. Wir schienen auf einer Wellenlänge zu sein und sie auch happy, nicht komplett isoliert an der Tür zu stehen. So entging mir kein einziger Gast, alle blieben bei Judith stehen und wurden dann von weiteren Angestellten in den richtigen Saal gebracht. Schauspieler, Models, Sänger, hauptsächlich Deutsche, ganz klar, aber den ein oder anderen internationalen Promi hatte ich auch schon entdeckt. Wer allerdings jetzt gleich antrat und mich ansah, damit hätte ich nie gerechnet. Ich unterhielt mich aufgeregt mit Judith, als ich ihn im Augenwinkel bemerkte. War er das wirklich? Nach all den Jahren? Ich drehte meinen Kopf zu ihm und tatsächlich. Ich sah ihm nun in die Augen und lächelte zurück. Der Lead-Sänger DER Boyband aus meiner Teenagerzeit. Ich glaube, es gab kein Mädchen, das nicht in ihn verliebt war oder wegen ihm in Ohnmacht gefallen wäre. Ich gehörte zu diesen Mädchen, als ich klein war. Und das Verrückteste: Es war nicht das erste Mal, dass wir uns begegneten. Als ich sechzehn war, hatte er mich nach dem einzigen Konzert in Österreich sogar zur Party ins Hotel eingeladen. Einen Kuss auf die Wange hatte ich auch bekommen. Leider hat mich meine Mutter nicht zur Party hingehen lassen. Ich erinnerte mich daran, wie ich in dieser Telefonzelle stand, mit seinem Zimmer im Hotel verbunden war und ihm die enttäuschende Wahrheit sagen musste, dass ich nicht kommen werde.

Und hier standen wir nun. Beide auf demselben Event, fast zwanzig Jahre später! Ich ging jetzt nicht davon aus, dass er noch wusste, wer ich bin, aber ich schien noch immer sein Typ zu sein. Er sah mich recht lange an und begann eine Unterhaltung. Ich meinerseits hatte das Interesse inzwischen jedoch verloren.

Die Verleihung der Awards war spannend und unterhaltsam. Nach dem Hauptprogramm hatten sich die Türen zu einem riesigen Saal geöffnet, der aussah wie eine überdimensionale Bar. Das Licht war dunkel, nur die Theken waren beleuchtet. Alles war gratis. So lässt es sich leben als Promi. Die Partymeute schlenderte zielgerecht und bei ausgelassener

Laune zu den Drinks. Ich mittendrin. Judith wollte sich mir anschließen, sobald ihr Job getan war. Da hinten war sie auch schon. Ich war erleichtert, nicht mehr allein rumstehen zu müssen. Etwas in mir hatte heute Freude an der Geselligkeit. Musste daran liegen, dass ich wieder ganz in meinem Element war. Nun konnte der Abend starten und ich loslassen. Wir zwei Mädels tanzten zu den Beats der Housemusik, die der DJ auf seinem Podest auflegte, hatten Spaß und beobachteten die glamourösen Menschen um uns. Ich könnte auch Männer sagen, denn 80 Prozent der Gäste waren tatsächlich nur Männer. Beim Veranstalter und Anlass nicht verwunderlich. »Ich brauche etwas zu trinken. Ich gehe schnell zur Bar, magst du auch etwas?«, fragte ich Judith, die mich gar nicht zu hören schien. Sie tanzte sich gerade in eine andere Welt. An der Bar angekommen war es ein riesiges Gewusel und ich konnte mich gerade so durchquetschen. »Ein Wodka Cola light bitte.« Ich weiß, das finden viele ekelhaft, aber noch immer die kalorienärmste Weise, seinen Wodka zu trinken, wenn es kein Shot sein muss.

»Make two please!«, drängelte sich ein Mann zu mir. Wer mischte sich da bei meiner Bestellung ein? Ich drehte mich neugierig um, wusste dann aber eigentlich schon, wer das war. Die Stimme klang noch in meinem Kopf nach, ich erkannte sie. Mike! Das kann doch jetzt nicht wahr sein. »Hallo, ich hoffe, es stört dich nicht. Aber ich habe dich am Eingang gesehen und wollte dich kennenlernen«, kam es auf Englisch und ehrlich aus ihm heraus. Ich konnte mir ein Schmunzeln nicht verkneifen und musste ihn aufklären. Dass mein prominenter Jugendschwarm, der mich vor zwanzig Jahren gut fand, mich heute in Berlin wieder anflirtete, war zu verrückt.

»Ehrlich gesagt kennen wir uns schon.« Er war perplex und überlegte. »Ähm, oh mein Gott, ich muss betrunken gewesen sein. Ich habe Probleme mit dem Alkohol und regelmäßig Blackouts. Ich kann mich nur entschuldigen. Mein Gott, wie peinlich.«

Wow. Ich war eigentlich immer für die absolute Ehrlichkeit, aber diese Wahrheit wollte ich nicht hören. Er hatte also Alkoholprobleme? Wobei, jetzt, wo er es sagte, dämmerte es mir wieder. Ich hatte in den diversen Klatschblättern so etwas schon gelesen. Herrjeh, der Arme. So ein unglaubliches Talent. Bis heute hat er für mich eine der besten und interessantesten Männerstimmen im Business.

»Tut mir leid, ich wusste nichts von deinen Problemen. Wir haben uns auf besondere Weise kennengelernt. Du erinnerst dich vielleicht noch, dass du vor etwa sechzehn Jahren ein Konzert in Österreich gegeben hast. In Wien, ich glaube, das war noch mehr am Anfang deiner Karriere. Nun, also ich hatte einen VIP-Pass von einem lieben Freund bekommen, der damals für einen Radiosender gearbeitet hatte und war dabei, direkt vor die und ... Ich bin dir wohl aufgefallen.« Wir beide schmunzelten.

»Das bist du heute auch«, klärte er mich auf. »Aber wow – was für eine Geschichte! Bitte sag mir, haben wir uns geküsst oder so was?«

Er war echt neugierig. Ich fand es amüsant. »Nein, nein, du hast mir nur einen Kuss auf die Backe gegeben, bevor du zum Hotel gefahren bist. Dein Manager hat mir sogar erzählt, wo ich euch finde, aber weil ich erst sechzehn war, hat meine Mutter mich nicht zum Hotel gelassen. Also nein, zwischen uns ist nichts passiert.«

Mike war hin und weg von meinen Erzählungen und sah mich mit aufgerissenen Augen an. »Weißt du, ich bin ziemlich spirituell, ich glaube an das Schicksal. Das ist kein bloßer Zufall. Das ist irre!!«

Seine aufrichtige Begeisterung war spürbar. Wir stießen mit unseren Wodka-Drinks an, dann gaben wir uns der Musik hin. Ein guter Tänzer, ein im Moment lebender Kerl, sensibel, verletzlich und verrückt. Ich konnte so viel in ihm sehen, zu viel. Er schien sich selbst noch nicht gefunden zu haben. Das Schicksal hielt noch viel für ihn bereit. Doch er war nicht mein Schicksal - denn ich war nicht mehr das Teenage Girl und er nicht mehr mein Superstar.

Ich kann die Pause der Modenschau in Marrakesch kaum abwarten. Jemand in der Reihe hinter uns will mit mir reden, aber ich belasse es bei einer kurzen Begrüßung und eile zur Toilette. Ich bin sowieso nicht geistig anwesend. Frage mich ständig, warum Etienne mich bei diesem Trip überhaupt dabeihaben wollte. Ich dachte, er spürt bereits, dass ich weg sein werde, früher oder später. Glaubt er es nicht, weil er weiß, dass ich nicht gehen werde? Ich muss von dieser Gruppe weg. Ich eile zum Ladies

Room. Wie eine Drogenabhängige, gebe ich mir dort den nächsten Schuss. Nein, nicht wie im McDonald's. Um das zu wiederholen, müsste mir Adrian schon etwas Versautes schreiben. Er müsste geistig dabei sein und so geil auf mich wie ich auf ihn. Andererseits ist er in meinem Kopf so präsent ... das könnte ausreichen ... nein, nein, stopp. Ich befehle mir selbst, das letzte bisschen Würde zu behalten. Meine Hände bleiben dennoch auf meinem Handy. Ich stehe in meiner abgeschlossenen Kabine und lese. Wieder und wieder verschlinge ich unsere Chatverläufe. Seine Worte wärmen mich, lassen mein Herz hüpfen und meinen Mund frech grinsen. Der Drogenkick wirkt. Jeder einzelne Buchstabe von ihm getippt, lässt mich auf Wattewolken fliegen. So oft hatte ich überlegt, die Nachrichten zu löschen, den Schlussstrich zu ziehen. Es geht nicht. Tut mir leid, aber diese Worte sind meine Geschichte, meine Seele, mein ganzes Verlangen und hoffentlich meine Zukunft. Der Horrortrip nach Frankfurt ist inzwischen lange her. Aber wenn man darüber nachdenkt, bin ich immer noch da. Genau wie damals warte ich jede Sekunde auf eine Nachricht von ihm und dass ich zu ihm kommen soll. Schreib mir doch endlich! Ich habe seit der Trennung vielleicht einen Ausflug in ein komplett anderes Universum gemacht, komme aber immer zum Ausgangspunkt zurück. Das Kribbeln des Verbotenen erfüllt mich. Ich muss es tun. Ich kann nicht anders, brauche den Kick. Die Möglichkeit, dass es passiert. Ich tippe:

»Ich will von dir gefickt werden. So richtig hart. Bis es weh tut. Nenn mir ein Datum, damit meine Fantasien endlich wieder real werden können.«

Hinter der Tür sind die lauten Geräusche des noblen Events, das ich nur »Dank« meines Ehemanns erleben darf. Was bin ich doch für ein böses Mädchen. Sein böses Mädchen, und wir wissen alle, wer gemeint ist ...

KAPITEL 7 – GOLDEN HOUR

Die Schatten der Palmenblätter wiegen sanft über meine perfekt glatten Beine. Ihre Bewegung ist fast geräuschlos, nur ein kaum hörbares, rhythmisches Rascheln beweist, dass sie mehr sind als ein reines Lichtspiel. Ich beobachte es seit geschlagenen zehn Minuten. Das Blatt weht auf und ab, erst deckt sein Schatten meinen frisch pedikürten Fuß ab, dann wandert er schwungvoll nach oben, bis er an meinem Bauchnabel landet. Manchmal zieht eine Wolke vor die Sonne, dann ist der Kontrast zwischen hellen und dunklen Stellen geringer.

Ich sehe mich um, blicke hoch von meinen Beinen und den Palmenblattschatten. Etienne ist in seine französischsprachige Zeitung vertieft. Seine Haare sind nass, er kommt frisch aus der Dusche. Heute riecht er gut, genau wie das perfekt angerichtete, fruchtige Frühstück vor uns. Noch immer habe ich den Geschmack von Honig und Tee in Erinnerung, von Melonen und Feigen und dunklem Brot. Erst als ich mich umblicke, merke ich, wie müde meine Augen sind. Die letzte Nacht war schlaflos, denn die Fantasie ist wieder einmal mit mir durchgegangen. Ich habe mir ein traumhaftes Szenario nach dem anderen ausgemalt. So langsam werde ich wahnsinnig. Wie lange halte ich es noch aus, ohne ihn zu berühren? Ich könnte jederzeit. Das ist genau mein Problem. Andere Menschen sehnen sich jemanden herbei, können demjenigen aber nicht näherkommen, weil sie sich die Reise nicht leisten können oder keine Zeit dafür haben. Ich hätte alles davon. Ich hätte die Zeit, das Budget und meine Mutter oder Nanny, die jederzeit auf mein Maus aufpassen können. Noch dazu wohne ich getrennt von meinem Ehemann. Alles würde dafürsprechen, sofort in den nächsten Flieger zu steigen und meine dreckigen Träume zu verfolgen! Es sind die pure Willenskraft und Vernunft, die mich abhalten, unangekündigt vor seiner Tür zu stehen.

Außerdem ist da diese andere Frau. Ich könnte doch nicht riskieren, dass sie auf einmal vor mir steht. Weder würde ich Adrian in diese

Situation bringen wollen, noch möchte ich wissen, wie sie tatsächlich aussieht. Die Vorstellung ängstigt mich. Auch wenn in mir ein wenig Unruhe herrscht, ist außen heute alles ruhig. Erst am späten Nachmittag findet die Besichtigung des neuen Hauses statt. Die Arbeiter möchten bis dahin noch etwas vorbereiten, außerdem ist es in der Mittagshitze zu heiß. Wir haben bis dahin keine Verabredung, kein verpflichtendes Event und bisher auch keinen Streit. Ich lasse mich in den Stuhl mit der nachgebenden Lehne sinken. Die Eiswürfel klackern in meinem Wasserglas. Wäre ich solo, würde ich aufstehen, losziehen und den Tag in Angriff nehmen. Ich seufze. Bei ihm zu bleiben und nichts vorzuhaben, könnte nämlich schlimmer enden als ein voller Terminkalender. Was, wenn ihn die Langeweile überkommt? Wenn er Streit sucht, nur um etwas Aufregung zu erleben? Bisher ist er komplett friedlich. Wenn es doch nur immer so wäre.

Wieder weht das Palmenblatt über mir hin und her. Dieser Tag und Ort sind traumhaft, ich bin in ihnen gefangen. Mein wunderschöner goldener Käfig. Ich habe diesem Mann ein Versprechen gegeben. Dieses Hotel – ich drehe mich nach hinten um, betrachte die Wand mit den großen, offenen Bögen und den hängenden Leuchten – war unser erstes gemeinsames Reiseziel. Der Gedanke durchfährt mich zum fünften Mal seit gestern und jedes Mal kann ich es weniger glauben, dass dies einmal mein Märchenschloss gewesen war. Hier war ich quasi mit Etienne zusammengekommen.

Von Adrian war ich seit zwölf Monaten getrennt. Nach meinem vollen Jahr des puren Leidens, in welchem ich wenig Kontakt zu meinen Mitmenschen gepflegt hatte, packten mich meine Freundinnen ein und nahmen mich mit nach London. Chrissi und Selina wussten, wie sehr ich die Stadt liebte und ihnen war auch bewusst, dass meine Trauerphase nicht länger anhalten durfte. Etwas Trübsal blasen und das Geschehene verarbeiten, ist in Ordnung. Das ist gesund. Doch ich hatte tatsächlich fast ein Jahr lang meine Wohnung nicht verlassen, außer zur Arbeit. Die GQ Awards waren vermutlich das Highlight gewesen und nicht mal da hatte ich einen neuen Mann kennengelernt. Geküsst oder gevögelt hatte ich erst recht niemanden. Ich musste jemanden finden, dringend!

Wir machten also einen Trip nach London. Die Abwechslung war mir recht. Ich fühlte mich wie immer wohl in der Stadt, hatte Spaß mit meinen Mädels und tatsächlich haben wir dort einen netten britischen Herrn getroffen. Es war jedoch nichts Tieferes zwischen uns entstanden, weder zwischen mir und ihm noch einer meiner Freundinnen. Man blieb bloß in Kontakt und zwei Monate später trafen wir uns erneut in England. Wir Frauen kamen wieder zu dritt. Unser Bekannter Carl wäre der einzige Mann in der Runde gewesen. Also forderten wir ihn auf, ein paar männliche Bekannte mitzubringen. »Damit es ausgeglichen ist«, meinten wir sachlich und erhofften uns im besten Fall etwas Spaß. Vor allem Chrissi schmiedete heiße Pläne. Wir schlossen auf dem Hinweg lachend Wetten darüber ab, wie viele Stunden oder besser gesagt Minuten es dauern würde, bis sie den ersten Kuss bekam und wie viele weitere Zeiteinheiten, bis unsere üppige Spaßbombe mit einem im Bett landete.

Es war noch früh, als wir im Club ankamen. Die Gäste saßen oder standen am Rand, unterhielten sich verhalten oder stießen mit dem ersten Drink an. Carl hatte uns direkt mit einer Entschuldigung begrüßt: »Sorry, Girls, aber nur einer meiner Freunde hatte Zeit.«

Wir klopften ihm auf die Schultern, dankten ihm für seine Mühen. Das war doch nicht tragisch. Es gab im Club genug Männer, wir würden schon wen finden. Gerade kehrte ich von der Toilette zurück, hatte mich frisch gemacht, als ich ihn sah, den Kumpel von Carl. Was mir zuerst ins Auge stach, war sein elegantes Auftreten, ein Woll-Anzug, der ihm wie angegossen passte. Eindeutig Maßarbeit. Ein bisschen altmodisch, aber unglaublich stilvoll. Als Zweites fiel mir seine zurückhaltende, höfliche Art auf. Etwas an seiner Aura vermittelte Aristokratie.

Okay, bis vor Kurzem hatte ich noch Scherze darüber gemacht, dass Chrissi sich gerne diesen Kumpel von Carl mitnehmen könne. Dann wäre die mit den stärksten Bedürfnissen schon mal versorgt. Wenn ich mir ihn jetzt so ansah ... Was war es, das mir an ihm gefiel? Ich konnte es nicht wirklich erklären. Er war ein ganz anderer Typ als Adrian. Er war aber definitiv sehr attraktiv. Sein Gesicht hatte etwas Unschuldiges. Dann waren da die bereits erwähnte Aura und sein Stil. Aber was noch? Der Akzent, der einerseits französisch klang, aber noch etwas ganz

Eigenes an sich hatte? Trotz der Lautstärke der Musik hörte ich diesen deutlich aus seiner Stimme heraus. Sie war besonders. Aber genügte das? Als Carl und der Unbekannte eine Gesprächspause machten, wurden wir offiziell einander vorgestellt.

Sein Name war Etienne, mit dem außergewöhnlichen französischen Nachnamen Sade dazu. Er stammte aus Lausanne in der Schweiz.

»Schön, dich kennenzulernen. Du bist also aus Graz angereist?«, kommentierte er interessiert, auf Deutsch mit starkem Akzent. Er lehnte sich zurück und schenkte mir ein zaghaftes Lächeln. Die anderen Frauen im Raum schien er nicht wahrzunehmen, er wollte nur von mir eine Antwort erhalten.

Unsere erste Unterhaltung drehte sich also um Länder und Städte. Ich reiste gerne, er reiste gerne. Wir hatten viel darüber zu erzählen. Unsere Unterhaltung wechselte zwischen deutschen und englischen Worten und floss doch voller Leichtigkeit. Ein guter Start, dachte ich mir, mich über seine Aufmerksamkeit freuend. Betont elegant lehnte ich mich zurück, nippte an meinem Longdrink, bewegte mich leicht im Takt der Musik. In den letzten Monaten hatte ich die Musik kaum fühlen können, nicht einmal traurige Lieder. Heute lebte ich die Sounds und Texte wieder. Sie waren in meinem Blut. Später würde ich noch tanzen, aber erst wollte ich diesen geheimnisvollen Schweizer, der Französisch sprach, näher kennenlernen. Er erschien mir so reif. Wieder kein kleiner Junge, sondern ein echter, gestandener Mann. Eindeutig aus gutem Hause, das sah man sofort an seiner Kleidung und konnte man den Gesprächsinhalten entnehmen.

»Lass mal auf die Tanzfläche!« Chrissi stieß mir in die Rippen. Schon dezent angetrunken suchte sie nach meiner Hand. Ich musste über sie schmunzeln, wie so oft, ließ mich aber mitziehen. Kurz hielt ich noch inne, um Etienne ebenfalls zum Tanzen aufzufordern. Er schüttelte zurückhaltend den Kopf. »Aber ich sehe euch gerne zu«, merkte er noch an. Selbst dieser Spruch mit Potenzial, gruselig zu werden, wirkte bei ihm kultiviert. Als würde er sich auf unseren Tanz freuen wie auf eine Show, als wäre unser Feiern ein hochwertiges Abendprogramm.

Sein Blick wirkte sich so aus, dass ich nicht sexy oder wild, sondern mit Gefühl und fein abgestimmten Bewegungen tanzte. Wie in Zeitlupe schwang ich meine Haare, führte die Hände eng an meinem Körper entlang, machte kleine Schritte, tanzte mit Selina. Chrissi hatten wir zwei Songs später verloren.

Ich schaute wieder zu dem Schweizer. Etienne beobachtete uns tatsächlich. Aber er starrte nicht. Immer wieder drehte er sich zu Carl. Es war ein wechselhaftes Spiel, wie Katz und Maus. Jetzt, er sah wieder zu mir. Ich fing seinen Blick auf, erwiderte ihn. Ich glaube, wir hatten eine Verbindung.

Je mehr Menschen auf der Tanzfläche waren und je später es wurde, desto mehr hatte Etienne getrunken und man merkte es ihm an. Mein einziger Gedanke zu diesem Zeitpunkt: Endlich wird er lockerer, der arme Kerl. Seine lauter werdende Stimme und seine offenere Art sah ich als einen Befreiungsschlag für ihn. Ein Typ wie er war sicher sehr erfolgreich und diszipliniert und hatte schließlich auch mal eine Pause verdient. Wer wusste schon, wie oft es ihm möglich war, so zu feiern bei den ganzen geschäftlichen Tätigkeiten?

Als wir in den frühen Morgenstunden auf dem Heimweg waren und er mir einen altmodischen Handkuss gegeben hatte, dachte ich intensiv über meine Begegnung nach. Etienne hatte von dem Unternehmen erzählt, das er führte und von Mitarbeitern. Das war in der Tat ein gutes Zeichen, er war sicher verantwortungsbewusst, wenn er so viele Menschen führte, spekulierte ich. Er hatte noch von anderen derart erwachsenen Themen gesprochen, dass ich mir jung und ahnungslos vorkam. Das war wunderbar. Denn endlich war ich mal nicht diejenige, die ihr Leben besser im Griff hatte und mehr wusste als ihr männliches Gegenüber. Ich fühlte mich, als könnte ich von diesem Gentleman noch etwas lernen. Er war jemand, der mich nach oben ziehen würde, statt in einem wilden Strudel der Gefühle nach unten. Außerdem könnte dieser Etienne finanzielle Sicherheit bedeuten, ohne den ganzen Wahnsinn wie damals in Mexiko. Selbstverständlich dachte ich daran zurück, weil es meine erste und prägendste Begegnung mit reichen Menschen gewesen war. So wirkte Etienne aber gar nicht auf mich. Mehr Old-Money-Weisheit, weniger New-Money-Wahnsinn. Gut, ich musste ihn ja nicht gleich heiraten. Das könnten aber interessante und außergewöhnliche Dates werden.

Meine Gedanken auf der Fahrt waren sehr analytisch. Was man von Chrissi nicht behaupten konnte. Sie summte und grölte abwechselnd ihre Ohrwürmer aus dem Club. Dabei trommelte sie mit den grell lackierten Nägeln auf die Scheibe des Taxis. Einen Mann hatte sie nicht dabei, sie hatte aber immerhin mit einem getanzt und rumgemacht, bis er ihr auf die Nerven gegangen war. Selina schlief auf der Rückbank. Sie hatte endlos viel getanzt und einen Tick zu viel getrunken. Auch ich war wie im Tunnel, etwas müde und angeheitert, aber tief in Gedanken.

Kinder hatte Etienne bisher keine. Wir waren darauf gekommen, weil er den Sohn eines Geschäftspartners erwähnt hatte. Scheinbar ein äußerst begabter und kreativer Junge. Etienne wurde aber bald fünfzig. Das heißt, lange würde er nicht mehr warten wollen mit dem Kinderbekommen. Das traf auf mich ebenso zu. Ich war dreiunddreißig und glaubte, ein so gebildeter, höflicher Vater wäre eine hervorragende Voraussetzung, um Kinder großzuziehen.

Warum dachte ich schon so intensiv über unser mögliches Zusammenleben nach, wo wir uns gerade erst getroffen hatten? Vielleicht, weil wir uns bei diesem ersten Mal sofort drei Stunden am Stück unterhalten hatten? Das hatte ich in einem Club so noch nie erlebt. Es hatte nicht geblitzt und geglitzert wie bei Adrian, da war kein »Boom-Bang-Walt-Disney-Moment« mit Feuerwerk. Aber die stehen, wie wir inzwischen wissen, nicht immer für ein Happy Ever After. Also war das doch perfekt.

Hatte ich bereits verraten, dass ich Etiennes Nummer bekommen hatte und er mich am nächsten Tag ausführen und mir seine Highlights der Stadt zeigen wollte? Ihm gehörte hier sogar ein Haus. Wow, dachte ich, der Mann steht wirklich fest im Leben.

Ich stand nicht ganz so sicher auf dem Boden, als ich am nächsten Tag in der Lobby unseres AirBnb wartete. Meine Wangen waren viel zu fleckig, meine Hände wussten nicht, was sie tun sollen. Was sah ich da vor der Tür anfahren? Einen Mercedes G-Klasse? Kein Scherz, in so einem Wagen holte Etienne mich ab. Von denen hatten wir damals keinen einzigen in Graz. Ich fühlte mich darin wie in einer Kutsche, in einem Regierungswagen und auf einer Expedition gleichzeitig. Meine neue Bekanntschaft hielt meine Hand, während ich auf den Beifahrersitz stieg. Definitiv ein richtiger Gentleman. Noch mehr als sonst achtete ich darauf, dass mein Rock nicht knitterte.

»Ich habe gerade noch in diesem Buch gelesen …«, begann Etienne unsere Unterhaltung direkt, fast schüchtern, ohne große Begrüßung. Dann erzählte er mir von einem Pariser Roman über die Gesellschaft des späten neunzehnten Jahrhunderts. Bis eben hätte er noch darin gelesen, deswegen seien die Worte bei ihm so präsent. Gebannt lauschte ich seinen Ausführungen, erwähnte die paar ähnlichen Werke, die ich gelesen hatte - oder von denen ich zumindest mal den Film gesehen oder mir die Zusammenfassung auf Wikipedia angeschaut hatte. Er nickte interessiert.

»Wo fahren wir denn hin?«, fragte ich irgendwann, vor Neugier platzend.

Etienne überlegte: »Ich weiß nicht, ich wollte eigentlich am Fluss spazieren. Da ist es schön ruhig. Oder in einem der Parks. Aber das Wetter ist nicht so gut. Deswegen wäge ich noch ab.«

Ich gab ihm Zeit zum Überlegen. Ich war ohnehin zu fasziniert davon, wie die Menschen unser Auto ansahen. Selbst unter noblen Schlitten fiel dieser Wagen auf. Es war merkwürdig, ich war mir nicht sicher, ob ich es mochte, wie sie uns musterten. Also widmete ich mich wieder meinem Date. Dieses hatte mittlerweile eine alternative Idee: »Es gibt hier viele Museen und Restaurants und ich kenne ein gutes Café mit einer großen Auswahl an hausgemachten Kuchen.«

Das klang alles gut. Wir entschieden uns schließlich für die National Gallery. Kunst erschien mir am passendsten für die Atmosphäre von Etienne.

Große, schwere, goldene und hölzerne Rahmen umgaben mich eine halbe Stunde später. Hohe Decken, bunte Wände, alte Tapeten, edles Material. Wir passten in diese Hallen, als wären wir selbst Teil eines Gemäldes. Kurz dachte ich an ein Date von vor ein paar Jahren. Mit einem Mann, der mir seine Privatgalerie gezeigt hatte. Wie gerne hätte ich damals ein richtiges Gespräch mit ihm geführt, doch er hatte konstant nur darüber gesprochen, wie er sich seine Sammlung erarbeitet hatte und was für ein toller Hecht er doch sei. Hatte er mir eine einzige Frage gestellt? Nein. Etienne hingegen fragte mich gerade schon beim dritten Kunstwerk, was meine Meinung dazu sei und ob ich es mit Szenen aus meinem Leben verbinde. Auf die Schnelle fiel mir nichts ein, doch ab sofort würde ich Bilder wie dieses mit unserem Kennenlernen verbinden.

Dann kam ein Moment der Merkwürdigkeit. Etienne wollte wissen: »Hast du schon mal ein echtes Gemälde gekauft oder ersteigert? Wenn ja, welches?«

Ich schaute ihn überrascht an. Das hätte er von mir erwartet? Wie kam er auf die Idee, ich könne mir das leisten? Diplomatisch antwortete ich: »Bisher nicht, aber es gibt viele, die ich interessant finde. Ich würde, wenn ich könnte.«

Er legte den Kopf schief. Hatte ich gerade gesagt, dass ich so etwas Normales noch nie getan hatte? In diesem Moment war endgültig klar, dass wir in unterschiedlichen Sphären lebten. Etienne brachte schließlich heraus: »Klingt doch gut, dass du es vorhast. Du bist eine Frau mit Geschmack und ich finde, du hast viele dieser Bilder verdient. Sie stehen dir.«

Oh, das hatte ich wiederum nicht kommen sehen. Ich war geschmeichelt. Im nächsten Moment fragte der Gentleman: »Wollen wir gleich noch in eine Bar gehen? Drinks gehen natürlich auf mich.«

Ich dachte mir nichts dabei, obwohl es erst Mittags war. Außer wie zuvorkommend es von ihm war, dass er mich erneut einladen würde. Ich musste lächeln, während ich auf eine Blumenlandschaft blickte. Die Tatsache, dass mich solch ein Mann umwarb, gab mir enormes Selbstvertrauen. Viele schöne Frauen gingen an uns vorbei, doch mein Date sah nur mich an. Oder die Kunstwerke. Einmal hatte er vorhin kurz seine Ex erwähnt, aber nur, um eine Anekdote zu erzählen, also alles easy.

Wir einigten uns darauf, durchaus noch in eine Bar zu gehen, aber nicht nur zu zweit, sondern später am Abend und gemeinsam mit meinen Freundinnen. Klar hatten Selina und Chrissi Verständnis dafür, dass ich mich mit einem Mann traf. Im Gegenteil, die waren vermutlich froh, dass ich endlich wieder Interesse an jemand anderem zeigte als der verflossenen Liebe meines Lebens. Ich wollte sie trotzdem nicht den ganzen Tag allein lassen. Man flog (damals) nicht alle Tage mit seinen Mädels in eine Weltmetropole wie London. Sie mussten mit am Abend, ich konnte nicht anders.

Selina untersuchte nun schon zum dritten Mal ihren fancy Cocktail mit exotischen Früchten und Blütendeko. Die Farben darin liefen auf eine Weise ineinander über, die meiner Jugendfreundin den Atem raubte. »Wow! Olivia, den darfst du nicht mehr gehen lassen. Der bringt Glitzer in dein Leben!« Sie kicherte und ergänzte: »Und in unseres.«

»Gern geschehen«, sagte ich lachend und legte ihr unterstützend meine Hand auf die Schulter. Wir sahen uns an. Sie bemerkte das Glänzen in meinen Augen, die so lange wie tot gewesen waren. Aus dem Gefühl heraus nahm sie mich in den Arm.

»Das ist vielleicht dein Märchen-Happy-End«, sprach sie dabei, leiser, in meine Haare hinein.

Schon damals wusste ich: »Nein, das ist es nicht. Ich fühle nicht das, was in Märchen beschrieben wird. Aber ich fühle mich zum ersten Mal seit langer Zeit wieder optimistisch.«

Selina nickte verständnisvoll. Chrissi schwang sich zu uns. Wir stießen die Gläser zusammen und feierten bis spät in die Nacht. Wieder unterhielt ich mich viel mit Etienne. Wieder war er zu späterer Stunde angetrunken und verlor einiges von seinem Charme, doch wieder akzeptierte ich es. Wie könnte ich es ihm verwehren? Er gab sich so viel Mühe, hatte mich vorhin sogar mit seinem zweiten Auto, einem Aston Martin, abgeholt, wollte nur mich bei sich haben, ermöglichte uns diese traumhaften Partys! Was war schon verschwitztes Tanzen inmitten viel zu vieler Menschen oder ein Sitzen an der überfüllten Theke, wenn man seinen eigenen Tisch mit eigenen Flaschen haben konnte? Dieser Tisch glänzte in tiefstem Schwarz, er hatte keinen Makel. Die Sofas darum herum waren wie dunkle Wolken, man schwebte auf ihnen. Wir mussten nur mit dem Finger schnippen und schon hatten wir die besten Drinks vor uns. Was wollte man mehr?

Mitternacht war lang vorüber. Ich schlug meine Beine über Etienne. Er zuckte leicht zurück, blieb aber an Ort und Stelle. Ich interpretierte es als Höflichkeit. Als wolle er nicht, dass ich mich zu etwas Körperlichem gezwungen fühlte. Das tat ich nicht. Ich war von ihm auch nicht erregt oder etwas in der Art. Ich hatte es bloß bequem und genoss das Leben.

Am nächsten Morgen fuhr er uns alle zum Flughafen. Was für ein großzügiger, zuvorkommender Mann.

Bereits eine Woche später besuchte Etienne mich in Graz. Entfernungen waren für ihn kein Problem. Zeit anscheinend auch nicht. Trotz der Leitung eines Unternehmens war dieser Mann überraschend spontan. Ich hätte immer gedacht, wer so etwas leitet, der arbeitet permanent. Etienne lachte nur, als ich das Thema ansprach, und erwähnte zum Beispiel seinen Mitarbeiter Ricardo, der sich schon um alles kümmern würde.

»Der kennt sich aus«, kommentierte Etienne schmunzelnd und ich war beeindruckt davon, wie viel Vertrauen er in seine Angestellten setzte.

Im Laufe dieses Wochenendes wurden wir zum ersten Mal körperlich intim miteinander. Viel gibt es dazu nicht zu erzählen. Es war nicht ansatzweise mit dem ersten Besuch von Adrian vergleichbar. Ich liebe zwar guten Sex, aber das ist nicht alles. Also warum sollte ich vergleichen? Viel interessanter waren bei Etienne andere Dinge.

Selina, die schließlich Journalistin ist, schickte mir eines netten Tages eine Nachricht.

»Ruf mich an, wenn du Zeit hast!«, stand darin, zusammen mit Emojis, die Aufregung symbolisieren sollten. Ich erwartete, dass es bei meiner Freundin selbst bahnbrechende News gab. Es musste etwas Großartiges in ihrem Leben passiert sein. Aber statt von sich zu erzählen, fiel sie mit folgenden Worten mit der Tür ins Haus: »Alter, weißt du, wie viel Vermögen seine Familie hat?«

Ich war verwirrt, musste erst mal meine Gedanken sortieren. Meinte sie Etienne?

»Ich habe ihn gegoogelt! Schlechte Angewohnheit wegen meinem Beruf, du weißt.« Ich hörte durch den Hörer, wie sie lachte. So langsam wurde ich neugierig, was die Journalistin herausgefunden hatte. Ich wäre gar nicht auf die Idee gekommen, ihn zu recherchieren.

»Rate doch mal«, neckte mich meine Freundin. Ich dachte nach, hatte aber keine Ahnung, wie man realistisch das Vermögen von reichen Menschen abschätzen konnte.

»Ich weiß nicht, zehn Millionen?«

Prusten an meinem Ohr, ein immer gespannter werdendes Kichern. »Nein, rate nochmal.«

Die Frage, ob höher oder tiefer, war nicht nötig. Es musste mehr sein, das erkannte ich an ihrer Reaktion.

»Woher weißt du die Zahl überhaupt?«

»Gibt da so Websites, die das Vermögen von wohlhabenden Familien oder Personen schätzen. Die Quellen sind ganz gut und zuverlässig, geht natürlich auch viel um den Wert von Unternehmen, Marken oder Immobilien oder solche Dinge.«

»Dann fünfzig Millionen?«

»Nein. Nein, nein, nein, nicht mal annähernd. Halt dich fest: siebenhundert Millionen. Er hat siebenhundert Millionen Euro. Fast eine Milliarde! Dein Zukünftiger gehört zu einer der reichsten Familien in der Schweiz!«

Ich musste mich an meinem Sofa festhalten. Das war quasi ... endlos viel, das konnte man doch in einem ganzen Leben nicht ausgeben! Außer man kaufte sich mehrere Flugzeuge, wie dieser George damals. Damit wäre ein guter Teil des Vermögens schon aufgebraucht. Aber auch nur dann. Oder vielleicht, wenn man sich eine Insel kaufte. Meine Freundin fuhr fort: »Die Marke seines Uhren-Imperiums wird gerade modernisiert, die werden also auch in den nächsten Jahren noch gute Einnahmen machen.«

Ich hatte mich wieder gefangen, der erste Schock war vorüber. Es erschien mir trotzdem surreal. Ich meine, es war eindeutig, dass unsere Geschichte auf eine ernsthafte, langfristige Beziehung zusteuerte. Jetzt wusste ich, was das für mich bedeutete. Meine Dates waren wie ein Lottogewinn, nur mit einer liebenswerten, interessanten Person dazu!

Und mit noch viel mehr Geld, als man bei einer Lotterie jemals gewinnen könnte!

Die nächste Stunde verbrachte ich selbst mit Recherche, nicht nur über Etienne und seine Familie, sondern auch über das Unternehmen seines Vaters. Eine äußerst luxuriöse und bekannte Uhrenmarke. Ich las, trank einen Eistee und sah das Leben vor mir erblühen, das ich mit diesem Mann haben könnte. Vor ein paar Jahren wären es noch reine Fantasien gewesen. Jetzt waren es Pläne. Ich musste schon wieder in einem Film gelandet sein! Ich quiekte vor lauter Vorfreude, als er höchstpersönlich mich per Chat fragte: »Willst du mit auf eine Reise kommen? Ich werde einen sehr guten Freund in Marokko besuchen.«

So ergab sie sich, unsere erste gemeinsame Reise nach Marokko. Für mich war es das erste Mal. Mit der Limousine ging es geradewegs zum Flughafen. Ich erwartete inzwischen, gleich das Ticket zu einem Sitz in der Business- oder First-Class in die Hand gedrückt zu bekommen. Etienne hatte gemeint, er würde sich um den Flug kümmern. Ich wusste inzwischen, dass nicht er persönlich sich kümmerte, sondern sein Personal, aber er hatte ja auch bestimmt genug zu tun. Wir kamen am Flughafen an. Doch wir stiegen nicht da aus, wo alle es taten, sogar die gut situierten Menschen, die sofort in die Lounge spazierten. Oh nein, wir fuhren durch Gassen, von denen ich dachte, sie wären nur für Personal zugänglich.

»Wo fahren wir hin?«

»Zum Flugzeug?«

Da war eindeutig Verwirrung in Etiennes Stimme, als wäre gar nichts merkwürdig daran, dass wir geradewegs in einer Limo auf das Rollfeld zusteuerten.

Im Nachhinein hätte ich es mir denken können. Wir hielten vor einer kleinen Maschine. Einem Privatjet. Am Fuß der Treppe stand bereits unsere persönliche Stewardess, die mich mit Namen und Champagner begrüßte. Und auf ging es, ins La Mamounia, wo ich in diesem Moment wieder sitze. Eines der besten Hotels der orientalischen Stadt. Auf ging es auf den Balkon, der mich wie in Geschichten aus Tausendundeiner Nacht verzaubert hatte und auf dem sich Etiennes Gefühle für mich verfestigt hatten. Weil er so gerührt gewesen war von meinen Gefühlen. An diesem Tag hatte ich die erste Designertasche von Dior bekommen. Einfach so. Einen Monat später hielt ich meine ersten echten Diamantohrringe in der Hand. Von Cartier, für 13.000 Euro. Dabei waren es bloß unauffällige Stecker, und wieder hatte es keinen Anlass gegeben. Springen wir noch einen Monat weiter nach vorn. An diesem Tag erhielt ich meine erste Uhr von Etiennes eigener Marke und kurz darauf ein schmaleres, modischeres Modell, wie die Stecker von Cartier. Hatte ich mich beim ersten Geschenk dieser Art noch übermäßig gefreut und hätte ich die Tasche am liebsten in einen Bilderrahmen gepackt, fühlte es sich langsam unangenehm an. So viele Geschenke in dieser Preiskategorie überforderten mich. An meinem Geburtstag, den wir in New York verbrachten, bekam ich dann eine Kette und ein Armband, beides im Wert von je 50.000 Euro. Als Etienne mir dieses Päckchen überreichte und mir den Wert andeutete, reagierte ich fast böse.

Wie konnte er nur? Sie können aufhören, guter Herr, ich bin längst beeindruckt und inzwischen zur Genüge mit Schmuck ausgestattet. Es reicht!

Meine Worte an ihn formulierte ich gefasster und rationaler als meine Gedanken, aber ich war vollkommen ehrlich. Er sollte das Geld lieber in etwas investieren, das einen wirklichen Wert hat. Die Karat sind in Wahrheit gar nicht sichtbar, sie bringen nichts! Man kann sie nicht essen, nicht darin wohnen, damit nichts herstellen … Es waren doch nur funkelnde Steine! Gib ruhig tausend dafür aus, damit es schön gearbeitet und designt ist, aus gutem Material, aber fünfzigtausend?

Wenn es nicht die Geschenke waren, waren es die Getränke. Etienne und ich lernten uns noch kennen, deshalb gingen wir viel aus und nur deshalb trank Etienne viel. Dachte ich. Er freute sich über mich und stieß auf unsere gemeinsame Zukunft an. Deswegen tranken wir oft was zusammen. Dachte ich. Wir trafen uns häufig mit seinen Bekannten, seiner Familie, Geschäftspartnern oder anderen wohlhabenden Menschen. Dort war das nun mal so, wenn man feierte, dann exzessiv. Sicher trank er nur, um ihren Konventionen gerecht zu werden. Alkoholiker waren doch meistens aggressiv oder unzivilisiert. Dachte ich. Etienne hingegen war eher schüchtern, lieb und süß. Es bestand also kein Problem. Nur selten reagierte er wütend. Alles war ganz normal. Mit meinen Worten beruhigte ich mich selbst.

Eines Tages zeigte er mir dann seine Londoner Wohnung von innen. Ich war davon beeindruckt, dass ich so unbeeindruckt war. Sie war so … karg und unerwartet langweilig. Er aber wollte mir unbedingt etwas zeigen. Na gut, dann kommen wir mal mit. Aufgedreht und verschmitzt, wie ein kleiner Junge zog er mich an seiner Hand ins Schlafzimmer. Schon auf dem Weg dorthin bemerkte ich Dreck, vor allem aber stank es stark nach kaltem Rauch. Ich dachte mir aber nicht mehr als: »Er ist eben Junggeselle.«

Dann betraten wir das Schlafzimmer. Etienne schaltete eine Lampe ein. Es war eine Schwarzlichtlampe. Kichernd, fasziniert, fast stolz bewegte Etienne das schwach leuchtende Ding im Raum auf und ab. Ich wusste erst nicht, worauf ich achten sollte. Bis ich die Flecken sah. Auf dem Holzboden. Auf dem Teppich. An den Wänden. Neben dem Bett. Dort besonders intensiv. Überall. Wie Sperma wirkten diese Sprenkel und Schlieren nicht auf mich. Eher wie … Blut? Mein erster Gedanke war, dass in diesem Raum jemand gestorben war. Oh Gott. War ich in einem Thriller gelandet? War es das für mich gewesen? Meine Atmung setzte aus, mein Körper spannte sich an. Musste ich um mein Leben rennen?

Schließlich sagte Etienne sachlich, mit unterdrücktem Lachen: »Die Flecken da, das ist der Alkohol. So viel habe ich mich in den letzten Jahren übergeben müssen.«

Okay.

Wow.

Bitte was?

Ich wusste nicht, wie … Ich wusste gar nichts mehr.

Das war das Erste, was er mir … war er doch ein …? Ich konnte keinen klaren Gedanken fassen. So etwas hatte ich nie zuvor gesehen. Jetzt lachte Etienne laut los. Es war ein gelöstes, erleichtertes Lachen und zugleich eins, als wäre sein Erbrochenes auf den Möbeln die normalste Sache der Welt. Ich ging ein paar Schritte rückwärts, entschuldigte mich, dass ich mal kurz ins Bad müsse. Geschockt ließ ich mich auf den Rand der Wanne sinken. Viele Erkenntnisse kamen da zum ersten Mal.

Ultraviolettes Licht in meinen Erinnerungen, UV-Licht auf meiner Haut. Ich habe in wenigen Jahren das ganze Farbspektrum der Emotionen und Erfahrungen durchgemacht. Leider werden die schönsten Momente mit Etienne und seine besten Eigenheiten von den schockierenden überschattet. Mein Blick wandert wieder auf die kunstvollen, im typisch orientalischen Stil verzierten Wände und Galerien mit den Bögen. Bunte Blüten erstrahlen darunter. Etienne könnte ganze Vorlesungen über diese Designs und ihre Bedeutung halten. Ich sollte dafür längst aus dieser Parallelwelt verschwunden sein.

Warum bin ich so lange im goldenen Käfig geblieben?

Immer wieder stelle ich mir diese Frage. Vielleicht weil sich eine Trennung wie ein Davonlaufen anfühlen würde und wie ein Verlieren.

Wenn ich gehe, habe ich es nicht geschafft, Etienne zu helfen und mir gemeinsam mit ihm das Traumleben aufzubauen, das möglich wäre. Wenn ich gehe, gebe ich uns auf. Wenn ich gehe, muss ich schauen, wo ich bleibe, samt Leo.

Am Tisch neben mir sitzt eine Familie mit drei Kindern, sie fallen auf.

Der Jüngste von ihnen quengelt. Ich muss seine Sprache nicht verstehen, um seine Emotionen zu erkennen. Ihm ist langweilig, er wünscht sich die Aufmerksamkeit seiner Eltern. Die haben jedoch keine Zeit. Der Vater telefoniert. Auch die Mutter hängt am Handy, sie schreibt vermeintlich wichtige Nachrichten. Der Junge will aufstehen und gehen, der Vater hält ihn am Ärmel fest, zieht ihn zurück. Der Sohn ist noch zu klein, um ohne Aufsicht in der Hotelanlage umherzulaufen, aber keiner nimmt sich die Zeit für ihn. Seine große Schwester stochert mit gesenktem Blick in ihrer Bowle herum. Sie trägt ein Oberteil mit Strass und strahlt trotzdem nicht. Der Älteste hat eine Spielkonsole in der Hand. Er sieht konzentriert aus. Als der Kleinste wieder aufspringen will, kommt eine junge Frau herbeigerannt. Ihr fallen fast die Gläser mit den frisch gepressten Säften aus der Hand, als sie den Jüngsten weglaufen sieht. Mit geschicktem Griff hält sie den Jungen im Kindergartenalter fest, ohne ihm wehzutun. Von den Eltern wird sie nur eines abfälligen Blickes gewürdigt. Die Mutter schaut auf ihre rosé-goldene Uhr, zieht vorwurfsvoll die Augenbrauen hoch, widmet sich wieder ihrem Postfach. Die junge Frau kramt jetzt Spielzeug aus ihrer Tasche. Der Kleine strahlt plötzlich, als er einen bunten Gummilöwen in der Hand hält. Der Junge macht laut »Roar«, als wäre er der Löwe, da wird der Vater endgültig wütend und schnauzt ihn an. Ich glaube, er spricht Niederländisch. Ich versuche gar nicht erst, mehr zu verstehen. Aber ich stelle fest, dass so viele der Reichen überall mit der gleichen Kälte ihre Kinder behandeln. Das Kind setzt sich auf den Boden, es ist kurz davor, zu weinen. Es ist die Nanny, die ihn in den Arm nimmt und tröstet. Seine Mutter schaut nicht mal zur Seite.

Ich beobachte noch ein wenig den älteren Sohn. Er dürfte etwa dreizehn sein. Nicht mehr lange und er wird in die Geschäfte des Vaters einsteigen oder er muss anderweitig große Erfolge erzielen. Sein Haarschnitt ist schon jetzt absolut akkurat, er trägt natürlich ein faltenfreies Hemd und wirkt außerdem nervös. Sein Bein wippt wie verrückt. Ein junger Mann, der seine Energie nicht ausleben darf, sondern immer stillsitzen muss? Das Mädchen ist bildhaft schön mit streng zurückgebundenem Zopf. Ihre Bewegungen sind die einer Tänzerin. Ich wette, sie macht Ballett. Nur ihre Augen sind glanzlos, traurig, müde.

So oder so ähnlich ist Etienne auch aufgewachsen. Ist sein Verhalten ebenfalls nichts weiter als ein Schrei nach Aufmerksamkeit? Sind seine Ausraster sein »Roar«, als sei er ein Löwe? Wie ist Etiennes Mutter eigentlich mit ihm umgegangen? Darüber weiß ich nur Bruchstücke. Ich weiß nur, wie sie mit meiner Leo umgegangen ist.

Am Morgen von Leonas erstem Geburtstag saßen Aylin und meine Mutter, meine Tochter und ich auf dem Boden meines Wohnzimmers, welches in unzählbaren Nuancen von Pink dekoriert war. Ich hatte noch die Nacht davor alles aufgeblasen, aufgehängt und festgeklebt. Ein zuckerfreier Obstkuchen wurde auch noch gebacken. Leo genoss unsere Aufmerksamkeit und Liebe sichtlich. Sie war nur am Grinsen und machte sogar ihre aller ersten Schritte alleine! Mittags ging es dann zur anderen Oma, Etiennes Mutter, zum Essen. Während meine beste Freundin das

»Schloss« der reichen alten Dame bestaunte, achtete ich nur auf die Frau selbst. Man merkte, dass sie wieder zu viel getrunken hatte. Was bei einer fast 90-Jährigen besonders befremdlich war. In ihrem Fall, mit den alten Staralüren, auch ganz schön unterhaltsam. Doch was hatte sie für meine einjährige Tochter als Geschenk besorgt? Neben einer noch einigermaßen süßen Deko-Ballerina bekam Leo von ihrer Oma: Katzenspielzeug. Ich verstand es erst gar nicht, dann traute ich meinen Augen nicht.

Es würde mich nicht wundern, wenn diese aufopferungsvolle Mutter am Nachbartisch ihrer Tochter ebenfalls versehentlich oder voller Absicht Katzenspielzeug mitbringen würde.

Ich schaue auf. Mein Mann ist gegangen, der Stuhl vor mir ist leer. Vermutlich ist er auf dem Zimmer.

Marrakesch ist erledigt, der Hausbau läuft gut. Es gab für Etienne kaum etwas zu tun oder zu beklagen. Fast hatte ich das Gefühl, es schien ihn zu langweilen, als wolle er das eine Haar in der Suppe finden. Das war ihm dann aber wohl zu anstrengend. Jedenfalls konnten wir ohne weitere Zwischenfälle die Baustelle begutachten und danach endlich wieder zurück – nein, leider ging es nicht zurück nach Luxemburg. Es ging nach Lausanne, wo das größte Familienanwesen seiner Sippe steht. Auf dem Flug zurück in die Schweiz checke ich ungeduldig mein Handy. Keine neue Nachricht von Adrian. Wird er mir bald eine Uhrzeit nennen oder muss ich kreativer werden? Meine Finger zittern, als ich das Fenster wieder schließe, ohne eine weitere Frage zu schicken. Ich traue mich auch nicht, Fotos aus Marrakesch zu senden. Halte still, warte auf ihn, sage ich mir selbst. Etienne beachtet mich nicht. Als ich ihn ansehe, tut er mir leid wegen dem, was ich tue.

Diesmal durfte immerhin Leona mitkommen. Amelie war mit ihr angereist und wir trafen uns alle am Flughafen. Von hier durfte unsere Nanny auch wieder zurück nach Luxemburg. Wir waren schließlich als Familie nach Lausanne zu ein paar Freunden eingeladen. Fragend zeigt meine Tochter auf glitzernde Gegenstände im majestätisch großen Haus eines losen Bekannten. Ich würde sie gerne all diese schönen Dinge näher betrachten lassen, weiß aber, dass das gar nicht gut ankäme, wenn sie etwas anfasst. Kinder haben sich in diesem »Freundeskreis« zu benehmen. Die meisten dieser Kinder sind mal wieder bei ihren Nannys.

Meine Finger klammern sich zu sehr an Leona, die mein einziger Halt ist. Eigentlich sollte es umgekehrt sein, sodass ich ihr Sicherheit gebe. Aber sie ist das einzige bisschen Normalität in der unwirklichen Umgebung.

Ich überhöre eine Unterhaltung. »Wie geht es denn Albert? Ich habe ihn lange nicht gesehen.«

»Der ist auf dem Internat. Er war also auch lange nicht da.« Trockenes Lachen.

»Aha, gefällt es ihm dort?«

»Das weiß ich nicht.« Kurze Sprechpause, kurzes Nachdenken. »Aber seine Noten sind hervorragend! Solange das läuft, ist es mir egal, was er da treibt. Er wird schon nicht das Haus niederbrennen.« Wieder ein Lachen, diesmal klingt es künstlich.

»Du machst dir also keine Sorgen? Er ist erst elf, das ist sein erstes Jahr so weit weg von der Familie, oder?«

»Was heißt hier erst elf? Da gibt es genug Erwachsene, die auf ihn aufpassen und er soll sich nicht anstellen.«

Statt schockiert zu sein oder etwas zu erwidern, nickt die ältere Dame, die die Fragen stellt.

»Hast eigentlich Recht, ich bin auf meine alten Tage wohl ängstlich geworden. Der Junge wird schon zurechtkommen. Aber weißt du denn, ob er sich schon für Mädchen interessiert?«

»Was soll denn die Frage? Ich weiß doch nichts über das Liebesleben meines Sohnes. Hoffe, er hat noch keins, aber hey, solange er nicht plötzlich so einen anderen Kerl in Leggins und Make-up mit nach Hause schleppt, kann er auch mit den Mädchen machen, was er will.«

Der Sprecher hat wohl schon drei Whisky zu viel intus, seine Worte verursachen mir Schmerzen. Die alte Dame fügt hinzu: »Noch zwei, drei Jahre und das wird ein echter Herzensbrecher, unser Albert. Dem werden die jungen Schönheiten nachlaufen, weil der Junge so gebildet und unfassbar gutaussehend ist.«

»Eben und dann hat er die freie Wahl.«

Mehr höre ich nicht mehr, ich muss mich aus diesem Raum begeben. Es tut nicht nur wegen Albert weh. Ich weiß, über wen bestimmt ähnlich geredet wurde. Ich sehe diesen jemand an, lächle zaghaft, sage gedanklich Entschuldigung. Dafür, was die Welt dir angetan hat und was ich dir antun werde.

Gerade will ich weiter, da habe ich ein stark geschminktes Gesicht vor meiner Nase. Viel zu viel Contouring und fast weiß glitzernder Highlighter, gar nicht mein Stil.

»Hi Olivia, da bist du ja!«, ruft das Gesicht, in jeder Hinsicht überzeichnet. Ich stehe so nah vor der Dame, dass sie mir direkt ins Ohr brüllt. Ein wenig schrecke ich zurück und kaschiere diese Bewegung auch nicht. Sie soll wissen, wie sie sich verhält. Um unnötigen Stress zu vermeiden, antworte ich dann aber höflich: »Hallo Lilly, wie geht es dir? Victoria ist gar nicht hier, ist sie noch in Australien?«

Hoffentlich interessiert diese Frau sich mehr dafür, wie es ihrer jugendlichen Tochter geht als der Mann von eben mit seinem Sohn.

»Vicky? Der geht es fantastisch. Sie schickt immer so schöne Bilder vom Strand. Sag's keinem, mir ist auf denen nur aufgefallen, dass sie etwas zugelegt hat. Wenn sie zurückkommt, muss ich darüber wohl mal mit ihr reden. Tut mir leid, aber jedes Mal fällt es mir wieder auf. Wo soll das enden?«

So sehr ich Gesundheit und Fitness schätze, so wenig mag ich es, was diese Leute an ihren Kindern priorisieren.

»Aber das ist jetzt nicht so wichtig«, fährt Lilly fort. »Denkst du denn noch an meine Einladung zu Tee und Kuchen? Wo wir gerade beim Thema sind, du machst doch so tolles zuckerfreies Gebäck. Bring davon gerne was mit. Ich kümmere mich derweil um den besten Kaffee, den du je getrunken hast!«

Sie versucht kläglich zu zwinkern. Wegen des Botox ist es etwas schwierig. Da ich Verbündete in Lausanne gebrauchen kann, denn da wohnt sie, sage ich zu. Aber schon jetzt weiß ich, dass sie eine Gegeneinladung erwarten wird. Und nicht nur eine, sondern mehrere. Dass sie es mit dem Ausgleich von Geben und Nehmen nicht so genau nimmt, weiß jeder. Interessiert nur keinen, denn Lilly wiederum hat die Connections in die Politik.

Irgendwie schaffe ich es, mich zu entschuldigen und zu verschwinden. Mit Leona auf dem Arm eile ich von Saal zu Saal. Ich sehe in jeden der im Landhausstil eingerichteten Räume hinein, auf der Suche nach einer Seele, die ich in meiner Nähe haben will. So viele Gesichter erkenne ich wieder, sehe in ihnen aber nur Fratzen. Steife, verzerrte Masken, wie aus Holz. Hinter ihnen liegen vielleicht irgendwo echte Menschen und Gefühle, die aber in Alkohol und sonstigen Exzessen ertrunken sind. Niemand von ihnen hat seine Kinder bei sich. Zwei Debütantinnen der High Society sind die einzigen Minderjährigen im Haus neben Leona und einem Baby, das schläft. Die beiden Mädels hocken illegalerweise das harte Zeug trinkend auf einer Treppe und ziehen über eine Klassenkameradin her. Keinen Hehl machen sie aus ihrer Gehässigkeit, zählen peinliches Verhalten auf und Outfits, die ja so gar nicht gingen. »Und dann, dann hat die den Logan geküsst. Der ist so unfassbar heiß und sie ist doch so hässlich. Ich habe mich echt für sie geschämt, hab aber natürlich nix gesagt. Die soll sich schön weiter zum Affen machen.«

»Echt, Logan? Gott, der arme Kerl. Wie ist das passiert?«

»Wahrheit oder Pflicht. Das war die Rache von Maximilian für das, was auf der Sommerparty passiert ist.«

»Oh, echt? Crazy!«

Ich fliehe weiter. Warum müssen wir schon wieder von hundert schrecklichen Menschen umgeben sein? Irgendjemand hat ein neues Unternehmen aufgekauft und das wird heute gefeiert, deshalb sind wir versammelt, aber es ist mir egal! Ich will mit meiner Tochter auf den Spielplatz und an meiner Seite will ich einen Mann, der meine Hand hält – mein Mann! Wo ist er? Sollte ich nach ihm Ausschau halten? Nein, ich eile ins Badezimmer. Das kalte Wasser bringt ein paar klare Gedanken zurück. Hier drin ist niemand außer mir. Ich kann die Tür abschließen und etwas durchatmen. In letzter Zeit fliehe ich häufiger in Räume wie diesen, fällt mir auf. Sie sind ein Ort, an dem wenigstens ich meine Maske abnehmen kann. Fast hätte ich Leona vergessen, die neben mir steht und mich fragend ansieht. Ihr Gesicht sagt: »Alles okay,

Mama?« Sie kaut nur auf ihrem Finger herum. Ich sollte ihr sagen, dass sie das lieber lassen soll, habe nur gerade keine Kraft dazu.

Ich schaue in mein Spiegelbild. Die Haut ist so strahlend, wie sie früher kaum war. Mein Haar sitzt perfekt. Mein Oberteil passt wie angegossen. Das Äußere wirkt unter diesem sanften Licht makellos. Dahinter bröckelt alles. Ein kleiner Teil meines zerbrochenen Inneren tritt hervor, in Form einer Träne. Ich kann nicht mehr. Nur mit viel Mühe halte ich den Tränenfluss auf. Es kribbelt in der Nase und in den Seiten der Augen. Meine Mundwinkel sind nach unten gezogen, sie zittern. Ich schaue durch den Spiegel auf Leo. Sie spielt an einer künstlichen Blume in der Ecke des Badezimmers. Die süße kleine Maus. Was tue ich ihr an, wenn ich mit Papa zusammen und in seiner Welt bleibe? Wir müssen da raus, das steht fest! Papa war ohnehin nie richtig da. Wie fast alle Männer aus fast allen Generationen seiner glitzernden, nach Wodka stinkenden Welt.

Die Träne ist an meinem Kinn angelangt. Ich entferne sie vorsichtig. »Komm mit, Schatz.«

Ich halte Leo die Hand hin. Sie hält sich fest. Gemeinsam sind wir stark.

Vor der Tür traue ich meinen Augen und Ohren nicht. Kann das wirklich Alex sein? Ich fasse es nicht. Da steht sie, meine gute Freundin Alexandra samt Tochter Giulia. Alexandras sind die ersten nüchternen Augen, in die ich heute blicke. Bis dahin war es ein harter Weg, doch das ist eine andere Geschichte. Ihre wachen Augen erblicken auch mich. Ein ehrliches Lächeln schiebt sich auf ihr markantes Gesicht mit der schmalen Nase. Wie immer strahlt eine verspielte, bunte Energie aus ihr heraus und Aufrichtigkeit. Ich atme so erleichtert aus, kann es noch immer nicht fassen. Mit großen Schritten laufe ich auf sie zu, falle ihr in die Arme. »Gott, Alexandra, du bist wirklich hier! Ich freu mich so.«

»London ist nicht weit weg«, entgegnet sie mit ihrer rauen, tiefen Stimme. Als Nächstes begrüße ich Giulia. Sie ist etwas älter als Leona, nimmt meine Kleine mit und zeigt ihr die Wunder der Welt, zum Glück nur drei Meter von uns entfernt.

Mit ehrlichem Interesse und Strahlen in den Augen frage ich

Alexandra: »Wie läuft dein Geschäft? Kam schon die nächste Groß-
bestellung rein?«

Sie stemmt die Hände in die Hüften, wirft ihr Haar zurück und ver-
kündet stolz: »Ja, das tut es. Könnte noch besser sein, aber hey, es macht
Spaß und du glaubst nicht, wer bei mir angefragt hat.«

Gerade möchte ich mehr erfahren über den mysteriösen Besteller ihrer
Möbeldesigns - als eine Stimme und ein lautes Klirren die Räume durch-
dringen.

Alle drehen sich um. Eiskalte Stille. Etienne. Man hört ihn schwer
atmen. Er steht mitten im Raum. Aus voller Kehle schreit er plötzlich
das Personal an. Er brüllt und brüllt, schreit Beleidigungen, stampft auf,
läuft rot an. »Kannst du nicht besser aufpassen! Die guten Sachen! Das
ist wertvoll, aber davon hat einer wie du ja keine Ahnung! Unfähiges
Pack von Bediensteten!« In seiner Hand hält er zerbrochenes Glas.
Licht spiegelt sich in der Scherbe. Ich ziehe die Luft ein. Wo sind die
Mädchen? Gut, Lilly hat sie bei sich. Neben ihm lacht sich jemand kaputt, vermutlich darüber, dass der blutjunge Aushilfskellner so hilflos
herumstammelt. Ansonsten herrscht weiter Stille. Ich weiß gar nicht,
wieso er so ausflippt, dass ist noch nicht mal sein Zuhause! Als der Kellner die Scherben auffegen will, bewegt Etienne sein Bein, als würde er
ihm deuten wollen, wo er zu fegen habe. Doch er verfehlt, taumelt, hält
sich betrunken an der Tischdecke fest und reißt alles runter. Es kracht.
Hunderte Euro gehen in dieser Sekunde zu Bruch. Jetzt lachen auf einmal ganz viele, einer zückt sogar das Handy und jemand ruft: »Richtig
so! Zeig ihnen, wie's richtig geht.«

Da fühle ich es.

Das letzte bisschen meiner Hoffnung zerbricht wie das Glas. Es reicht.
Ich bin raus.

Wortlos gehe ich mit Leo aus der Eingangstür und schließe sie hinter
mir. Das Haus könnte brennen, ich würde mich nicht mehr umdrehen.

Habe ich uns jetzt gerade für immer aus diesem Wahnsinn befreit?

KAPITEL 8 – SINGULARITY

Während ich wie im Film im wehenden Kleid die lange Kieseinfahrt hinuntereile und mit verwaschenem Make-up einen der bereits wartenden Fahrer heranwinke, meine kleine Tochter nah bei mir, spüre ich plötzlich Dankbarkeit für die Situation. Was da gerade geschehen ist, ist nicht hinter verschlossenen Türen oder im kleinen Kreis von Familie und Angestellten passiert. Alle haben gesehen, wie Etienne sich benimmt. Seine ganzen losen Bekanntschaften. Dadurch werden sie mich verstehen. Andererseits scheinen sie nicht groß anders als Etienne zu ticken. Im schlimmsten Fall können sie sein Verhalten immer nachvollziehen. Eine andere Erkenntnis rennt mir als prickelnder Schauer über den Rücken. Das Gefühl von Freiheit macht sich bemerkbar – es ist überwältigend. Jetzt erst spüre ich, wie frisch es draußen geworden ist. Die Sonne versinkt genau dann hinterm Horizont, als ich mich auf den weichen Sitz des privaten Taxis fallen lasse. Es hat zum Glück einen Kindersitz im Kofferraum. Vorteile dieser Art des Lebens. Wir fahren los, zu dem Anwesen seiner Eltern, das keine 20 Minuten entfernt lag. Dort haben wir unsere eigene Etage. Ich brauche heute Abstand. Ruhe und Luft zum Durchatmen. Vor allem soll meine Kleine nicht dem Stress und der Laune ihres Vaters ausgesetzt sein. So wie ich ihn kenne, schläft er bei seinem Bekannten, oder kommt erst spät in der Nacht zu uns. Immer wieder flüstere ich Leo zu, dass jetzt alles gut wird. Du und Mama werden ab heute eine richtig gute Zeit haben. Wir werden in unser eigenes Leben und Abenteuer starten, meine Süße. Wir werden eine richtige Familie sein, ein Powerfrauenduo. Mit meiner Mutter sind wir sogar zu dritt. Ich halte ihre Hand und drehe mich zum Fenster. Die ersten Sterne zeigen sich am Himmel. Ich sehe nach oben, als es in meiner Tasche vibriert. Und nochmal, dann gleich noch ein drittes Mal. Für einen Anruf lagen die Vibrationen zu weit auseinander. Es müssen einzelne Nachrichten sein, die mir jemand in kurzen Abständen geschickt hat. Ich wage einen

Blick. Es ist nicht das, was ich erhofft hatte. Es ist nur Aylin. Sosehr ich sie auch liebe, in diesem Augenblick hätte ich mir Nachrichten von jemand anderem gewünscht. Ach, wem mache ich was vor, ich wünsche mir immer Nachrichten von einer bestimmten anderen Person. Seit sechs Jahren.

Mein Kopf sinkt an die getönte Scheibe. Ich weiß, wie irrational meine Traumwelt ist und wie sehr selbst mein enges Umfeld zweifelt. Ich hasse das Katz-und-Maus-Spiel doch auch. Und doch … wir waren schon mal ein Paar. Also ist es möglich.

Leo schläft neben mir, der Fahrer schaltet die Musik an. Nun vermischen sich die Vergangenheit, Gegenwart und Zukunft in meinem Kopf. Alles beeinflusst sich gegenseitig.

Was wäre zum Beispiel gewesen, wenn wir vor fast drei Jahren nur vierundzwanzig Stunden eher miteinander telefoniert hätten? Dann würde der kleine Engel neben mir nicht existieren, weil ich nie den Termin in der Klinik durchgezogen hätte. Doch es ist geschehen.

In den Wochen danach saß ich oft im Park, ganz allein. Jedes Mal holte ich auf dem weichen, grünen Gras mein Handy heraus und tippte meine Gedanken ein. Diese Erfahrung, ein Kind zu bekommen, hatte ich immer mit ihm erleben wollen. Es waren so viele Gedichte, ihre Worte kenne ich noch heute. Wenn er nur wüsste, dass in mir … aber es ging nicht! Ich konnte ihn nicht schwanger treffen! Er wäre sofort weggewesen, für immer! Weil er das Baby für ein Zeichen von wahrer Liebe gehalten hätte.

»Ich denke an dich, ich denke eigentlich immer an dich …«, hatte er eine Woche vor dem Transfer der Eizelle geschrieben, und ich hatte aufgeregt Selina angerufen: »Ich muss ihn treffen, bevor ich schwanger bin! Wenn ich das nicht schaffe, bin ich anderthalb Jahre nicht verfügbar!«

»Olivia, ich bekomme eine Gänsehaut, wenn ich dir zuhöre. Mir wird echt schwindelig.«

Aber sie hatte mich verstanden und mich dazu animiert, mich zu öffnen. Meine Gefühle offenzulegen: » … Vor allem aber folge ich immer meinem Herzen, egal was mein Kopf aufgrund von Ängsten signalisiert. Ich möchte, dass wir genau das tun, Adrian. Lass uns endlich dieses

Treffen haben. Es wäre frei von jeglicher Erwartung, kein Druck, kein Muss. Nur ein im Moment Sein und Genießen. Zu meinem Beziehungsstatus werde ich dir dann alles erzählen …« Das waren die letzten Worte einer langen, ehrlichen, gefühlvollen Nachricht, die ich ihm schickte. Dann wartete ich.

Aylin aus der Gegenwart verlangt eine Antwort. Das Handy vibriert und vibriert. Sogar Selina hat sich gemeldet. Ausgerechnet sie, jetzt? Das ist fast lustig, weil ich ja gerade an sie gedacht habe. Leona neben mir zuckt nun, hat sie böse Träume? Es wird so kalt, ich mache das Fenster zu. Seit wann war es überhaupt offen? Alles verläuft ineinander, die letzten sechs Jahre werden eins. Ich nehme die Kleine in den Arm. Kurz vor ihrer Entstehung hatte ich also die emotionalste, offenste und ehrlichste E-Mail meines Lebens versendet. Dann wartete ich tagelang. Nichts kam zurück. Also bat ich wieder Selina um Rat und sie meinte, ich solle ihn anrufen. Es sei bei uns ja wie im Kindergarten. Ein bisschen Recht hatte sie damit. Ich wünschte, ich könnte heute mehr darüber lachen. Leider hat sich nicht viel geändert. Ich biss mir auf die Unterlippe und tat es. Morgen wäre es zu spät. Es klingelte … mehrmals … mein Puls war auf seinem Maximum.

»Adrian Richter« – ich versteinerte. Er war es tatsächlich. Mein Körper reagierte, als wäre keine Sekunde seit Berlin vergangen.

»Hi, hier ist Olivia. Sorry, dass ich dich auf der Arbeit überrumpele. Hast du eine Minute?«

Ich war stolz auf mich, ich hatte etwas gesagt! Doch auf seiner Seite der Leitung blieb es still. War sie neben ihm, weil er im Home-Office war? Immerhin war Lockdown, wie konnte ich das vergessen? Keine Bürogeräusche, keine anderen Menschen, Shit, Shit, Shit, ich wurde wieder nervöser.

»Es tut mir leid, ich kann gerade nicht. Ich rufe Sie später zurück. Einen schönen Tag noch.« Tuut, tuut, Stille.

Meine Hand mit dem Telefon sank nach unten. Ich saß bestimmt ein paar Minuten regungslos da. Was war ich enttäuscht! Das tat weh.

Aber gut, dachte ich schließlich. Das war's. Ich gehe morgen in die Kinderwunschklinik. Ich ziehe das durch.

Leo schläft wieder selig neben mir. Die kurze Aufregung ist vorüber. Auch ich kämpfe mit dem Schlaf, weswegen die Bilder so lebhaft tanzen.

Am Tag nach dem Embryotransfer war die Putzfrau da. Ich sah mir gerade eine Dokumentation an, da klingelte mein Telefon. Es war eine deutsche Nummer. Ich erwartete nichts, bestimmt was Geschäftliches. Deswegen wollte ich erst nicht abheben, bis es mich wie ein Blitzschlag traf. Irgendwie kam mir die Nummer bekannt vor! Ich nahm den Hörer in die Hand. Er war dran - und seine Stimme trug ein Schmunzeln in sich.

»Ich dachte mir, es ist an der Zeit, mal zu quatschen. Wie geht es dir und wo bist du gerade?« War das real? Zu schön, um wahr zu sein! Ein oder zwei Minuten waren wir beide nervös, dann wurde alles normal und wir tratschen stundenlang über Gott und die Welt. Jedes Wort katapultierte mich vier Jahre zurück. Wie schön das Leben doch sein konnte.

In diesem Gespräch erfuhr er endlich, dass meine Beziehung nicht rosig war. Er hatte nämlich immer Angst gehabt, ich könnte mich nach unserem Treffen final doch für meinen Mann entscheiden. Diese Sorge versuchte ich ihm an diesem Tag zu nehmen, der Zug war nämlich schon abgefahren. Die Details, warum ich mit Etienne nicht alt werden würde, blieben aber noch geheim. Auch, dass seit gestern ein Kind in mir heranreifte. Das war mein größtes Geheimnis. Obwohl er sogar danach fragte. Weil er wusste, wie groß mein Kinderwunsch war.

Mist, was sage ich jetzt? Ich bekam vor Angst kaum ein Wort heraus, als ich die Wahrheit mit winzigen Änderungen umging. Immerhin wusste er nun, wie schwer es für mich war … ich meine natürlich ist … schwanger zu werden. Die Stille danach erdrückte uns, er wollte das Thema wechseln, sprang aber wieder zurück: »Weißt du, ich habe mir oft vorgestellt, wie es wäre, wenn wir zusammen ein Kind hätten.«

Das traf mich, als hätte er mich angeschossen. Mein Inneres schrie ihn an: »Ich auch! Das war der Plan! DU hast uns das genommen! DU warst zu schwach, es durchzuziehen!« Plötzlich klang seine Stimme so ehrlich und offen wie sonst nie. Er gestand: »Ich weiß nicht, ob es die richtige Entscheidung war.« Sofort wurde mir heiß. Verflucht, dieser Mann löste in mir Vulkane aus!

Die Putzfrau huschte an mir vorbei und sah mich schief an. Sie hatte mich noch nie so lachen gehört und so beflügelt gesehen, aber auch noch nie so emotional. Gott sei Dank verstand sie kein Deutsch.

Schließlich sagte er: »Hase, ich muss los.« Ich hörte, wie es im Hintergrund wuseliger wurde. War das ein Kindergarten? Wir wechselten noch ein paar anrüchige, sehnsüchtige Worte, dann war er weg.

Daraufhin verging eine ganze Schwangerschaft, die – große Überraschung – die Beziehung zwischen Etienne und mir natürlich nicht verbesserte. Im Gegenteil, ich hatte mich nie so allein gefühlt, und das lag nicht nur an den Regeln wegen Corona.

Wir sind inzwischen fast beim Hotel angekommen. Als mein Handy das nächste Mal vibriert, fürchte ich, Etienne könnte nach mir suchen und mich anrufen. Ich tue etwas, das ich sonst selten tun würde, ich schalte das Gerät aus. So kann nichts von Adrian ankommen, aber wenigstens auch nichts von Etienne. Es wird immer bewusster, dass die Konfrontation nicht mehr weit sein kann.

Ich atme so tief ein und aus, dass alles in mir ruhig wird. Ich bin wie unter Wasser. Es hätte so viele Male schon passieren können, geht es mir durch den Sinn. Das große Wiedersehen, das sexy Treffen, die Konfrontation mit Etienne und dann die Trennung. Zum Beispiel nach dem zweiten Telefonat mit Adrian nach langer Zeit.

Wir waren in Megève, mit Besuch von Selina und ihrer Tochter, die im gleichen Alter ist. Es war ein wunderschöner Sommertag, der Garten blühte in all seiner Pracht. Ich spazierte durch das Labyrinth, umgeben von Lavendel, Bienen und einer sehr alten Statue eines nackten Jungen. Um mich herum die frische Bergluft. Ich trug ein Sommerkleid in Hellblau, mit kleinen gelben Blümchen, meine Füße waren barfuß. In dieser Szenerie sprach ich mit Adrian. Aber unser zweites Telefonat seit unserer Trennung war weniger romantisch als die Umgebung.

Am Abend zuvor hatte ich mit Selina im Garten unseres Ferienhauses gesessen, während unsere Babys im ersten Stock schliefen. Auch die Angestellten und unsere Männer lagen im Bett, wir waren allein. Bei Cider und edlem Käse hatten wir Pläne geschmiedet. Dieses Mal sollte ich ihn »festnageln«, keine Chance auf ein Ausweichen. Es war höchste Zeit, ich war so dauer-horny! Leicht beschwipst durchstöberten Selina und ich Booking.

com. »Du buchst dir jetzt das Zimmer in eurem Hotel und schickst ihm nur einen Screenshot. Schreib nicht viel. Nur was wie: Ich gehe all in. Sehe dich in Berlin.«

Ihre Augen waren dabei weit aufgerissen und sie hatte sich nah zu mir gebeugt. Selina liebte die Geschichten mit Adrian. Wir waren ihre Daily Soap. Wir waren an diesem frischen Abend wieder wie zwei Schulmädchen, die zum ersten Mal über Jungs sprachen. Ihre Idee war gut. Was hatte ich noch zu verlieren?

... Also tat ich es.

Am nächsten Morgen kam schon seine Antwort.

»Hallo Hübsche, es tut mir leid, aber dein gewähltes Datum sieht nicht gut aus. Ich kann da nicht. Es ist einfach so viel zu tun. Vielleicht soll es auch einfach nicht sein. Ich wünsche dir trotzdem eine schöne Zeit in Berlin.«

Ich starrte auf das Handy. Wollte er mich verarschen?!

»Es soll vielleicht nicht so sein.« Ja, dann nenn doch einfach ein anderes Datum, du ...!

»Hab eine schöne Zeit in Berlin.« Meine Hände ballen sich zu Fäusten. Ich fahre doch nur, um dich zu sehen! Als ob das nicht klar wäre! Ich hatte diesen Kindergarten so satt. Hatte er Angst, sich wieder zu verlieben? Ahhhrg, ich wollte schreien! Um mich herum war Stille. Selina und ihre kleine Familie waren am Morgen abgereist. Anrufen konnte ich Selina auch nicht, sie saß im Flieger.

Meine Atmung in der Gegenwart geht genauso schnell wie in Megève. Kopfschmerzen plagen mich, Leo weint. Tränen, Tränen, Tränen, zu allen Zeiten.

Schluss mit lustig oder interessant bleiben, dachte sich die Olivia von vor zwei Jahren. Ich fragte ihn direkt. »Wann hast du heute Zeit, ich möchte gerne mit dir telefonieren.« Kein Blabla, ich wollte Fakten.

Tatsächlich kam kurz später Folgendes: »Ich habe ein Zeitfenster von 15:00 bis 15:45. Ich ruf dich an.«

Also jetzt war ich überrascht. Auch darüber, dass ich in meiner Rage barfuß über einen Weg voller spitzer Steine gelaufen war und meinen Schmerz bis eben nicht bemerkt hatte. Aua.

Die letzten Minuten bis zum Telefonat verbrachte ich mit meinem kleinen Engel. Als Adrian endlich anrief, war seine Stimme kalt und distanziert. Wieder tischte er mir irgendwelchen Blödsinn auf.

»Ich will, dass du mir sagst, was hier das wirkliche Problem ist!« Mit diesem Satz beendete ich meine Rede aus Vorwürfen, warum er uns immer wieder sabotierte. Ich wurde leiser. Adrian schnaufte. Wenigstens hatte ich nicht dazwischengeredet, sondern zugehört. Nach langem Überlegen kam er mit seinem Kopfzerbrechen und seinen drei Szenarien an. Eines davon würde sich ergeben, wenn wir uns wirklich wiedersahen. Das war seine Prognose.

Szenario eins: Wir fühlen beide das Gleiche wie damals. Es wäre der schönste Ausgang. Sagte Adrian! Gleichzeitig der schwierigste. Denn dann müsste man die jetzigen Partner verletzen. Dass da außerdem wieder die alten Probleme wären, erwähnt er in seiner Erklärung nicht. Kommt er da nicht drauf? Ich muss sofort daran denken, dass sich alles wiederholen könnte.

Szenario zwei: Nur einer fühlt wieder etwas. Dann wird einer von uns beiden verletzt. Das wäre ein endgültiges Ende, für immer und genau davor hatte er Angst. Verletzt zu werden.

Das letzte Szenario: Keiner von uns empfindet etwas. Das wäre für Adrian der am meisten enttäuschende Ausgang.

Seine Ausführungen waren ja schön und gut, ich hörte jedoch nur eins. Nämlich, dass das erste Szenario sein Favorit wäre. Er will es auch, er will es auch, er will es auch! Schon schmiedete ich Pläne, wie man genau das herbeiführen könnte. Ich dankte ihm für seine ehrlichen Worte.

»Also das dritte können wir, glaube ich, realistisch betrachtet ausschließen«, meinte ich. »Komm schon, wir wissen beide, dass wir uns noch unheimlich attraktiv finden. Sonst würdest du es dir nicht weiterhin mit meinen Videos selbst machen«, fügte ich frech hinzu. Um das Gespräch etwas aufzulockern.

Er antwortete: »Jetzt, wo du es erwähnst, ich brauche übrigens wieder ein neues.«

Ich unterbrach ihn: »Wir finden uns noch super hot und wir sind dieselben Menschen. Wieso sollte es also nicht wieder funken?« Für mich gab es nur einen logischen Ausgang: Szenario eins.

»Nur gibt es hier ein Problem, Olivia«, unterbrach mich Adrian. »Selbst wenn das so passiert, können wir uns nicht sofort von unsren Partnern trennen. Wir müssten erst mal sehen, wohin das mit uns führt. Ob es wirklich auf Dauer Bestand hat.«

Da war es wieder, das alte Problem. Adrian konnte nie in den Moment hineinleben. Das konnte sogar Etienne besser.

»Nicht, dass es nur eine Wunschblase ist, die wir uns über die Jahre gezüchtet haben.« Er redete weiter und weiter, ich hörte darin nur die Worte »ihr Sohn«. Es war also ein Junge? Ständig hatte ich mich gefragt, welches Geschlecht das Kind hatte – ihr Kind – sein Kind?! Spielten sie zusammen Fußball? War das sein gefundenes Glück? So wie für mich … wollte er deswegen nicht? Es wäre so verständlich wie schrecklich.

»Adrian?«

»Ja?«

»Für mich wäre das Verlassen kein Problem. Ich sehe für meinen Partner und mich keine Zukunft mehr. Im Gegenteil, wie er mich oft behandelt hat, erlaubt mir, jetzt voll und ganz meinen Gefühlen zu folgen. Ich will mir die Chance auf das große Glück nicht nehmen. Das ständige Was-wäre-wenn ist das Allerschlimmste.« Er hörte weiter zu. Ich schluckte den Kloß in meinem Hals herunter. »Und eine Sache noch«, setzte ich an. Das war der härteste Teil, aber es musste raus. Mit viel Überwindung sprach ich es aus: »Adrian, ich habe nicht mehr die Kraft, ständig enttäuscht zu werden. Manchmal spiele ich mit dem Gedanken, dass es besser wäre, du meldest dich gar nicht mehr. Ich kann nicht immer wieder Hoffnung und Euphorie empfinden und dann sagst du doch wieder ab.«

»Ich verstehe dich, Olivia. Es macht mich traurig, dass du scheinbar so schlecht behandelt wirst in deiner Beziehung …«

Wieder wurde es hektischer bei ihm im Hintergrund, dieses Mal klang es nach Büro. Was hatte das jetzt miteinander zu tun, was wollte er sagen?

»Du, ich muss leider aufhören. Ich melde mich. Hab noch einen schönen Tag.« Schon war er weg. Bei mir schienen die Sekunden in Zeitlupe zu vergehen. Inzwischen war ich übrigens wieder oben bei Leona im Kinderzimmer. Ich sah auf den grünen Rasen, die vielen Blumen im Garten. Langsam ließ ich mich auf das alte Bett fallen. Sofort saß ich wieder aufrecht, starrte vor mich hin. War er weg? Also »for good«? Nein, er hatte bloß Angst. Das muss es sein, das und nichts anderes. Er sagte, es solle nicht sein, das wäre Schicksal. Blödsinn. Miami war Schicksal. Unsere Chemie miteinander war Schicksal. Dass wir uns nicht wiedersehen, ist eine Entscheidung. Seine Entscheidung. Ob Szenario eins, zwei oder drei eintritt, können wir nicht beeinflussen. Dass wir den Möglichkeiten überhaupt eine Chance geben, können wir absolut beeinflussen. Lag das Hin und Her am Ende doch daran, dass er in einer gut funktionierenden Beziehung steckte, in der ihm nur eine winzige Kleinigkeit fehlte, weswegen er das Spiel mit mir genoss? Oder war es das Kind? Weil es seines war?

Wusch, unser Taxi fährt durch eine tiefe Pfütze. Das Wasser spritzt an der Seite der Scheibe hoch, Leona erschrickt. Sie schaut mich nervös an, will sich abschnallen. Ich muss sie festhalten und beruhigen. Auch ich bin ein Kopfmensch, sage ich gedanklich zu Adrian, während ich meine Maus halte. Auch ich bin an Sicherheit orientiert, wie man sieht. Trotzdem lasse ich mein Herz final entscheiden. Es war vor drei Jahren so in London, es war vor zwei Jahren so in Frankreich, es ist heute so. Ich lebe, um zu lieben, mit allem, was dazugehört. Höhen, Tiefen, Eifersucht, Angst, Unsicherheit, Schmerz. Denn all diese negativen Gefühle hast du nur, wenn du liebst. Sonst wäre es dir egal. Und ich nehme all das in Kauf, wenn ich dafür mit Haut und Haaren lieben darf. Ich kam im Leben deswegen aber nie wirklich vorwärts, weil es immer die Option Adrian gab. Mir wird schwindelig.

Das Taxi hält abrupt an. Ein Stoppschild, fast hätte der Fahrer es übersehen. Ich fluche, aus Angst um meine Tochter und weil ich mit einem Mal so heftig in die Gegenwart gerissen werde. So ein Unsinn, ich dachte immer, ich käme gerade wegen ihm nicht voran. Aber es ist andersherum. Wäre Adrian nicht, hätte ich dann die Motivation, mich aus dieser zerrütteten Beziehung loszumachen? Oder würde ich mich dem schönen Schein und den Annehmlichkeiten ergeben?

Einmal fuhr ich genau wie heute mit dem eingeschalteten Radio durch eine malerische Landschaft in Bourgogne, Frankreich - Nähe Dijon. Allerdings saß ich selbst am Steuer. Dazu lief diese romantische Musik im Radio und ich träumte von einem anderen Verlauf meines Lebens.

»Ich musste gerade an dich denken. Wo bist du heute unterwegs?«, kam es von Adrian.

Ich antwortete vorsichtig und ohne jedes Gefühl: »In Frankreich. Aber nur, weil ich hier sein muss - wir sind bei Bekannten in ihrem Countryhouse eingeladen.«

Die letzten Male hatte er Fragen wie diese immer mit einer gewissen Verbitterung gestellt. Mein Jetset-Leben schien ihn irgendwie zu triggern. Heute scheinbar nicht. Der attraktivste Mann der Welt antwortete mit lächelnden, glücklichen Emojis.

Ich ließ dem Mut in mir Spielraum, setzte einen nach: »Bin in der Nähe der Stadt der Liebe.« Mit einem kleinen Zwinkern und einem rosafarbenen Herzchen dazu.

»Also doch nicht in FrankREICH, sondern in FrankFURT?« (Emoji mit rausgestreckter Zunge)

Was? Hatte er das gerade ernsthaft abgetippt und verschickt? Ich konnte nicht anders, ich musste lachen. Seine Frechheit traf bei mir einen Nerv. Echt, er lehnte sich damit sehr weit aus dem Fenster. Ein warmes Gefühl stieg in mir auf. Es machte mich irre. Ich musste ihn sehen!

Wir hatten uns daraufhin wieder fast täglich geschrieben und wieder ein Datum ins Auge gefasst. Als der große Tag nur noch fünf Nächte entfernt war, probierte ich bereits meine besten Dessous an. Gottverdammt. Ich war voller Hitze ... meine Hand wanderte dorthin, wo es warm und feucht war. Adrian, was machst du mit mir? Ich stellte mir vor, wie er mich anfasste. Würde ihm das mysteriöse Schwarz meiner Unterwäsche gefallen? Oder sollte ich doch feuriges Rot mitbringen? Mein Atem ging schwerer, mein Körper erhitzte schon ... brnnnng. Das Handy surrte. War er das?

Ja, er war es. Ich wurde noch geiler, beim bloßen Anblick seines Namens.

»Sorry, schaffe es nicht. Es ist zu viel los im Job, ich kann das gerade nicht.«

Bitte?!!!!

Wie kann er nur?

Ich schrie fast auf, ballte die Fäuste zusammen, auch mein Kiefer verkrampfte sich richtig. Es tat weh. Immer, wenn ich gerade so geil wurde … Doch das hatte nicht nur mit Geilheit zu tun. Das war mehr! Ich hatte die Wärme in mir gespürt und ich wollte ihn bei mir haben! Ihn, als Person, als Mensch, als Freund. Er verwehrte es mir wieder und wieder.

Meine Finger zitterten, als ich meine wütende Antwort tippte: »Was? Du sagst jetzt noch ab? Weißt du, das kann ich so nicht.«

Es war, als würde jemand mein Herz erdrücken.

»Wie genau meinst du das?«

Wie ich das meine? Oh, das werde ich dir sagen, mein Lieber.

»Dieses Hin und Her, dieses ewige dumme ›Spiel‹. Du machst mich nicht nur immer so unfassbar heiß, du gibst mir die Aussicht auf mehr und dann kommt wieder so was. Ist das für dich nur ein Spaß?«

»Wieder so was? Olivia, das war jetzt das erste Mal, dass wir uns auf diese Art verabredet haben und ich absage.«

Ich stockte. Das stimmte tatsächlich, aber warum fühlte es sich dann an wie das hundertste Mal? Vielleicht weil das »mal heiß und mal kalt« schon die ganze Zeit da war, nur jedes Mal in anderer Form!

»Hast du mal unseren Chatverlauf gelesen? Wie oft fängst du da mit irgendwas an, richtig intensiv. Du vermisst mich, du brauchst mich, du willst mich. Und dann kommt von heute auf morgen rein gar nichts mehr. Nicht mal mehr eine neutrale Antwort. Gar nichts. Ein Monat später bin ich dann wieder alles für dich. Immer hin und her und wieder da und wieder weg!«

Meine Finger rasten über die Tastatur meines Touchscreens. Ständig vertippte ich mich, doch das war mir egal. Und was geschah daraufhin? Was wohl! Er antwortete mir nicht mehr!

Es herrschte Funkstille.

Für acht verfluchte Monate. Das war sein neuer Rekord.

Da baute sich so viel Wut auf, die mich doch wieder zurück zu Etienne trieb, denn der war immerhin da. Meist war er zwar zugedröhnt, in seinem ekelhaft schmutzigen Bett, aber er war da. In den kommenden Wochen war die Wut mein einziger Motor, sonst wäre ich zusammengebrochen.

Gerade im Taxi, fühle ich alles auf einmal. Wut und Melancholie, Liebe und Lust, Energie und Kraftlosigkeit. Ich steige mit Leona aus, gebe dem Chauffeur sein verdientes Trinkgeld. Noch schaffe ich es nicht, zurück ins Schloss seiner Eltern zu kehren. Ich brauche frische Luft und etwas Ruhe vor dem Sturm.

Während ich mit Leona langsam durch den Vorgarten und über die endlos lange Einfahrt schlendere und sie sich dabei noch ein bisschen auslaufen kann vor dem Schlafengehen, nehme ich meinen Mut zusammen. Ohne jeden Zusammenhang, jedes Bild oder jeden Smiley schreibe ich: »Es funktioniert nicht, ich muss weiterhin an dich denken.«

Dann schalte ich schnell das Handy aus. Was auch immer er darauf antwortet, ich kann mich erst am nächsten Tag damit befassen. Für heute bin ich durch.

Ich mache Leo fertig fürs Bett, bin dankbar für ihre Müdigkeit nach dem kurzen Spaziergang und dafür, dass Etiennes Eltern unser Ankommen nicht bemerken. Ich hatte sogar überlegt, in ein Hotel zu fahren, doch ich hatte keinerlei Sachen dabei. Schon bald falle ich in einen Schlaf voll wilder Träume, die genauso durcheinanderlaufen wie im Wachzustand. Ich weiß, dass der eine große Moment nicht mehr fern ist, wo alles zusammenkommt.

KAPITEL 9 – HEAT

Schon nach wenigen Minuten trifft eine digitale Botschaft bei mir ein. Ich merke davon jedoch nichts, denn ich schlummere tief und fest und mein Handy befindet sich im Flugmodus. Nur Leonie gibt manchmal sanfte, schnarchende Geräusche von sich und hinter dem Fenster strahlt der Vollmond. Zum Morgen hin werden es mehr Geräusche, jemand scheint die allgemeine Aufregung in der Luft zu spüren. Ist es eine gute oder eine schlechte? Man weiß es noch nicht.

Ich schlage irgendwann die Augen auf und habe erst einmal Durst. Nach dem ersten erfrischenden Schluck Wasser sehe ich sofort auf meinen Handybildschirm. Viel zu lange dauert es, bis das Gerät entsperrt ist. Nur mit meinem Fingerabdruck wird sichtbar, was in der Nacht passiert ist. Um halb zehn habe ich gestern Abend meine Nachricht verschickt. Es ist nun kurz nach sieben am Morgen und da ist sie schon. Seine Antwort. Die Schmetterlinge fliegen, die Vorhänge wehen auf, die Musik fängt an zu spielen und Tiere aus dem Wald flattern hinein. Ich fühle mich wie eine moderne Disney-Prinzessin, die kurz davor ist, das Schloss und den Erben des Königreichs zu verlassen, um endlich richtig zu leben.

»Ich habe auch an dich denken müssen. Es tut mir leid, wie es die letzten Male gelaufen ist. Wollen wir uns endlich wirklich sehen? Frankfurt am Main, 22. Mai. Da bin ich alleine.«

Dreimal lese ich seine Einladung. Ich kann es nicht glauben, brauche eine kalte Dusche, sofort. Irgendjemand soll mich bitte kneifen! Das ist unfassbar. In den letzten Jahren sind immer wieder die Euphorie und die Hoffnung hochgekommen. Dass Adrian mich jedes Mal kurz vorher hat fallen lassen, wirkt fast, als würde es ihm aus einem narzisstischen Antrieb heraus Spaß machen. Doch ich weiß, dass es dieses Mal passieren wird. Es liegt etwas in der Luft. Vielleicht liegt es auch daran, dass er zum ersten Mal das Gespräch nicht sofort in eine sexuelle Richtung lenkt. Als ob er wirklich mich sehen will und nicht nur meine geliebte Pussy.

Ich öffne die Tür – und höre Etiennes Stimme. Instinktiv schiebe ich die Zimmertür wieder zu. So leise es geht. Der Griff zittert in meiner Hand. Ich habe keine Ahnung, ob er noch wach ist oder schon. Ist er bei Verstand? Will er mich sehen? Auf Zehenspitzen schleiche ich schließlich ins Bad, wie auf geheimer Mission. Ich schließe das Badezimmer ab, halte die Gefahr des Königshauses draußen, bin allein, bin nur ich. Leo schläft noch tief und fest. Sofort entspanne ich mich. So kann ich mich über das freuen, was da bei mir angekommen ist. Ich grinse übers ganze Gesicht. Plötzlich sehe ich eine Zukunft für mich. Dadurch wird meine ganze Morgenroutine beeinflusst. Die weichen Frottee-Handtücher fühlen sich wieder so traumhaft an, wie beim ersten Mal. Wie konnte ich das in den letzten Jahren bloß ignorieren? Wie traumhaft schön ist diese Einrichtung aus Weiß, Blau und Gold im stilvollen Retrolook bitte? Wie unglaublich ist diese gigantische Regendusche, die mich so erfrischt. Das Shampoo riecht wie das Paradies. Ich quieke vor Freude. Weil ich mir endlich sicher bin und weiß, was ich will, und die Außenwelt stimmt mir zu. Messages haben über Nacht mein Handy geflutet, mit besorgten Fragen zu gestern Abend. Lilly, Alexandra, alle schreiben mir gleichermaßen, dass sie sich ernste Sorgen machen. Man hätte ja hier und da schon was mitbekommen oder geahnt. Aber es so direkt zu sehen, das wäre ihnen neu. Sie würden jetzt verstehen, warum ich so distanziert zu meinem Mann sei und sie bieten ihre Hilfe an. Sofort habe ich die Nummern und Adressen von den besten speziellen Entzugskliniken auf dem Handy. Ohne Scherz, die sollte ich ihm tatsächlich vorschlagen. Es geht ja nicht nur um mich. Diesem Mann muss nach wie vor geholfen werden.

Plötzlich höre ich Schritte, draußen auf dem Gang des Chateaus. Dann ein zaghaftes Klopfen an der Tür. Beim dritten Schlag wird es lauter. Es rumpelt, darauf folgt ein Husten.

»Olivia, bist du das?«

Oh nein, er ist es wirklich! Ich bekomme zuerst einen riesigen Schreck. Hat er mich durchschaut? Durchatmen, rede ich mir zu. Sie verstehen es, sie werden mich schützen. Ich bin nicht die Böse. Er braucht Hilfe und vielleicht braucht er auch die Realität. Er muss sehen, dass er so nicht mit Menschen umgehen kann. Dass es Konsequenzen hat. Vermutlich ist er nach der langen Nacht sowieso viel zu schwach, um mich fertig zu machen.

Mein Herz rast, meine Schläfen pochen, ich zwinge mich, ruhig zu antworten: »Ja, ich bin hier drin.«

Ich bin überrascht, wie neutral und fest meine Stimme klingt. Nicht einladend, nicht anklagend, sie nennt nur eine Tatsache: Ja, ich bin da.

Von draußen höre ich ein »Hmh, gehe schlafen« und dann entfernen sich die Schritte wieder. Es rumpelt nochmal, er flucht auf Französisch, dann herrscht Stille.

Ich erkenne seine Trunkenheit schon an den Geräuschen und so langsam riecht man den Wodka überall. Sein Dunst zieht unter der Badezimmertür hindurch, er ruiniert meinen Paradiesmoment. Mehr Bekräftigungen meiner Pläne brauche ich nicht. Mit Tatendrang zücke ich Wimperntusche, Rouge und Lipliner. Legen wir los, starten wir in ein neues Leben mit dem Mann, der mein Schicksal ist.

Wir haben Mai 2023. Die Entscheidung blieb bei Frankfurt, weil er nicht ohne guten Grund irgendwohin fliegen kann. Seine Partnerin würde es mitbekommen. Es ist alles gebucht. In genau zwei Tagen geht mein Flug. Jedes Mal, wenn ich so kurz vorher noch Angst oder Zweifel bekomme, lese ich die letzten Nachrichten von Adrian. Dann wird aus meinem Angstzittern ein Zittern, als hätte ich zu viele Espressi getrunken, mit Zucker. Mein Körper läuft auf Hochtouren. Wobei, in meinem Fall würde schon ein einziger Kaffee dafür genügen. Ich muss ihn einen Gang herunterschalten. Alles wird gut. Alles wird von jetzt an besser. Ich sage es mir immer wieder. Es wird Szenario eins eintreten, wir werden uns beide wieder Hals über Kopf ineinander verlieben, wie vor sechs Jahren. Alles andere kann ich mir nicht vorstellen. Für den unwahrscheinlichen Fall, dass wir nicht für die Dauer geschaffen sind, bin ich inzwischen trotzdem stark genug, mein Society-Leben hinter mir zu lassen. Ich werde gehen. Ich kann das, egal wie Etienne reagieren wird.

Nun freu dich erst mal, Olivia, befehle ich mir beinahe selbst, während ich auf die »Outfits« neben mir schaue. Man kann sie kaum Outfit oder Kleidung nennen, sie legen praktisch alles frei. Außer meiner Narbe vom

Kaiserschnitt. Noch immer ist der Tab auf meinem Laptop offen, mit den Latexslips, die unten Öffnungen haben. So muss man sie nämlich nicht ausziehen, um zu vögeln. Ich schlauer Fuchs. Selbstverständlich wird Adrian von Leona erfahren, anders geht es nicht. Er muss es nur nicht bei unserem ersten Wiedersehen wissen, bevor es überhaupt noch zum Sex kommt. Erst recht nicht, wenn ich so geil bin. Das ist der Nachteil an unserem Treffpunkt Frankfurt. Es ist seine Stadt, er kann ohne Aufwand jederzeit gehen. Wenn er von meinem Kind erfährt, wird er das sicher tun. Ich will aber so viel Zeit wie möglich zusammen verbringen, damit wir uns emotional wieder näher sind. Wenn er die Narbe dann am Ende der Nacht sieht, kann es sein, dass er trotzdem bleibt. Weil unsere Verbindung wieder da ist.

Ich bestaune die Teile neben mir mit einem belustigten Blick. Man kann es nicht fassen, es hat ewig gedauert, sie zu finden! Schwarz und verrucht liegen sie nun da. Ich musste auf zehn spezielle Websites der BDSM-Szene gehen, um sie zu finden. Erst dort habe ich etwas Passendes gefunden, mitten in der Nacht, mit müden Augen und einem hibbelig wackelnden Fuß. Es wurde ein Latex-Slip, unten lässt er das Wichtigste frei. Das Oberteil dazu war das letzte in meiner Größe. Das musste extra importiert werden und ich musste verdammt aufpassen, dass niemand den Inhalt sieht, nicht einmal den Absender! Wie ein Geheimagent hatte ich hinter der Tür gewartet, um das Päckchen entgegenzunehmen. Dieses schwer zu bekommene »Oberteil« bedeckt den Busen nicht einmal mit Stoff. Stattdessen werden Ketten meine Brustwarzen umspielen. Der Rest besteht aus Leder. Damit der Look komplett ist, habe ich neue, halterlose Strümpfe, natürlich auch aus Latex, besorgt und schwarze Lack-Pumps. Schließlich würde es auffallen, wenn ich nur solch eine spezielle Unterhose trage und alles andere normal ist. Genau genommen habe ich sogar zwei dieser besonderen Slips, der zweite sieht etwas gewöhnlicher aus, nur mit Spitze. Der Ehering wird selbstverständlich ausgezogen. Zu guter Letzt teste ich die Theaterschminke. Wirklich gute findet man ebenfalls nicht so leicht, die aus der Drogerie würde viel zu leicht verwischen. Auch diese ist für meine Kaiserschnittnarbe gedacht. Ich hoffe, dass Adrian nicht sofort zusammen duschen will. Kaum stelle ich mir eine Dusche mit ihm vor, meldet sich ein unangenehmes körperliches Bedürfnis. Was soll ich sagen. Seit drei Tagen habe ich Durchfall und noch dazu keinen Hunger. Bis ich vor ihm stehe, werde ich sicher noch einiges an Gewicht verlieren. Ich will das nicht unbedingt, es passiert einfach. Schlafen kann ich auch kaum. Die Müdigkeit macht meinen Geist luftig.

Wenigstens sind meine Haare so gesund, glatt und glänzend wie nie zuvor. Den Friseurtermin hatte ich gestern. Mein Körper ist haarfrei, und das wird er für die nächsten Wochen auch noch sein. Auch dafür habe ich gesorgt ...

Der Laptop ist zugeklappt und auch die verdächtigen Websites sind endlich geschlossen. Den Browserverlauf habe ich gelöscht, nur zur Vorsicht. Gerade stehe ich vor einer Auswahl an Ohrringen und Parfüm. Ich überlege ernsthaft, was davon zusammenpasst. Ich entscheide mich für schlichte kleine Diamantstecker und den unwiderstehlichsten Duft, den ich finden konnte. Noch einmal gehe ich mein Alibi durch. Ich gebe vor, ich würde eine alte Freundin aus Graz treffen. Bei solchen Leuten will Etienne nicht genauer wissen, wer es ist. Es sei jemand, den er sowieso nicht kennt. Bloß das Volk aus der Arbeiterschicht, aus seiner Sicht.

Finger frisch manikürt? Oh ja, aber in dunklen, sinnlichen Tönen. Genau wie die Dessous.

Viel wichtiger als all der äußerliche Kram ist aber, wie ich mich fühle. Um auch hier in den richtigen Look reinzukommen, habe ich mir extra eine Playlist mit passenden Songs ausgewählt. Die eine Hälfte hat eine verspielte Aufbruchsstimmung. Die andere Hälfte ist sexy, und das nicht zu wenig.

Eine Rückfrage von Amelie trifft ein. Ja, gerne kann sie ihre Tochter mit ins Haus holen und gemeinsam mit ihr auf Leo aufpassen. Ich vertraue ihr und so haben immerhin beide Kinder was davon. Meine Tochter sitzt mit ein paar Puppen im Flur. Ihre Barbies können scheinbar wie Spiderman die Wände hochgehen. Ich muss grinsen, spiele kurz mit, um direkt danach noch einmal meine Packliste durchzugehen. Wieder wird mein Magen flau. Dieses Mal kann ich es nicht ignorieren, ich muss mir etwas Kräutertee machen. Mit der Tasse geht es direkt zurück zur Liste.

Nichts darf vergessen werden, ich will es perfekt haben. Andererseits ist es bei Adrian egal, wenn etwas schiefgeht, weil das Leben mit ihm so simpel ist. Ich hoffe, er ist wirklich noch genau so, wie ich ihn kenne. Mal hat er so geklungen, mal nicht.

Das Telefon klingelt, mal wieder ruft Florence an und will quatschen. Oh Gott, wie gern würde ich ihr jetzt schon sagen, wo es übermorgen für mich hingeht und mit wem! Doch ich muss mich zurückhalten, es ist noch nicht sicher. Wenn es zwischen Adrian und mir nicht mehr funkt, ist es die Aufregung nicht wert. In diesem (unwahrscheinlichen) Fall mache ich ganz normal Schluss mit Etienne, ohne einen anderen Mann zu erwähnen – zumindest das kann ich Annie doch sagen, oder?

Und dann tue ich es. Auf ihre neckische Frage hin, was es denn Neues gibt und wie die Party in Lausanne war, antworte ich ihr: »Etienne ist komplett ausgerastet, vor der ganzen Gesellschaft. Es war nicht nur peinlich, es tat weh. Allerunterste Schublade. Du weißt, dass ich bisher nur mit dem Gedanken gespielt habe. Aber ich glaube jetzt, ich mache ernst. Ich kann das nicht mehr und auch für Leo muss ich irgendwann eine Entscheidung treffen. Fändest du es verrückt, wenn ich gehe?«

Sie zögert keine Sekunde. »Nein. Ich kann dich gut verstehen. Und keine Angst, wir bleiben Besties.«

Ich muss grinsen und weiß: Als Nächstes muss ich Selina und Aylin anrufen. Rückhalt von meinen Mädels zu bekommen, ist jetzt genau das, was ich brauche. Vor allem wissen beide über dieses besondere Treffen Bescheid.

Etwa vier Stunden bin ich unterwegs, denn es gibt heute keinen Direktflug von Luxemburg nach Frankfurt. Mein Gepäck besteht lediglich aus einem handlichen Trolley und einer Shopper-Tasche. Ich trage ein gewöhnliches unifarbenes T-Shirt und eine etwas auffälligere Jeanshose, sie sitzt an der Hüfte wie angegossen und fällt dann weit nach unten - eine Schlaghose, die die Beine nochmal länger wirken lässt. Der erste Flug ist gerade gelandet. Ich sehe auf die Uhr. Die Umsteigezeit zum Anschlussflug ist kurz. Warum zum Teufel rollen wir immer weiter von Gate A weg? Dort soll doch mein zweiter Flieger gehen. Wir entfernen uns und entfernen uns ... Normale Ungeduld, wenn man endlich aus einem Flugzeug herauskommen will, ist nichts gegen das hier. Ich presse meine Nase fast an die Scheibe. Jeder im Schneckentempo gerollte Meter ist eine Qual. Endlich stehen wir. Irgendwo, mitten auf dem Rollfeld, weit weg vom Flughafengebäude. Na prima. Wenn wir nicht von einem Jumbo überrollt werden wollen, kommen wir von hier nur mit einem Bus weg. Ach was, wenn man mir die Tür öffnen würde, würde ich es vielleicht riskieren. Nur noch eine halbe Stunde. Das kann doch nicht sein. Gott sei Dank muss ich durch keine weitere Kontrolle, Gepäck holen oder sonst was, ich muss nur zur anderen Gate-Nummer. Werden wir trotzdem in Bereich A abgesetzt? Keiner kann es mir beantworten. Ich wippe nervös mit dem Fuß. Noch fünfundzwanzig Minuten. Sche ... ! Endlich. Es tut sich was. Menschen gehen nach vorne. Luft strömt in den Gang. Die Familie vor mir trödelt ungeheuer. Jemand bekommt seinen Koffer nicht aus dem Fach. Ich werde irre. Vordrängeln geht nicht. Wären wir nicht im engen Gang eines Flugzeugs, ich hätte es gemacht. Zum Glück kennt das Personal die Problematik mit den Anschlüssen. Sie geben sich jetzt Mühe, schnell zu sein, haben gleich mehrere Busse stehen. Ich bleibe an der Tür, damit ich als Erste wieder raus kann. Als wir am Gate ankommen, suche ich mit Tunnelblick Buchstabe und Nummer, dann geht es los. Die Rollen meines Trolleys fangen beinahe Feuer, während ich durch den Flughafen renne. In einer Viertelstunde schließt der nächste Flieger die Türen, und Wege an Flughäfen sind weit! Völlig außer Atem und leider etwas verschwitzt komme ich an. Zum Glück trage ich bequeme Kleidung und will mich sowieso erst im Hotel fertig machen. Der Mitarbeiter der Airline ist erst genervt, dann muss er lachen, als ich in letzter Minute mein Ticket vorzeige und halb durch den Ausgang in das zweite Flugzeug hineinschlittere. Es ist eine kleine Maschine, ich habe die Zweierreihe für mich. Als ich mich darauf fallen lassen und die erste Durchsage ertönt, kehrt zum ersten Mal seit Anfang der Woche Ruhe in mir ein. Was soll jetzt noch passieren?

Wir landen. Ich bin voller Optimismus. Frankfurt. Ich bin wirklich in Frankfurt. Das Taxi fährt am Maingold Café vorbei. Erinnerungen werden wach, wunderschöne, goldene Erinnerungen. Mit diesem Haus verbinde ich Wärme und Schmetterlinge im Bauch. Gott, war ich da mal happy mit einem Caffè Latte und meinem Traummann mir gegenüber. Als Nächstes fahren wir an seinem Büro vorbei. Beim Anblick dieses schicken Altbaus war ich schon beim ersten Mal beeindruckt und stolz. Jetzt gerade bin ich aber furchtbar nervös. Was ist, wenn er da ist? Kann ich ihn beim Vorbeifahren vielleicht sogar entdecken? Wir fahren weiter und da ist es. Zugegeben, dieses Mal habe auch ich Wert auf ein hochklassiges Hotel gelegt. Eine billige Absteige würde nicht zu diesem Anlass passen. Selbstbewusst, wenn auch etwas aufgeregt, gehe ich zur Rezeption, um die Zimmerkarte für die 1.200-Euro-Maisonette-Suite abzuholen. Die Wände sind vollkommen aus Glas, der Blick ist auf Augenhöhe mit den Wolkenkratzern, aus dem 19. Stockwerk. Höhenangst? Heute werde ich ihr keine Chance gewähren, denn ich habe meinen eigenen Höhenflug.

Doch nun kommt die erste kleine Stolperfalle. Wie es inzwischen oft in Hotels ist, kann man den Aufzug bereits nur mit einer Zimmerkarte benutzen. Sich einfach hineinschleichen, ist nicht möglich. Genauso wenig kann Adrian sich an der Rezeption mit seinem Namen melden. So gering die Wahrscheinlichkeit auch ist, dass etwas passiert, es ist zu riskant. Mein Gehirn arbeitet auf Hochtouren. Soll ich runterkommen und ihn abholen? Auch nicht klug, dann sieht man uns zusammen und ich wollte ihn doch auf besondere Weise empfangen. Während ich auf den Aufzug warte und die saftigen grünen Pflanzen in der Lobby bewundere, kommt der Geistesblitz: die Blumentöpfe! Na klar. Wieder kommt die Spionin in mir heraus, die sich kurz umsieht, um die zweite Karte seitlich im Topf verschwinden zu lassen. Dort würde niemand danach suchen und ein bisschen Wasser könnten die Dinger schon vertragen. Zack, sie steckt und noch schnell ein Foto gemacht!

Als ich das Zimmer betrete, fallen mir zuerst die viel zu helle Beleuchtung sowie die Einrichtung negativ auf. Warum es mich so stört? Weil alles hier drin eine gewisse Kälte und Distanz hat. Das erinnert mich an etwas und ich will es nicht haben. Alles ist so hell, so viel Weiß, nichts hängt an den Wänden. Auf den Fotos hatte das gleiche Design noch etwas einladender gewirkt, doch ohne den Ausblick auf die Lichter der City wäre das hier gar nichts für mich. Ich will auch nicht zu viel Fokus auf die ganzen Möbel lenken, die hier herumstehen, vor allem nicht auf den Esstisch. Lieber auf die Treppe ... von der werde ich herunterschreiten. Also muss ich das Licht entsprechend gestalten. Gar nicht so leicht hier. Oder sollte ich doch gleich mitten im Raum stehen, damit Adrian mich bei seiner Ankunft besser sehen kann? Ich will die hohen, schweren Vorhänge erst zuziehen, damit es gemütlicher wird. Doch damit versperre ich uns die Sicht auf die Stadt, die Lichter, das Glitzern des Mains. Sowieso schaffe ich es nicht von Hand und finde auch keine Fernbedienung. Als ich jede Ecke begutachtet habe, lasse ich mich auf eines der hellen Sitzmöbel fallen und öffne den Saft aus der Minibar. Seit Tagen habe ich nichts von ihm gehört. Was, wenn er doch nicht auftaucht? Bisher habe ich einfach darauf vertraut. Jetzt, nur wenige Stunden vor seiner geplanten Ankunft, macht es mich wieder nervöser, als ich zugeben will. Klar könnte ich mich bei ihm melden, aber damit würde ich die mysteriöse, aufregende Stimmung zerstören. Er kommt schon, er wird schon kommen. Aber irgendwas muss ich ihm sagen, damit er überhaupt hier ankommt. Also halte ich es schlicht. Ohne jede weitere Erklärung sende ich ihm die Zimmernummer, die gewünschte Zeit seiner Ankunft sowie ein Bild von den steinernen Blumentöpfen inklusive seiner Zimmerkarte. Das sollte er schon verstehen. Kaum habe ich abgeschickt, folgt die Antwort. »Ich bin um 19 Uhr da.«

Ich streife die Schuhe ab, schlage die Beine übereinander, lehne mich an und fange an zu weinen. Vor Freude. Nur noch drei Stunden bis zur Erfüllung meiner kühnsten Träume. All die Jahre des Wartens sind vorbei. Der Blick aus der Fensterfront überwältigt mich weniger als die Vorfreude auf heute Abend. Drei Stunden. In drei Stunden kann ich endlich wieder in Adrians Augen schauen, sein schönes Gesicht sehen, ihn riechen und anfassen ... Ich springe nach oben, die Treppe hoch und unter die Dusche. Die SM-Outfits mit Latex, Leder und Ketten sind bereit für ihren Auftritt, passend zu unserem Sex und unseren Fantasien. Zwar hätte ich mich in normaler Wäsche bei ihm wohler gefühlt, doch eine Frau muss manchmal tun, was sie tun muss. Die Zeit vergeht wie im Flug, während ich den Schweiß der Anreise von mir wasche, mich frisch rasiere und danach gründlich eincreme, mir die Haare mache und alles andere, was man so vor dem wichtigsten Date seines Lebens tut. Um 18 Uhr werde ich dann doch nervös. Ich bin fertig, habe nichts mehr zu tun, tigere aufgeregt durch das Zimmer. TV an, TV wieder aus. Handy raus. Nochmal umziehen? Nein, besser nicht. Soll ich schon was trinken? Besser auch nicht. Ich ziehe schon mal die High Heels an. Plötzlich, es sind ein paar Minuten vor 19 Uhr, höre ich ein Klicken unter mir. Die Tür geht auf. Mein Herz setzt aus!! Ich halte mich am Geländer der Treppe fest. Noch sieht Adrian mich nicht. Sein »Hallo?« klingt herzlich und positiv. Ich kann es nicht fassen. Ich höre seine Stimme, und das nicht durch ein Telefon! Während er in den Raum tritt, mache ich die ersten, nervösen Schritte. Er kommt am Fuß der Treppe an und ich schaue ihm tief in die Augen. Schritt für Schritt schreite ich die imposanten Stufen hinunter. Vor mir der Abendhimmel, da unten die funkelnden Augen von Adrian. Die Temperatur ist kalt. Meine Gänsehaut ist so intensiv. Das sanfte Licht spiegelt sich auf meinen Lack-Pumps. Die Ketten vor meinen Nippeln bewegen sich leicht und kitzeln. Ich glaube, er staunt ein wenig. Doch statt etwas Heißes zu sagen oder zu tun, umarmen wir uns nur. Fast, als spüre er meine Aufregung und wolle mich beruhigen. Seine Berührung ist vertraut, echt, wohlig. Sie passt so gar nicht zu meinem Auftritt oder meiner Aufmachung. Ich muss zugeben, ich hatte eher einen großen Knall erwartet, irgendwas Spektakuläres. Nichts da, er war ganz ruhig. Vor allem aber sieht er noch attraktiver aus, verdammt! Wie ist das möglich? Er ist noch reifer geworden, noch trainierter und so casual angezogen. Er wirkt so natürlich. Ich nicht, jedenfalls nicht optisch. Er riecht zudem anders. Er hat das Parfum gewechselt. Es ist eine Mischung aus Zitrus und Moschus, frisch und dunkel zugleich. Ich versinke darin. Es fühlt sich an, als würde die Zeit stillstehen oder ich nur träumen. Als Nächstes küsst er mich. Seine Lippen sind weich und einladend. Ich sehe wieder seine perfekten Zähne, fühle seine gepflegten Fingernägel ganz leicht an meiner Haut. Alles fühlt sich an wie damals, so vertraut. Als wäre kein Tag vergangen und wir würden einfach da weitermachen, wo wir vor sechs Jahren aufgehört hatten. ER zieht sein Shirt aus, dann die Hose. Ich entdecke seine enge Calvin-Klein- Unterhose. Gottverdammt, ist die eng. Sie zeigt alles. Jetzt bringt er mich zum

Esstisch. Viel geredet wird nicht, das hatte ich auch nicht erwartet. Ich wusste schließlich, dass es gleich zur Sache gehen wird.

Stattdessen breitet er sofort Handtücher auf der Tischplatte aus. Typisch Adrian, immer auf Hygiene bedacht. Er hat sich also in diesem Punkt nicht geändert. An meinem oberen Rücken und Schultern wird es gerade trotzdem sehr kalt. Hart fühle ich die helle Platte unter mir. Die Toys, die ich mitbringen sollte, liegen noch unangerührt auf dem Couchtisch. Nicht wichtig, er ist schon in mir, mit seinen Fingern. Alle meine Fantasien scheinen gleich in Erfüllung zu gehen. Auch wenn ich ihn nicht zur Gänze spüre, seine Energie meine ich – irgendetwas fehlt –, bin ich bereits in voller Ekstase.

Er flüstert mir zu, dass wir zum Bett wechseln. Ich gehorche, was sonst. Den Weg nach oben bekomme ich kaum mit, ich bemerke nur ihn. Ich spüre, wie er mich mit seinen Augen fixiert und nicht ablassen kann von dem, was er vor sich hat. Keine Minute später ist die Welt dunkel hinter meiner Augenbinde. Er hat gesagt, ich solle sie überziehen, also habe ich es getan. Adrians Stimme ist tief, sanft, selbstsicher und lustvoll. Ich stelle mir seinen noch attraktiver gewordenen Körper hinter mir vor, während ich auf dem Bett knie. Den Slip hat er mir noch nicht ausgezogen. Das Ding tut also seinen Zweck, fühlt sich aber nicht richtig an. Viel lieber hätte ich ihn in Jeans und Sneakers empfangen. Etwas raschelt. Etwas später weiß ich, was das war, denn es befindet sich in meinem Arsch. Wieder höre ich ein Geräusch. Dieses Mal ist es mir vertraut. Er zieht sich Handschuhe an. Ich stöhne vor Aufregung davor, was er mit mir vorhat. Mit seinen Fingern ist er in beiden meiner Löcher drin. Auf einmal wird es kühl und nass, sehr nass. Das Gleitgel tropft an meinem Po entlang. Vorne ist ohnehin alles komplett nass, so richtig. Die Bewegungen seiner Hände werden fester und fester, mein Becken drückt sich wie von selbst nach oben. Der Orgasmus baut sich auf, er ist sehr intensiv, ich stöhne und schreie und fluche und kralle mich fest und auf einmal wird es an einer weiteren Stelle sehr, sehr nass.

Ich weine. Unter der Augenbinde. Mit dem Höhepunkt überkommt mich eine Flut aus Tränen.

Die gesamte Anspannung, alle Emotionen der letzten Jahre sprudeln aus mir heraus. Er zieht schnell seine Finger heraus und die Handschuhe ab, dann habe ich seine warmen Hände an meiner Seite und am Rücken und er hält mich einfach nur fest. Fast als würde ihn das hier nicht überraschen. Ich knie noch immer auf dem Bett. Die Tränen fließen. Die Augenbinde nehme ich nicht ab, ich will es dunkel. Adrian streicht mir über den Rücken. »Lass es raus.« Ich reagiere nicht, sinke nur tiefer in seine Arme und weine, bis nichts mehr kommt. Kurz halte ich inne. Dann lache ich. Es ist so absurd. Energisch ziehe ich nun die Augenbinde herunter. Sie hängt an meiner Hand, während ich mich zu ihm umdrehe und mit verheulten Augen lache. »Mein Make-up ist komplett im Eimer.«

»Ich fand dich sowieso immer schon ohne am schönsten«, erwidert er, um mich aufzubauen. Wir sehen uns kurz in die Augen, bevor ich schnell ins Bad laufe und das Make-up einfach komplett entferne. Es fühlt sich gerade so richtig an. Vor dem Spiegel stehend fallen mir weitere Male ein, bei denen ich beim Sex mit Adrian weinen musste. Scheinbar löst er etwas in mir aus. Oder seine Energie löst all meine Blockaden. Was es auch ist, es ist etwas Großes. Bevor ich zu ihm zurückgehe und das Bad verlasse, ziehe ich das weniger extravagante Spitzenoutfit an.

Ich setze mich zu ihm aufs Bett. Es wird nun doch noch gequatscht. Später liegen wir brav nebeneinander, nur mit leichten Berührungen.

Eigentlich lautet eine seiner Regeln: Kein Reden, keine Fragen. Bisher haben wir uns zwar daran gehalten, keine wichtigen Fragen zu unseren Leben zu stellen, aber es gibt einfach zu viel zu besprechen. Also sprechen wir. Über das Hier und Jetzt, aber auch über unsere Erwartungen von diesem Treffen. Über die damit verbundenen Komplikationen, die möglichen Verletzungen und Enttäuschungen. Wir mussten sprechen, denn seien wir mal ehrlich, ginge es nur um Sex, hätten wir uns schon längst vorher treffen können. Seine aufgestellten Regeln waren nichts als eine absichtlich erschaffene Distanz. Lange bleiben wir allerdings nicht bei den ernsten Themen. Adrian lacht nun viel und plaudert. Über seine Kumpels, über seine Kollegen und den Job allgemein. Darüber, was er während des Lockdowns getan hatte und über die Länder, die man noch sehen wollte. Zu meiner Überraschung will er nochmal nach Brasilien. Die Frauen dort seien so unfassbar attraktiv. Natürlich grinst er frech, weil er sich denken kann, wie ich gleich reagiere. Aber diese Genugtuung gebe ich ihm nicht. Unbeeindruckt erwidere ich: »Wenn dir nun Latinas gefallen, dann ist Brasilien sicher ein gutes Ziel für dich.« Er lacht, weil er einfach weiß, dass ich eifersüchtig bin. »Übrigens, ich möchte nächste Woche nach Griechenland. Die Männer dort sind einfach zu heiß ... mmmhh«, schieße ich ihm gedanklich entgegen. In der Realität rolle ich bloß mit den Augen und grinse dann selbst. Ich kann ihm nicht böse sein, das ist nun mal er. Immer am Necken, und was soll ich sagen, ich mag das ja an ihm.

Er wirkt gerade so entspannt auf mich. Seine Laune ist fast zu gut. Als ob er in gar keiner Beziehung mehr wäre. Denn dann hätte er ein schlechteres Gewissen hierbei. Irgendwann steht er sogar gelassen auf, schenkt zuerst mir und dann auch sich ein Glas Champagner ein und erzählt mir, welches Haus ihm hier besonders gut gefällt und er gerne bald kaufen möchte. Wir sprechen über vieles, doch es bleiben belanglose, oberflächliche Dinge. Als ob wir Zeit totschlagen wollen würden. Es geschieht nichts Echtes, nichts Tiefgründiges. Die Erwartungen an das Treffen sind wir so schnell und oberflächlich durchgegangen, dass es nichts bedeutet. Dafür lachen wir viel und blödeln herum. Doch auch das hat mir gefehlt, und auch das Belanglose interessiert mich, weil ich Adrian dadurch neu kennenlerne. Ich erfahre, wer er heute ist. Es könnte schlimmer sein, er könnte schlechte Laune haben.

Irgendwann stützt er sich auf den Ellenbogen, dreht sich zu mir und fragt: »Ist es nicht schwierig, wenn man seine Fantasien nicht ausleben kann?« Ich hatte wohl erwähnt, dass die Sexspielzeuge sowie die Leder-Outfits alle brandneu sind. Daraus kann er schließen, dass ich nichts davon mit meinem Partner ausprobiert habe und mit Sicherheit ist er auch einfach neugierig. Ich antworte nur: »Ich habe keinen Sex mehr ... willst du mehr darüber wissen?«

Seine Antwort ist zum Glück ein klares Nein. Die nackte Wahrheit, intime Details aus meinem Leben will er dann wohl doch nicht hören. Das dachte ich mir aber schon, bevor er antwortet.

Das nächste unangenehme Thema lässt nicht lange auf sich warten. »Du kannst ja keine Kinder bekommen, richtig?«

Erst bin ich kurz perplex. Woher hat er diese Info? Ach ja, unser Telefonat vor Leos Geburt. Noch sage ich nichts. Er bohrt tiefer: »Hast du es nicht mit deinem Partner probiert? Gab es wirklich keine Möglichkeit?«

Ich schweige, lange. Irgendwann fragt er mich witzelnd, ob ich schon geantwortet und er es nur nicht gehört hätte. Die Panik verfliegt ein wenig. Ruhig frage ich erneut: »Willst du das wirklich hören?« Und wieder antwortet er mit einem »Nein, eigentlich nicht. Vergiss es.« Man merkt, dass er einige Fragen hat, die er gerne beantwortet haben möchte. Ihn die Wahrheit aber gleichzeitig überfordern oder verletzen würde. Wie gerne will ich ihm aber von Leo erzählen! Er muss es doch erfahren! Ich frage natürlich auch nicht, ob er seine Partnerin noch hat. Weil auch ich es im Endeffekt nicht wirklich wissen möchte.

Wir wechseln zurück zum Thema Reisen, sprechen über dieses und jenes Land, bis er plötzlich halb scherzhaft, halb ernst sagt: »Wir werden sowieso nie gemeinsam in den Urlaub fliegen.«

Was, warum sagt man so was, sogar im Spaß? Sag niemals nie. Halb so wild, er reißt nur Sprüche, denke ich mir. Viel eher finde ich so langsam seine übermäßige Selbstsicherheit schwierig. Er denkt, er hätte mich total in der Hand. »Hast du dir eigentlich gar keine Gedanken gemacht, ob ich in den Flieger steige, nachdem ich so lange nichts von dir gehört habe?«

»Nö, null. Ich war mir absolut sicher.« Das sagt er tonlos, mit einem belustigten Schulterzucken.

Hey, ich habe dir vielleicht klar gemacht, dass ich nicht mehr zu meinem Partner zurückkehren würde. Das heißt aber noch lange nicht, dass ich dein schwaches »Hündchen« bin!

Ich schweige. Wir liegen weiterhin im Bett, er nackt, ich in meinem Spitzenslip. Tatsächlich habe ich es geschafft, ihn bis zum Schluss anzubehalten. Er ahnt nicht mal etwas. Dass es so gut funktioniert hat, überrascht mich extrem. Dann war der Wahnsinn, diese Wäsche zu finden, doch nicht umsonst.

Draußen ist es komplett finster geworden. Ein Zeitgefühl habe ich seit Beginn keines. Es kann allerdings nicht allzu spät sein, dafür bin ich zu wach. Man sieht vom Bett aus das dunkle Wasser des Mains, in dem sich die Lichter der Hochhäuser spiegeln. Ein Flugzeug ist im Landeanflug, es zieht an uns vorbei. Das Zimmer fühlt sich nun weniger kalt und fremd an. Es hat sich durch unsere Körperwärme, unseren Sex und unsere Energie zumindest etwas verbessert. Was sich an der Atmosphäre nicht geändert hat, ist Adrians emotionale Distanz. Ein Außenstehender würde nur den lockeren Umgang sehen und es als Wärme betrachten. Ich merke, dass es anders ist. Er steht weiterhin auf der Bremse. Wir kuscheln nicht innig, ich liege neben ihm in seinem Arm, der leblos ausgestreckt ist. Wir küssen uns auch nicht zwischendurch, er streichelt mich kaum. Sein Körper ist sehr kontrolliert. Ich kann es irgendwo verstehen und doch wünsche ich mir, er wäre offener in seinem Agieren. Wir machen weiter unsere Scherze, bis Adrian sich aufrichtet und auf die Bettkante setzt. Leichte Panik macht sich breit. Ist er in Aufbruchsstimmung, jetzt schon? Es gibt doch noch so viel zu reden! Er weiß noch nichts über mich, nur oberflächlichen Bullshit. Vor allem will ich ihn nochmal spüren, seinen Körper anfassen, seinen perfekten Schwanz in mir …

Er reißt mich aus meinen Gedanken. »Olivia, ich werde jetzt gehen. Ich fahre morgen mit ein paar Jungs nach Berlin und muss früh raus.«

Ich glaube es nicht. Zwar habe ich nicht damit gerechnet, dass er bei mir schlafen wird, aber ich dachte, wir würden die Nacht durchmachen. Irgendwann, wenn die Sonne aufginge, würde er komplett erschöpft und glücklich das Zimmer verlassen. Wenn alles gut läuft, wieso gehen? Ich bin irritiert, setze mich nun auch auf.

»Ähm, wie spät haben wir überhaupt? Du bist doch gerade erst gekommen.« Meine Stimme ist leise.

»Gekommen, mein Schatz, bist du«, versucht Adrian die spürbar gedrückte Stimmung mit einem platten Spruch zu heben. Selbst sein wunderschönes Grinsen bringt gerade nicht viel. Ich sehe auf mein Handydisplay. 23:04 Uhr. Meine Augen werden größer. Es ist nicht mal Mitternacht! Und wenn ich nur zwei Stunden schlafen könnte und vollkommen erledigt wäre beim Trip mit meinen Freundinnen, wenn ich Adrian nach sechs Jahren wiedersehe, hat dieses Treffen Priorität.

Er scheint mein Gesicht lesen zu können. »Ich muss vor Abfahrt nochmal ins Büro und ziemlich viel abarbeiten. Man wird älter und braucht den Schlaf, um gute Arbeit machen zu können.«

Ich nicke abwesend. Tatsächlich empfinde ich keine Wut. Ich bin einfach nicht auf diese Situation vorbereitet, weiß nicht, was ich sagen oder tun soll. Während Adrian gesprochen hat, hat er sich auch schon angezogen und ist auf dem halben Weg zur Treppe. »Ich geh dann jetzt gleich.«

»Warte! Ich komm mit runter! Ich gehe nur schnell ins Bad und ziehe mir was an.«

Wozu diese Eile? Gestresst ziehe ich meinen beigen Pyjama über. Beim Kauf hatte ich extra an seinen Geschmack gedacht. Meine Haare sind schnell zu einem Dutt zusammengebunden. So husche ich die Treppen runter.

»Da liegt die Zimmerkarte.« Er deutet auf den Schreibtisch neben dem Eingang. Ich verstand. Er kommt also auch morgen nicht mehr vorbei. Kein gemeinsames Frühstücken, kein Sex am Morgen. Mit dieser Geste kommuniziert er sehr klar. Es tut weh, doch noch immer kann ich nicht wütend werden, denn alles, was er sagt, sagt er mit einer so ruhigen und freundlichen Stimme. Es ist dunkel im unteren Geschoss. Bloß das Licht des oberen Badezimmers wirft einen gelblichen Schein auf uns. Die Lichter von draußen funkeln neben uns. Adrian steht vor mir, wir haben einen halben Meter Abstand zueinander. Er sieht mich an, ich ihn. Wortlos stehen wir im Halbdunkel. Es ist so still.

»Du bist eine unfassbar schöne Frau, Olivia«, sagt Adrian leise und voller Ehrfurcht. Dann kommt er auf mich zu, nimmt mein Gesicht in seine großen Hände und gibt mir einen sanften Kuss auf die Stirn. Er sieht mir in die Augen. »Es war schön, dich zu sehen«, flüstert er mir zu, ehe er aus der Tür geht. Bumm, die Tür ist zu.

Ich sinke perplex auf den Sessel neben der Tür. Ich realisiere gar nicht, was gerade passiert ist. Dass er schon wieder weg ist. Über den Dächern Frankfurts weine ich bitterlich. Es ist, als hätte er ein zweites Mal Schluss gemacht. Da sitze ich im Dunkeln, in dieser opulenten, aber doch so leblosen, riesigen Suite, in kompletter Stille und weine. Mein ganzer Körper tut weh. Am liebsten würde ich die Tür aufreißen und ihm im

Pyjama, ohne Schuhe, nachlaufen. Um ihm zu sagen, was ich wirklich fühle: »Ich liebe dich, Adrian! Verdammt, ich liebe dich und habe dich immer geliebt!«

Es ist wahr, und nun ist es raus, ich habe es vor mir selbst zugegeben. Die letzten Tränen trocknen.

Nach ein paar Minuten reiße ich mich zusammen. Ich muss ihn anrufen. Das kann ich wieder nicht so stehen lassen. Aber ich werde definitiv nicht am Telefon weinen. Also beruhige ich mich bewusst, rufe ihn an und zu meiner Überraschung geht er gleich ran.

»Hi Adrian, sorry, aber ich musste dich anrufen.« Ich pausiere kurz. »Ich weiß nicht, wie es dir geht, aber dieses Ende jetzt, das fühlt sich nicht gut an.« Ich klinge stark und ehrlich. Gut so. Weiter so.

Er schnauft. »Ich weiß, mir geht es genauso. Ich habe lange überlegt, wie der Moment des Verabschiedens ablaufen soll.« Er macht eine Pause. »Aber wie ich es drehe und wende, es gibt kein perfektes Ende. Selbst wenn ich bei dir geschlafen hätte, das Tschüss-Sagen wäre dadurch nicht leichter geworden. Im Gegenteil.«

Das klingt nachvollziehbar, und überhaupt mit ihm zu reden, tut schon gut. Als wäre er gar nicht weg. Das war kein Ende, Olivia.

»Hey, meine Liebe. Ich fand das Treffen sogar noch schöner, als ich mir vorgestellt hatte. Ehrlich, die Zeit mit dir war so schön. Ich wünsche dir eine gute Nacht!«

Seine Stimme ist so freundlich. Er fand es so gut, obwohl er auf der Bremse stand? Ich werde aus diesem Mann nicht schlau. Wie er spricht und was er sagt, lässt mich hoffen und beruhigt meine Nerven. Nachdem er aufgelegt hat, gehe ich die Treppe wieder hinauf und setze mich auf das Bett. Noch einmal sehe ich mir den Raum an und spiele den Abend gedanklich durch. Ich nehme mir die Kissen und rieche an ihnen. Sein Parfüm ist noch deutlich da. Es ist, als wäre alles nur ein Traum gewesen.

Wie sehr ich plötzlich Leona vermisse. Und wie froh ich bin, dass ihre Liebe zu mir all das übersteigt und keine Fragezeichen mit sich bringt. Diese Liebe ist konstant und echt. Wieder kommen mir die Tränen. Wieso ist das bloß alles so kompliziert mit ihm?

Ich schlafe ein, schlafe aber nicht gut.

Frühmorgens werde ich durch die Sonnenstrahlen wach, da ich den Controller für die meterhohen Vorhänge nicht hatte finden können. Auf meinem Handy steht 06:45 Uhr. Unzählige Nachrichten von Aylin und Selina sind angekommen und noch ein paar von Anne-Marie. Ich sehe auf die linke Seite, wo Adrian gelegen hat. Sein Duft ist immer noch da, das Zimmer ist immer noch zu groß und zu leer. Ich fühle mich extrem allein und leer. Ich weiß nicht, ob das Treffen eine gute Entscheidung war. Es hat nur meine Gefühle wieder aktiviert und mich die Trennung ein zweites Mal durchmachen lassen.

Ich muss ihn sehen. Wir könnten uns noch auf einen Kaffee treffen! Ich bin ihm in seiner Stadt doch so nah. Meine Intuition sagt mir sofort: Er wird wieder nicht wollen. Ich sollte es gar nicht probieren.

Aber was, wenn es doch nur ein Prozent Hoffnung gibt, ihn heute nochmal zu sehen? Ich kann zurückfliegen und mich ewig fragen: Was wäre, wenn? Zum Affen gemacht habe ich mich in den letzten sechs Jahren ohnehin öfters. Das wird nichts ändern. Ich muss ihm nur ein paar coole Worte schicken, nichts, was ihn zu sehr stresst. Also, los geht's. Ich sitze auf dem Bett, mit Sonne im Gesicht und tippe, als ICH bereits eine Nachricht bekomme. Von Adrian!

»Guten Morgen! Ich wünsche dir einen ganz tollen Tag und einen guten Rückflug. Es war wirklich schön, dich wiedergesehen zu haben. Pass ganz doll auf dich auf. Und genieße dein Leben. Ich drücke dich!«

Und genieße dein Leben?

Ja, das klingt nach Abschied. Typisch Adrian. Wenn ich diese Art von Message nicht schon oft bekommen hätte, würde ich vermutlich wieder weinen. Ich wäre verletzt. Bin ich aber nicht. Ich gebe nicht auf. Ich habe doch gestern gespürt, dass da noch so viel ist. Er steht sich nur selbst im Weg. Ich antworte: »Guten Morgen. Ich gehöre zum oberen Drittel.« Das ist unser Running-Gag, da er so >perfekt< ist und das auch weiß. »Ich habe die Zeit mit dir gestern auch sehr genossen. Auch wenn viele Parameter dazu beigetragen haben, dass es sich noch nicht ganz >nah< angefühlt hat. Ich werde mich jetzt mal fertig machen und das schöne Wetter genießen. Sollte mein persönlicher Reiseführer noch ein bisschen Zeit haben, würde ich mich freuen. Bussi.«

Das war um 09:02 Uhr in der Früh.

Am Abend lande ich in Luxemburg und blicke nervös wieder auf mein Handy. Mein Herz bebt. Nichts. Gar nichts. Nicht mal die Frage, ob ich gut angekommen bin. Die Tränen laufen mir am Flughafen über die Wangen.

Selbst eine Woche später habe ich noch nichts von ihm gehört. Täglich gehe ich angespannt jedes Detail unseres Treffens nochmal durch. Habe ich etwa etwas überhört, übersehen? Habe ich etwas falsch interpretiert? Sind seine Gefühle vielleicht doch nicht mehr geworden und Szenario 3 ist tatsächlich eingetroffen? Sind wir nur noch Freunde? Mir geht es nicht gut. Überhaupt nicht. Ich kann kaum schlafen, habe keinen Appetit. Meine Gedanken kreisen nur um Adrian. Ich fühle mich allein und wieder so weit weg von ihm.

All die Jahre der Hoffnung, Träume einer gemeinsamen Zukunft, wieder anzuknüpfen, wo wir aufgehört hatten ...

War dieses Treffen vielleicht doch unser finales Ende? ...

DIE AUTORIN

Philippa Heyden wurde 1981 in Österreich geboren. Heute lebt sie mit Ihrer Tochter in München.

Sie ist alleinerziehende Mutter und führte selbst ein »Jet-Set Leben«.

Inspiriert durch ihre Eindrücke und Erlebtem, gepaart mit sehr viel Phantasie entsprang ihr erster Roman » Das Leben das ich niemals wollte«.

Ein zweiter Teil wird folgen